王若虚 著

在·逃

陕西新华出版传媒集团
太白文艺出版社

图书在版编目（CIP）数据

在逃 / 王若虚著. — 西安：太白文艺出版社，2018.3

ISBN 978-7-5513-1352-0

Ⅰ.①在… Ⅱ.①王… Ⅲ.①短篇小说－小说集－中国－当代 Ⅳ.①I247.7

中国版本图书馆CIP数据核字（2017）第292409号

在逃
ZAITAO

作　　者	王若虚
责任编辑	蒋成龙
特约编辑	王　锦
整体设计	格林文化
封面设计	落年工作室·橘子
出版发行	陕西新华出版传媒集团
	太白文艺出版社（西安北大街147号　710003）
	太白文艺出版社发行：029-87277748
经　　销	新华书店
印　　刷	北京旭丰源印刷技术有限公司
开　　本	960mm×640mm　　1/16
字　　数	176千字
印　　张	22.75
版　　次	2018年3月第1版　2018年3月第1次印刷
书　　号	ISBN 978-7-5513-1352-0
定　　价	58.00元

目录 CONTENTS

青春是蠢蠢欲动的、逃亡

马　贼

我是个大学生，一个负责任的大学生。

我可以负责任地告诉你，我所在的这座学校住着一万两千六百八十二个学生，而停在学校各个角落的自行车，却有一万五千五百多辆。

好，现在问题的关键就是，那多出来的两千九百多辆自行车该怎么办？

问题的答案是：有我。

1

你不必费心思去打听我叫什么名字，我可以自己告诉你，我叫骆必达，信不信由你。

但我不会告诉你我现在几年级，哪个学院哪个系哪个专业，住哪栋楼的几零几，或者长得怎么样，因为这一切都无关紧要，重要的是，我是个马贼。

马贼是个极富古典主义色彩的称谓，当然，你也可以按惯例叫我偷车贼，只要别被我听到。

前面你已经知道，我们学校人口繁茂，加上占地面积实在太大，学生上课下课吃饭洗澡无一不用自行车代步，个别抱着走路能减肥的信仰的胖子和一小部分有条件骑助动车的除外。每天早上这些自行车骑士们赶着上课的景象准能让你想到一部电影——《指环王3》。

但是面对早晨这千军万马般的场面，我的内心一点波澜壮阔的反应都没有，我唯一考虑的就是，这些人毕业后会把车子带走么？

答案是：十个人里面有三个不会。

而我专门偷这些被人遗弃的车子，然后把他们低价转手掉。反正是没人要的车子，我偷起它们时问心无愧，所谓"盗亦有道，有道则行天下"，也许就是这个意思。

至于怎么判别哪些车属于没人要，说起来简单得有些令人发指。我每天骑着自己的三斯仿山地车慢悠悠地经过校园里那些地处幽静的自行车停放地时，都会看似漫不经心地瞟上几眼——就这几眼，却像牧民检阅自己放养的马一样，能认出哪辆车在哪里停了第几天，有没有移动过位置。一般超过一礼拜没动过位子，就说明是被人扔在那里，只等着我去拿了。

我背英语单词的超强记忆力在这里被派上用场。

迄今为止我已经拿下不止三十辆车，却从来没有见过学校方面有任何举动，说明我偷的全是弃车。当然，也有可能其中会有一两辆出现失误，但是我拿的这三十多辆车里没有一辆不是样式陈旧布满灰尘的，就算是有失主，也不会当回事，更不会报案。唯一对这点颇有微词的倒是收我车的那个外地人。我立场坚定，从来不对新车和有主人的车子下手，即使是那次在女生食堂边上发现一辆人家粗心大意忘了上锁的、九成新的捷安特女车，也没有顺手牵羊。

我不是好人，但我有我的原则，马贼的原则。

2

大学的两年里，我只看到过一个同行。

那天上午我骑着自己的三斯和另一个骑车的男生在报告厅大楼西面的马路上撞在了一起，似乎我们两个都在走神。好在人和车都没什么事，那个男生很客气地讲了句不好意思，我也讲了句对不起，就各自走了。整个过程大概不到二十秒钟，但我记住了他骑的那辆银白色捷安特跑车，市价大约一千多，是辆好车。

无巧不成书，当天夜里，我推着一辆满是灰尘肮里肮脏又瘪着轮胎的永久城市车到学校北门外的自行车摊打气时，发现他也在摊头给一辆和我手里的车差不多气质的杂牌女车后轮打气。

我相信我们眼光相撞的那五秒钟里脑筋都转得飞快，然后心照不宣地笑笑，像两个偶遇的老熟人，点点头，互相打量了一眼对方手里的车子。

能想到做马贼这种勾当的人都不是笨蛋。一万两千六百八十二个学生里只出了我们这两个马贼，又会在相同的时间段选择相同特征的车子下手，又到相同的校外修车摊打气来掩人耳目，不能不说是心有灵犀，不由得有些惺惺相惜。

他打完气，把气嘴递给我，又拿出一枚五角的硬币扔进摊主那个补胎用的清水盆子里，跟老板指指我，讲了句一起的，便不再多说一句话，也不再看我一眼，独自骑上车往学校西门方向走了。

和他相反，我习惯把我拿来的车停到东门附近，用自己带来的环形锁锁好，然后按惯例，在每个礼拜三晚上八点半再到那里跟收车的人见面。那个收车人是我在附近的自行车交易市场结识的，年轻人，话不多，出价也不高，但我从不计较。

我打完气，也没有想过要去追他。

也许马贼就像豹子，习惯了独自行动，也没有互相加深了解的必要，因为那样反而会更危险，毕竟这是见不得光的事情。

但反过来想想，学校没有我们，就像草原上没有了食腐的秃鹫，大地上没有了清粪的黑甲虫，这些自行车的尸体只能在各个不为人知的角落里慢慢变为一堆废铜烂铁。人们制造了它们，使用了它们，最后丢弃它们，不能不说是另一种形式的犯罪。

听上去有点像狡辩？也许吧。

3

马贼的世界是孤独的，加上我本来就不是个爱说话的人，即使我是一个大学生，还有三个室友。不过我的室友们并不孤独，各有各的女友，分别叫魔兽、魔兽世界和街头篮球。这三位成天把他们搞得五迷三道，乐不思蜀，一律过着白天睡觉、晚上泡网吧的生活。

所以比起那些不孤独的人，我有更自由的空间。这对马贼来讲未必是件坏事。

我在这所学校唯一比较谈得来的朋友叫陈镇，和我一届，是学机械自动化的，可惜直到现在连最简单的，复位自行车脱位的链条都做不到。

陈镇不知道我是马贼。也许他这辈子接触到的最大罪恶只是买到质量不好的盗版影碟。

我和陈镇的相识纯属偶然，只因为当初我俩在学校的大一新生 QQ 群里叫同一个名字。由于学的专业不一样，直到大学第二年我们才有机会上同一门课——社会学概论，是全校的公共基础课。

在那堂课上我第二次看见简若宁。

简若宁，真名不叫简若宁，这只是我随便给她起的称呼，因为我不知道她叫什么，我只是觉得"简若宁"这个名字很好听，很配她的气质和脸形。有时候我反倒不想知道她的真名，生怕万一名字和气质相去十万八千里会破碎我大学里唯一的美好梦幻。

是的，谁说马贼不可以有喜欢的人。

我第一次看见简若宁是在大一的十二月。那天晚上对我意义非凡——那天晚上我开启了自己的马贼生涯。在那之前，我暗中仔细观察了足有一个月，做了可行性分析，又精心策划了一礼拜，祷告上帝十六次，拜佛二十三次，最后用最简易的丁字刀在三秒钟里弄坏了那辆五成新的城市车的锁芯。

办完事回来后，我发现整个后背都湿透了，黏住了一层衬衫。也就在路过图书馆后面那片大草坪回寝室的时候，我看见了独自蹲在草坪边上的简若宁。她正拿着鱼片干在喂猫，随着猫咪心满意足的喵喵声发出银铃般的笑声。

那片草地常有野猫出没，我之前之后也看过无数滥发慈悲心肠的女生拿着零食去喂它们，唯独简若宁的脸和声音被我死死记在了脑海里，忘也忘不掉。

我说过，我记忆力很好。

然而，在那之后我再也没见过她，直到九个月后的社会学概论课上。

我们学校实在太大，人也实在太多。

陈镇不懂得含蓄，上课的时候指着坐在第一排的简若宁的背影道，你看，美女！

不知为什么我偏要装作不在乎，撇撇嘴，讲，看多了，不稀奇的。

4

　　我的大学生活里，称得上在生命中留下痕迹的只有三个人：陈镇，简若宁，还有那个同行。可惜，这三个人里面有两个的名字我不知道，这也许就是马贼的代价。

　　他们三个唯一一次同时出现，是那年的圣诞节。

　　原本以为大学的第二个圣诞节会和上次一样无趣，我甚至准备再到校园各处去遛遛，看能不能再拿辆车什么的，陈镇忽然打电话给我，问我去不去学生会在艺术中心舞厅办的圣诞晚会，从进大学我还没参加过任何大规模的娱乐活动。那天却鬼使神差了一下，讲，我去。

　　说是晚会，其实就是个比较大的派对，做做游戏，再歌舞助兴什么的。我和陈镇去趟厕所，回来就看见简若宁坐在舞池中央的高脚凳上拿着话筒在唱侯湘婷的《暧昧》。那个看着猫咪吃鱼干而轻笑的悦耳声音在耳边响起：

　　　　我心中延续和你的情感

　　　　有一种暧昧的美满

　　　　忘记了思念的负担

　　　　听不见你们相爱近况

我自私延续心中的期盼

有一种暧昧的晴朗

站在这城市某一端

寂寞和爱像浮云

聚又散

　　当众人静静沉醉于歌声时，我暗自埋怨自己的膀胱不争气，再度错失知道她名字的机会。

　　上一次是社会学概论课间，本想趁她去厕所的空当路过她的桌子看一眼她的课本，未曾想那课本被她同学的一本杂志给盖住了，功亏一篑。我唯一知道的就是她平时骑一辆粉红色的捷安特女车上下课。

　　陈镇从洗手间回来，看着简若宁惊呼：社概课的美女！要是认识她就好了。

　　我讲那是不可能的：一是因为凭我对陈镇的了解，他虽然为人老实性格好，但向来有色无胆；二是因为简若宁一曲刚尽，就有一个帅气的男生捧着鲜花上去献给她，然后搂着她走下台。

　　估计当时场内至少有好几个"陈镇"在唉声叹气。

　　我将目光故意从简若宁身上搬开，就看见了自己的那个同行。他显然也看到了我，或许早就看到了。他颇有意味地冲我笑笑，起身带着一个女生离开座位，朝艺术中心的门口走去。

我忽然感到好奇，便找了个借口离开陈镇，跟着他们来到外面。艺术中心的门口停着两排自行车，都是来玩的学生的。他像没看见我似的，径自走向其中一辆。

那不是他以前骑的跑车，而是价格便宜许多的城市车。但他开锁的时候我看得分明，不是丁字刀，而是正宗的自行车钥匙——看来他换车了。

至于他换车的理由，看看坐在他车后座上那个妆画得有点夸张，衣着价格显然不菲的女友，我还是猜出来几分的。

男生对着站在台阶上的我又微微点了下头，脚一使劲，车子便消失在黑暗之中了。

5

同样是马贼，他做这个的理由看来和我不一样。他是为钱和女朋友，我为了什么呢？

我找不到答案，也许只是为了好玩。

我是个喜欢车子的人，我的三斯仿山地车陪了我五年半，比我所知道的所有情侣待在一起的时间要长得多。

我想我偷车的唯一比较冠冕堂皇的理由，是看着那些车子丢在那里慢慢坏掉会觉得很可惜。人们总是那么自私和不负责任，好端端的车子就这样扔在车棚或者什么阴暗角落里，让灰尘蒙住它们本来闪亮的光泽，让铁锈摧毁它们曾经旋转不息的双脚。

也许它们从来就不是什么价格不菲的好马，但它们也有渴望奔驰的灵魂。

相比之下，我们楼里倒有个人每天骑着好马进进出出，他叫劳凯，家里条件似乎不错，所以总是骑着大功率的二轮小摩托在校园里驰骋，并且坐骑总是常换常新。

不用猜我也知道他究竟是干什么的。马贼有马贼的思维，也有马贼的经验和直觉。

但这不是我诟病他的原因。马贼不喜欢被人干涉，也不喜欢干涉别人。

问题的关键在于，劳凯就是那天献花给简若宁的男生。

一个每礼拜都会换辆车的男人对女人的忠诚度是很令人质疑的，哪怕他是个车贩子。

有时候简若宁会到我们楼下找劳凯。似乎是因为内敛，她总是站在楼门斜对面的小草地边上，两只手拎着小包，脚尖悬空在水泥路沿上，一点一点的，头也很低，从来都不敢抬头正眼看从我们楼里出来的其他男生，和舞台上判若两人。

只有一次她不知道为什么会把头抬起来，目光停留在楼里出来的一个男生的脸上。那个男生叫骆必达，长相平平，全无特质，却是个马贼。

马贼面无表情地骑着车和她擦身而过，就像作案时和那些华丽高级的避震山地或公路跑车擦身而过一样，心里默念着"Something doesn't belong to you……"，并且相信她在自己经过时又会垂下眼帘，继续等待

10

自己真正在等待的人。

对于简若宁，我唯一的非分举动是那次偷车。因为连着有两次我看见她没骑自己那辆自行车，而是步行来上社概课，便心生疑惑。

后来碰巧在图书馆东面僻静无人的停车区我看见一女生在停一辆粉红色的捷安特女车。在我的眼里一辆自行车就像一个人的脸，有很多独特的细小特征可以用来辨认。等那个女生离开后我检查了一遍，就是简若宁那辆车，只是换了把新锁。

那是我唯一一次偷有主人的车。两秒钟内丁字刀就破坏了那把新锁。

我把车推到校外修车摊，换了把结实的新锁，又特地加了根环形锁。但和以往不同，我没有把它放到学校东门，而是直接停到了简若宁寝室楼下，然后把两把锁的钥匙放到了车筐里垫着的广告纸下面。

这是马贼的方式。

第三天上社概课的时候，我看见简若宁终于又骑着这辆车来上课了。

问题是，又过了两天，我无意中听到我的室友说起这样一则奇闻：我们学校有个女生把自行车借给高中同学骑，结果一天夜里那车被偷了，但第二天早上又出现在那个女生的寝室楼下，而且还换过了新锁，钥匙就放在车筐里。

6

那个学期快结束的时候，有了三个新消息。

一是我去加拿大读书的事情快办妥了。

二是简若宁失恋了。

三是我的同行落网了。

同行是在向一辆崭新的禧玛诺公路跑车下手时被当场抓住的，地点是在晚自习教学楼的外面。我听到这消息时已经是事发过后的第二天了。那时我才知道他的名字叫于世，居然还是他们那栋寝室楼的副楼长。

我比那些议论纷纷的大多数人都要了解于世为什么会做马贼，也清楚他为什么会被抓住。他显然已经不满足于一辆辆破旧自行车带来的小利益，而听从了收车人的怂恿，向那些好车下手。

柿子拣软的捏，车子拣旧的偷。从忘记这一点的那一刻起，他就已经不再是个合格的马贼，所以他才有这样的下场。

我的生活依旧平静，完全像个局外人。

也差不多就在那个时候，简若宁不再出现在我们楼下，取而代之是一个装束很嘻哈风格的女孩子，站在楼下等劳凯用大功率的哈桑二轮摩托载她出去玩。

那几天的社会学概论课简若宁都没有来上。

幸好老师没点名。陈镇也发现她没来后说道。

他真是个单纯的人。他的大学生活里除了机械工业课本、男生食堂的炸鸡腿、F1和盗版电影之外，只有一个叫骆必达的性格内向乖张的男生。

陈镇是这所学校里第一个知道我要出国的人。我也只跟他说过我妈有个亲妹妹，而这个亲妹妹偏偏生育不了孩子，现在在加拿大混得不错，所以很早就要我过去念书。

我等简若宁分手等了一个月，终于等到了，但同时我也要离开了。

马贼的报应。

7

我在学校待的倒数第二天，那个星期三晚上，做了两件事情。

第一件事情是我寄出了一盒DV录影带，收件人是学校的保安处。带子的内容是劳凯在学校南门小草坪和学生做黑车买卖，他生意兴隆，转手卖掉了两辆车。我借的那台DV机质量很好，可以拍得很远，在夜里也把劳凯的脸拍得很清楚。

和影带一道寄去的还有劳凯的寝室地址。

本来我并不准备为难他，但是，有一天晚上我碰巧看见他在学校南门外的小饭店门口当着一个女生的面给了于世两个耳光，而那个女生，如果我没记错的话，是于世的前女友，也是现在取代那个嘻哈女孩站在我们楼下等劳凯的人。

那时的于世已经被学校开除，早已没有我前两次见他时的自信和机灵。他被高大的劳凯打倒在地，那个女孩则高傲地别过脸去，跟着劳凯骑上蓝色的 HONGDA 扬长而去。

我不是正义的化身，我只是个马贼。

但马贼有自己执行正义的方式。

第二件事情是我把我那辆三斯仿山地推到东门那里，跟那个收车人讲我要走了，然后把自己的坐骑卖给了他，价钱是三块钱。

我讲了三遍三块钱，因为那个收车人不相信自己的耳朵。这是我有史以来卖给他的最低价。

用这三块钱我在东门外的公共投币电话亭给简若宁的寝室打了个电话。

我那天向办圣诞节晚会的学生会干部打听简若宁，他们说只是朋友介绍来助场的，忘了名字，但有寝室电话号码。

电话就是简若宁本人接的，我听过她唱歌，认得出她的声音。我说你好，我想你应该不认识我，我就是那个偷过你自行车的人。

简若宁沉默了一会儿，却问了一个有些顽固又有些笨的问题：你究竟是谁？

我说你真的不认识我，我只是好心办坏事，明天我就要走了，走之前特别跟你道个别。

简若宁那边又寂静了好一会儿，但也没有挂电话。其间我加投了一枚硬币。最后她忽然口气温和地问我：

我能见你一面吗？

8

我在学校的最后一天，从北门外的修车摊买了两把环形锁。

我把第一把锁给了当初令于世落网的那辆禧玛诺跑车。那真的是一辆很亮眼很好的车，价格不菲，在古代肯定属于千里马。其实我很早就认识了它，甚至知道它的主人住哪栋楼，但从来没想过要下手。它的主人自从于世事件后就格外小心，给车上了四把不同类型的锁。

我在他们楼下的车棚里找到了它，拿环形锁把它和车棚立柱锁到一起，整个过程不消一秒钟，锁的钥匙则被我扔到了附近的花坛里。

我那时才发现，其实上锁可以比撬锁快很多。

第二把锁用在教学楼那里。我在教学楼底下的车库里找到了陈镇的那辆凤凰牌城市车。感谢上天它停得离简若宁的车很近，不必我搬出很远就能将两辆车子靠一起，然后将它们的前轮锁在一道。

十二分三十九秒后，这学期的倒数第三堂社会学概论课下课。

学校里的树很少，就像真正适合骑兵流动作战的大平原我只能站在旁边那栋教学楼的阴影里面，静静地看着十五分钟后陈镇狼狈而又拼了老命地架着两辆自行车的车头，简若宁则在后面负责推着后轮。二人二车缓缓前行，还不断做着交流，四周是下课学生川流不息的自行车车流，整体上形成一道独特的风景线。

学校里最近的自行车摊，离他们有十五分钟左右的步行距离。我相信在这十五分钟里，会发生很多故事。

前一天晚上我没有答应和简若宁见面，因为已经没有必要。

但在挂电话之前我问了她最后一个问题：

走之前，我能知道你的名字吗？

她犹豫了一下，讲，我叫骆英纷，骆驼的骆，英雄的英，缤纷的纷。

骆英纷，落英缤纷，美丽极了的名字，而且和我一个姓氏，真巧。

你呢，你叫什么名字？她反问我。

我缓缓叹口气，说，谢谢你的名字，我走了，再见。

然后挂断了电话。

看着陈镇和简若宁，不，骆英纷的身影渐渐被车海埋没，我慢慢走出自己藏身的阴暗处，手里握着的那串环形锁的钥匙轻轻地发出金属质特有的清脆碰撞声。

当初刚进大学的时候，学生会搞过一个很无聊但规模浩大的"寻找你同名或者同姓伙伴"的活动，那时室友们还没被网络游戏所污染，讨论着要不要参加。我对此嗤之以鼻，没有产生任何兴趣，反而研究起了自行车。

后来参加了那个活动的室友说活动里姓骆的只有一个女孩子，和我们一届，长得不错，歌也唱得好，我不去真是可惜了。我当时的反应是，他无非是想编个人出来让我后悔罢了真是小孩子气。

我转身向学校正门方向走去，很多学生和很多自行车从我身边擦肩而过，像多彩又快活的鲤鱼潮，谁都没有注意到我的存在，就像当初我四处观察角落里的旧车一样。

快到大门口的喷水池时，我看到一个男孩用自行车的后坐载着一个穿裙子的女孩子从校外慢慢悠悠地骑进来。两人显然还是大一新生，脸上还带着刚走出中学校门后残留的青涩。

这个学校，再也没有马贼了。

我面无表情地看着他们和我擦身而过，然后停住步子，却没有回头，只是右手轻轻一松，那串此刻背负着重要使命的环形锁的钥匙连同那把陪了我将近两年的丁字开锁刀，一起陌声沉入了那清澈的喷水池，最后安静地躺在了池底，像两块微型的金属墓碑，宣告了最后一个马贼的孤独离去。

跑　车

《马贼》前传

1

问你两个问题。

你知道逸仙路有多长么？你一定不知道，因为你从来没有骑完它的全程。

说实话，我也不知道。

但我知道，我每天骑着一辆三斯牌的城市仿山地车顺着逸仙路一路南下一直到我的学校，一般要四十分钟。

我也知道，逸仙路全程有大大小小十三个路口，途中经过五所中学、两所职校和数不清的小学。这些学校的学生中，有相当一部分人骑车上下学。每天早上，你可以看见穿各式各样校服的学生来回穿梭。

也许你也曾是他们中的一员，也许你也曾风驰电掣地奔驰在逸仙路上，也许你觉得自己骑车很快——知道为什么吗？

因为你从没遇见我，在路上，在车上。

我不是一个狂妄的人，我只是实事求是，至于信不信，呵，那就是你的事了。

这是个无聊的世界，人总要给自己寻找点刺激。

学校里的刺激无非四种：作弊、抽烟、打架、恋爱。

然而如你所知，我是个正经人家。

我每天早上六点十分起床，用二十分钟洗漱，六点半的时候打开我三斯自行车的锁，四十分钟后在北海中学的停车场锁上那把锁，十分钟后校门关闭，再进来的人都被判为迟到。

中学七年，我只迟到过一次。

人们都说中学生每天的生活是家庭学校两点一线，我则比较偏爱那一线。在那四十分钟里，我不是那个沉默寡言长相平凡的骆必达，而是从你身边擦身而过的骑手。

在遇到那个人之前我的生活很简单，信奉的准则只有两条：

一是，不要觉得你自己很快，总有人会比你更快。

二是，我就是那个比你更快的人之一。

我的另一个问题是，你知道对一辆自行车来说，最重要的是哪个部分吗？

你不知道，没关系，终有一天你会知道答案，但不是现在。

忘了说一句，我叫骆必达，是个高中一年级学生，仅此而已。

2

每天在那惊心动魄的四十分钟里，我要做的，就是在正前方发现一辆骑得很快的自行车，然后让他看到我的背影。

当然，也有比我更快的人，不是因为他们的脚力或者技术好，只是因为，他们骑的是专门为速度设计的公路赛车，俗称跑车。所以我的梦想是拥有一辆自己的跑车，捷安特，十二段变速，市场价六百，黑市价两百，然后超越所有曾经超越我的家伙。

然而现实是，我家境一般，而且从来不买黑车。我的坐骑是六段变速的二手仿山地，价钱两百。

可以说我的梦想和现实的差距只不过是四百块钱而已，和别人比起来我已经很幸福了。

这是自我安慰？是的。

北海中学所有骑车的人里面，唯一一个比我快的人叫楚汉。他是转学来的高二生。当年他第一次出现在逸仙路上时，我咬了他足足五个路口，才刚好能让我的前轮和他的后轮平行。在一个大路口等绿灯的时候，我的车子才有幸和他的车子完全并排。

楚汉看看我的车子，笑，从口袋里拿出一盒香烟，取出一支递给我，说，同学，你很快呵。

我没要他的烟，只是看看他的车子，说，没你快。

于是我成了楚汉在北海中学的第一个朋友，楚汉也成了我在北海中学的唯一一个朋友。

然而楚汉真正在虹口曲阳地区的自行车爱好者圈子里出名，是源于一场比赛。

那次楚汉因为前几天打篮球弄伤了左脚，不能接受慕名而来的叫韩骏的外校学生在马路上跑一次车的挑战。本来按照楚汉的性格，是不在乎韩骏的冷嘲热讽的，但是碰巧，那天下午卜白羽她们练体能，正绕着学校操场跑道跑步，楚汉意味深长地看了眼跑道上的那个身影，转过头对那个高傲的年轻人说，这样，我不和你比脚，我和你比手。

一人一把可调节扳手，一把一字螺丝刀，都是最简易的工具，看谁先把对方的车子拆开了再组装起来。

我清晰地记得那个阳光灿烂的下午：零零碎碎的自行车零件撒了一地，不少放学后没走的学生看着这两个人坐在地上拼装车子。韩骏的是辆蓝绿色的捷安特 Speeder6.0 跑车，楚汉的车很奇怪，前轮是纤细的跑车轮胎，后轮是粗粗的山地车轮胎，据说是从摩托车赛车上取得的灵感自己动手改装的。因为这一点，楚汉比韩骏晚动手十分钟。

然而他却早了十五分钟将那辆捷安特恢复原貌，停在了韩骏面前。

后来楚汉不止一次跟我说过，真的喜欢自行车的人，不但要知道怎么让它更快，而且要了解它的每个部分和细节。因为当你以每小时四十五码的速度和马路上的轿车公交车摩托车助动车等钢铁怪物一起抢占车道时，你胯下那辆自行车的表现绝对比你心中的那个女子要重要一百倍。

卜白羽在此期间一直没有看过楚汉。

韩骏不服，说，手上功夫再好，跑一圈才是真的。

于是，我和韩骏在路上跑了一圈，用我的三斯，领先他的捷安特六个车身。

此公从此默默无闻了很久。

卜白羽是学校的羽毛球运动特招生，和我一届。

女体育特招生可不是你想的那样只有虎背熊腰、高山仰止、瘦骨嶙峋这三种。如果有一天你遇到一个相貌身材都无可挑剔的体育生，那么无疑就是现实在打你一个耳光。

如果有一天你见过卜白羽，那么她就是那个耳光，而且极为响亮，可能还会余音绕梁。她的漂亮只有瞎子会怀疑，只有疯子会否认，但她始终单身。

我对国家二级运动员卜同学的理性认知只限于她的羽毛球水平。某次下雨天，在室内体育课上，老师让每个学生都上去和羽毛球特招生对垒。我和卜白羽一网相隔，五个来回不到就输了三个球。有个不识相的家伙窥伺卜白羽的容貌，说，我上去起码也要撑到十个球，好让美女刮目相看。然而二十秒钟不到他就坐回我身边，小声嘀咕一句：妈的……

楚汉听到这里的时候哈哈大笑，说，她还是那么厉害。

说这些的时候我和楚汉待在北海中学放学后的操场上。我骑着他的怪胎在塑胶跑道上兜圈，顺便学习楚汉那个左脚上车蹬、右脚点地加踢掉撑脚架然后翻身上车的一气呵成的动作。我总是做不到楚汉的那种潇洒。

我下车，撑上脚架，拔掉钥匙扔给他。楚汉伸出一根手指，就在半空中牢牢套进了钥匙圈。

我说，在卜白羽眼里，男人大概无非就两种：在球场上撑过十个来回的，和撑不过十个来回的。

楚汉转动着钥匙圈，问，你就不问问我怎么会认识她？

我说，呵，那就是你的事情了，我宁可学学你转钥匙圈的技术。

楚汉转钥匙圈的技术很娴熟，不亚于他的车技，可以正着转反着转，还会转出蝴蝶的花式，我也见过他把钥匙抛到高空，掉下来的时候还是用手指头套进钥匙圈，继续转动，发出哗啦啦的金属响声。

楚汉忽然停止手指的转动，说，你已经学会了我的上车方式，这个么，以后再说——别要求得太多，这样不明智。

3

卜白羽骑的是一辆米黄色避震山地，而且上下学路线和逸仙路没有任何关联，只有最初的两百米和楚汉同路。那一次我亲自见识了楚汉的技术。他在停车场偷偷地用打火机对着卜白羽的车子前轮气门芯微微烤了三十秒钟左右。

自行车的气门芯内部都是管状橡皮塞，外部金属一旦遇热就会迅速传热，使那个橡皮管子软化，变得跟口香糖无二致。这样的气门芯，你最多能骑出一百五十米。

这不是阴谋诡计，这是物理学。

楚汉教的物理学。

卜白羽在距离校门口一百三十米的地方停车查看自己轮胎的时候，楚汉把车子停在了她边上。

我在远处看着他们，两个人说了挺长时间的话，接着卜白羽就推着车子走了，楚汉没有追，只是手插裤袋站在原地看着她的背影远去。

我慢慢骑到他边上，说，车是好车，可惜骑它的人不懂珍惜。

楚汉深吸一口气，忽然没头没脑地问我一句：你知道对一辆自行车来说，哪个部分最重要么？

我的脑子飞快转了一遍，有无数答案冒了出来，但我知道真正的答案应该只有一个。

楚汉笑笑，道，不知道也没关系，终有一天你会知道某个问题的答案，不过，肯定不是现在。

为什么？

因为现在的答案是我告诉你的，而未来的答案是你自己找到的。

在我找寻那个答案的时候全校的人则在寻找另一个答案：谁偷了学生停在校外的自行车。北海中学面积不大，停车场空间有限，所以学校规定每个班最多允许家离学校最远的二十个学生把车子停在校内，其余的都停在校门外的马路和附近的弄堂里。那一阵子接连有四五辆车子被偷走，学校除了加强校外巡逻之外也别无他法。全中国每天有多少辆自行车被盗，又有多少辆能被找回来呢？

卜白羽不属于家离得很远的学生，所以也属于那批随时可能被人盗走坐骑的高危群体。星期天楚汉去专门的自行车商店买了根比较高级的环形锁，然后把卜白羽停在她家楼道里的避震山地锁在一根水管上，钥匙放在她们家信箱里。

星期一那把锁连同钥匙就被扔在了楚汉面前。

我对这件事情的唯一反应就是：人还是喜欢车子比较好。好的自行车其实是有灵性的，你对它好，它就对你好，关键时刻不会漏气、掉链或者刹车不及。人就未必，不然怎么会有忘恩负义或者不识抬举这些成语。

我安慰楚汉说，等她的车子哪天被人偷了，我跟你一起去嘲笑她。

这句话说了还不到十五个小时，我自己的自行车却被盗了。

4

那次是因为我中学七年里唯一一次迟到，没办法把车子停进学校，就锁在了外面。因为当时下着雨，又急着进学校，收了雨披之后居然把钥匙忘在车子上，等上完第一节课，才想起来，跑出去一看，车子早就不翼而飞了。

楚汉安慰我说，现在你有理由去买辆跑车了。

第二个特地来安慰我的是很久不见的韩骏。只不过他的安慰方式很特殊，说，听说你的车没了，要不要我给你买一辆带两个辅助轮子的十四寸的那种？

当时楚汉不在我边上。第二天我坐着公交车去学校，楚汉在教室里找到我，说，你来。

楚汉指着操场上的一辆蓝绿色捷安特跑车说，你不用去买跑车了。

那时我已经跟着楚汉学会了像记人脸一样记住一辆车子微小特征来辨别的本领了，猛地抬起头问，韩骏的车子怎么会到你手里？

楚汉说，我知道昨天他来了，也知道他说了点什么，所以放学的时候我去他们学校找他了，跟他说一起跑次车，谁赢了，对方的车子就可以拿走——车的锁我已经换过了，你不必担心他会拿着备用钥匙来偷回去。

我问他为什么要这么做。

楚汉手指上套的钥匙圈转的哔哔作响，道，这么多年来，你是第二个能用前轮赶上我后轮的人，所以你值得拥有一辆好车。

我说，那第一个人是谁？

楚汉耸耸肩，停止转钥匙圈，讲，不出意外的话，今天他就会出现。

那时候我并不知道楚汉跟韩骏比赛时脚踝的伤又复发了。

那天下午放学的时候，我推着新坐骑走出校门，看到一个陌生的男子坐在一辆自行车的车前杠上，面朝校门，手插裤袋，很悠闲慵懒地看着出来的每一个学生。

我已经养成了习惯，看人先看车：那是一辆猩红色的ATX山地车，捷安特公司出品，而且变速齿轮明显被改装过，是公路跑车的速度档。

看到我推着跑车出来，他笑了一下，朝我挥挥手，说，你一定是楚汉的朋友。

我刚要说话，楚汉不知道什么时候已经站在了我背后。那个人的视线穿过我的肩膀，说，听说你现在依旧很快，我特意来找你了。

楚汉说，我知道你一定会来的，韩骝，你弟弟一定会告诉你我在这里。

韩骝点点头，说，有时候我做梦都在梦到和你一起跑车。

楚汉顿顿，问，怎么跑法？

韩骝左手摸摸车把，说，老样子，红灯，胶带，还有命。

5

楚汉和韩骝的比赛方式是：骑完大约五千米的距离，途中万一遇到红灯要么停下，要么另抄他路，总之能到达终点就行。但不许走非机动车道之外的地方——这就意味着，你必须比对手快很多，否则一个红灯，就让你之前的领先优势荡然无存。另外，比赛的人的左手要和车把用胶布牢牢缠在一起，不到终点不能打开，既保证不会作弊，也保证遇到危险情况时逃都逃不掉。

没有人敢轻易来这种刺激又危险的比赛，一旦来了，输的一方代价总是巨大的。比赛那天我得了重感冒，没有去。据说当时去看的人不少，甚至包括卜白羽。

那场比赛的赌注，是各自的自行车。

那场比赛的结果是，楚汉在众目睽睽之下，把怪胎的钥匙从钥匙圈上取下来，扔给了韩骝。

卜白羽无动于衷地站在人群中，没有和楚汉说过话。楚汉本想在人群散去之后找她，但卜白羽只是转身，给了他一个背影，然后越缩越小。

从此楚汉也开始坐车上学。

有几次我提出把我的跑车给他，毕竟这是他从韩骏手里赢来的，我自己无所谓。好的车子就应该有好的主人，带着它风驰电掣，达到它价值的最大化。

但楚汉总是拒绝。

一辆车子真的跃动起来，可以无视很多东西：红灯，警察，罚款，死亡……但要让一辆车子动不了，却有至少十来种办法：刺破车胎，割断刹车线，拔掉气门芯，粘住车链条，多上一把锁……所以说自行车其实是种脆弱又狂野的动物，就像年轻的我们。

我依旧骑着那辆捷安特每天南下或北上，因为楚汉的隐退，我成了北海中学最快的骑手，几乎也是逸仙路上最快的家伙，遭到其他跑车骑手和骑助动车的中年男人们的嫉恨，并以此为乐。

飞速骑车的时候你要忘却很多东西，你会想得很单纯很单纯，这样你才能活下来。马路上的一切新闻你最好不要多留意，无论是别人的车祸还是穿超短裙的辣妹，也包括路边上那一排怀抱小孩手拿光碟的女士们。

快到五一的时候，楚汉忽然想开了，说他要骑车去杭州旅游散心，然后再回来。我那时已经报了英语提高班，没有机会和他一起去，就把那辆捷安特跑车借给了他。

那是我这一生中最后悔的事情之一。

后来的事故调查报告表明，楚汉在从杭州回来的路上只是因为避让不及迎面而来的车子而翻到了路边的沟里，但是跑车那弯曲向后的车把在翻滚的过程中顶住了他的脾脏，导致脾脏破裂。没有人知道楚汉是在寒冷的夜晚支撑了多久才完全失去知觉，但可以想象脾脏破裂的剧痛在他生命中最后的那段时间里一直折磨着他。

如果我没有把跑车借给他，他骑的是一般的直柄城市车或者山地车，那么一切都会不同。

或者如果我和他一起去杭州，无论谁翻到沟里，无论谁被顶破了内脏，至少另一个人可以求救。

可是楚汉没有机会在这里和我一起想"如果"这个词语了。

永远。

6

差不多全校都知道楚汉的噩耗是个星期五的阴天，学生们很早就放学了，我留到很晚，然后走到操场上。

按理星期五下午羽毛球特招生是不训练的，但是有个人还是一直绕着操场跑步，在空旷的操场上显得形单影只。

我站在操场的边上，看着那个人一次次从我面前经过。北海中学的操场不大，跑道只有二百米，看着她第十次从我面前经过后，我终于转身离开。

路过那个人摆在跑道边的书包时，右手一松，一样东西掉落在那书包上。

五一放假前的那天，我把那辆跑车带到学校让楚汉骑回去，他扶着跑车坐垫犹豫了许久，将他一直把玩的那个钥匙圈给了我，说，扔在她家信箱里吧。

我扬扬眉毛，说，你不怕她再还回来？

楚汉笑笑，道，这本来就是她给我的，我只是物归原主。

我说，我知道你在乎她在乎得一塌糊涂，但没有用。不过，这个钥匙圈我替你留着，等你哪天又想她了，就来求我，我会考虑把钥匙圈还给你。

现在，我做到物归原主了。

身后卜白羽仍旧不停地跑着，我看不到她的表情。只是当我的脚跨出校门的那一刹那，隐约听到远处的操场跑道上爆发般的传来一阵女子的号哭声。

楚汉走了之后，逸仙路上便少了一个会从你身边疾驰而过的男生，公交车上则多了一个平凡安静的身影。

父母也提过要给我再买辆自行车，我摇摇头说，不要了，就乘公交，挺好的。

我只是一直没找到楚汉说的那个问题的答案。学校也一直没有找出那个偷车贼，校外的自行车仍旧保持着一礼拜失窃一辆的记录。

直到我们班级执勤的那个礼拜，我被派去校内的停车场，负责检查停进来的自行车是不是都有学校发的停车牌，然后把没停放好的自行车排整齐，腾出更多的空间给后来的人。

就在那个星期二早晨，我发现，停车牌号是 0401 的车子居然有两辆。我对四月一号这个日期很敏感，不但因为是愚人节，也因为那是我母亲的生日。我默默记下两辆车子的特征。

第二天，其中一辆灰色的城市车没有出现，整整一个星期都没有出现。

第二个星期不是我们班执勤，但我还是去看了一下，挂 0401 车牌的自行车又出现了两辆，而那辆灰色的自行车已经变成了一辆墨蓝色的仿山地车，停在同一个角落，用同一把环形锁，固定锁都保持着打开状态。

我已经知道学校想知道的那个答案了。

那个星期四的下午，在漫长的等待后，我躲在暗处看到了来停车场取那辆仿山地的学生，是个毫无特色的男生，神色谨慎，目光小心。

半小时后，那个男生后在一条僻静的马路上被人发现，当时他躺在地上呻吟不已。据说他骑着自行车飞奔时，忽然后轮不知道被什么卡住了，因车速快，人就侧飞了出去。警方是在接到一个神秘的电话报警后赶到现场的。他们发现一根插在后轮辐条之间的小号环形锁。很明显，是有人骑车跟在他后面，把这根环形锁插了进去。经仔细检查，确定这辆车是这个男生的学校报失过的十几辆自行车里最近的那辆。

原来，这个人每次用工具打开停在校外的自行车后，就挂上学校的停车牌（牌子是他捡到的），停进学校，锁上自己藏在书包里的环形锁。所以无论大家怎么在校外找，都不会找到学校里面来。而那人等学校里的人都走得差不多了，就可以堂而皇之地到学校停车场，开锁，取车，走人。

盗窃案真相大白，除了没查出谁是打了110又暗算了小偷的神秘人。

学校的案子破了，可我还没找到我的答案。

7

我最后一次见到怪胎是在楚汉的三七之夜。

那是一个风很大很大的夜晚，却并不凉，因为快接近六月了。如果他还活着，那么马上就要升高三了。我曾问过他关于高考落榜的问题，他说，高考落榜？大不了去摆自行车修车摊，给满大街撒上玻璃碴子，水晶之夜啊……

我坐在学校靠近逸仙路路口的马路沿上，回忆这些话语的时候，怪胎缓缓地停在了我边上。

是韩骝。

韩骝自从赢了楚汉之后，把原来的那辆 ATX 给了弟弟韩骏，自己只骑怪胎。

我没说话。韩骝冲我点点头，下了车，坐到我边上，掏出一盒烟。那是楚汉生前偷偷摸摸抽烟时最喜欢的牌子。他取了三支，用摇曳不定的打火机火焰点燃，呈扇形摆在地上。

我说我没想到你也会来。

韩骝笑笑，道，也许你以为我和他是敌人，你错了，我和他初中时是最好的朋友。

我没说话。

韩骝说，那时候我们都憋着劲在路上比谁更快，每次都是他赢，我总是差一点点，这辆怪胎的车架和后轮，都是我原本一辆山地车上的，一次红灯胶带赛时输给了他。

韩骝边说边给自己点上一支烟，可是后来发生了一件事，我们学校里的自行车老是丢零件，车铃和脚蹬之类的，然后有一次不当心被我撞见了，撞见楚汉在车棚里偷偷卸一辆自行车的脚蹬子……我那时候是学生会的，就向老师告发了他。

我看着地上的三点火光，说干吗跟我说这些？

韩骝耸耸肩膀，讲，你是他死前最好的朋友，我是他死前最好的敌人。

我问，那卜白羽呢？

韩骝深吸一口烟，说，那时候卜白羽和楚汉关系不错，如果不是那个事情，我想，应该会在一起吧。后来楚汉背了张处分，不得已，转了学，在那次比赛前我就一直没再见过他。

我起身，走到那辆怪胎边上，轻轻摩挲着车头，问，他为什么要那么做？

那时候，楚汉家里条件不好，他想给卜白羽买生日礼物，没有钱，那时候他骑的车只是一辆很一般的"老坦克"。

卜白羽不知道？

呵，你记住，无论什么理由，都脱不了一个"贼"字。楚汉他也知道这一点，所以他什么都不必说，要是他偷的都是没主的车子，也就算了——可有些东西，毕竟不属于你，你就不该得到。

说完，他起立，转身对着黑夜中的北海中学的天空喃喃道，楚汉，你等着，哪天我要是也来了，继续和你在天上一起跑车。

那晚韩骝骑车回去时一定很艰辛，因为在他转身向天空自语时，我把怪胎前轮的蟹式刹车钳用力往左转了一点。这样做的后果是，左侧前轮的刹车橡皮会把左边的轮胎钢圈贴得很紧。而在这样的大风天气逆风而行，会把刹车橡皮的摩擦误以为是风向相反所导致的，因此不会去留心自己的轮胎，只会用力蹬车，尤其是韩骝这样向往速度的人。

而刹车橡皮与钢圈摩擦到一定程度后，摩擦会导致钢圈发热，钢圈里面的内胎空气迅速膨胀，当到达一定的体积时——

嘭！

怪胎的前轮既然本来就不属于韩骝，那么我宁可内胎爆炸、钢圈裂开，也不会让它留在曾经背叛过楚汉的人身边。

这不是阴谋诡计，这是物理学。

楚汉教的物理学。

8

开学升高二那年的秋天，我在学校收到一封信，我们那个狠抓早恋的老师显然偷偷拆开看过了，因为交给我的时候信口上的胶水还没干，并且此人一脸失望。

信里面只有一张字条和一张领车凭证，字条上写的是一个社区的车库。

那天放学后我坐公交车到了那个社区的车库，找到看门的老头，让他看了那张领车凭证。老头一脸恍然大悟状，说，啊，你可来了，跟我来。

他把我领到车库深处一个很角落的地方，我一眼就看到了我那辆久违的三斯自行车。

老头收起那张领车证，说，这车放了那么久，总算能腾出地方了。

我叫住他，说，等一下！这究竟是怎么回事？为什么我的车子会在这里？

老头一脸迷茫，说，不是你姐姐帮你把车子存放在这里的么？

我说，我没有姐姐啊，亲的表的堂的都没有。

老头耸耸肩膀，讲，那我就不清楚了，总之，你的车，你拿走，停车费按理只收到上个月的，已经便宜你了。

我缓缓走向那辆车子，发现过了这么久，它还是很干净，不像弃置很久的样子。车锁还是锁着的。我没有钥匙，便对车子上上下下仔细搜索了一番。结果在后书包架那叠广告纸中发现了一封信。

信上说，这辆车之所以会在这里，是因为那个雨天，写信人做校外停车场执勤员时发现我的车子没有上锁。所以把我的车子换了个地方停好。之所以没有立刻还给我，是因为，是因为她想通过这辆车子，感知一个从来没有怎么跟她好好说过话，但她却一直深藏在心里的人。也许，这也算是种盗窃吧。

现在，她把这辆车子还给我。

她还问我，记不记得刚进高中那个月，我负责校外停车场的执勤时，发现一辆女士车的撑脚架弹簧坏了，只能靠在其他车子上。那时，我找了根绳子把荡下来的撑脚架和后轮挡泥板的支撑系在一起，这样至少骑车人回家的路上不必听到撑脚架摩擦地面的噪音。

那是她的车，很旧了，后来换成了米黄色的避震山地。但我系绳子的场景被她无意中看到了。

她说她很久之前就想把车子还给我。但那天来找我的时候，情况特殊，所以，她决定还是把车子在这里再放一段时间再说。

最后她很抱歉车子固定锁的钥匙被她弄丢了，所以我只能找个修车匠去开锁，十分对不起。

落款是：只偷过一次东西的小偷。

我脸色苍白的把信纸捏在手里，走到门房间，问看车库的老头，那个女孩子长什么样子。

老头说呵，还挺漂亮的呢，短发，不过我也不太遇见她，她除了来缴停车费，一个月也就来个三两次，问我借块抹布，擦擦自行车，一擦就是半个钟头，那表情跟擦瓷器似的，还问我借打气筒打过气。有时候周末天气好的话，还会把车子搬出来停在外面，也不骑，人呢就坐在车子的后座上，有时候听音乐，有时候看看书，打发一个下午。怪人，真是怪人，有车不骑，当沙发！

老头的话我没有继续听下去，缓缓地走回到我的车子边上，轻轻抚摩着车子的金属后座，很光滑，很冰冷。

楚汉输掉怪胎之后的第二天，星期一，我和他在学校外面的餐馆吃饭。他喝了很多酒，回到教学楼的时候他也是一脸的苍白，说我要吐了。我扶他到我们教室隔壁的男厕所，楚汉进了隔间，摆摆手，说，你别看，别看，我一个人待一会儿。

我点点头，替他关上隔间门，过了一会儿我听到门板后他呜咽的声音。

我走出男厕所，反手关上男厕所的门，把清洁工阿姨平时用的那块"清洁中"的牌子挂在门上，背靠墙壁，等他出来。

差不多也是那时候，卜白羽找到这里来了。我和楚汉刚才进校门的时候她是看见的。卜白羽看着我，没等她说话我就先开口了，我说我知道你来找他，他现在在为你哭，但你不配看到他的眼泪，连泪痕都不行，因为男人的眼泪是很宝贵的，所以你不配。

我没有看明白当时卜白羽的表情，她涨红了脸，怔了许久，转身离开。

几个月后我站在阴暗的车库角落，看着失而复得的自行车，才大致明白了当时卜白羽的心理活动。

她不是来找人的，她是来还东西的。

我这辈子唯一对她说过的话，可能也是我这辈子说过的最生硬最冰冷的话。

而那个转身离开的女子，在高二一开学就转到了松江的一所羽毛球学校去了。

我现在终于明白这个社区的名字为什么我会有点熟悉，因为楚汉曾经向我打听过，他说他要来锁一辆车，来送一把钥匙。

我把手伸进口袋，拿出一件冰冷的铁器，那是一把丁字形的小刀，当中那头细而长。那天我将那根环形锁插进偷车学生的后轮的同时急刹车，然后看着他连车带人的斜着滚出去，当时这把丁字刀就是从他身上掉下来的，我没有多少犹豫，下车弯腰把它捡起来放进口袋，看了被摔得有些发憷的男生一眼，左脚上车蹬，右脚先点一点地，紧接着踢开撑脚架，翻身上了我临时借来的车，四个动作一点五秒钟内一气呵成，然后离开了现场。

那是我最后一次骑得那么快。

丁字刀的尖刃插进三斯车的锁孔，轻轻一转，"咔"的一声，我听见锁心被扭断的声音，然后继续转动，固定车的锁慢慢地开了。

推着重获新生的坐骑，我走出车库，但那一刻我已经不只是一个高中生了。

我找到了楚汉问我的那个问题的答案。

对于一辆自行车来说，最重要的是哪个部分？

是锁，车锁。你可以有车锁但没自行车，可是你敢试试有自行车却没车锁么？

这个世界上，各种各种的小偷，是很多的。

坦 克

1

　　在那些差不多快被淡忘的俗语里，人们把在家中服役时间很长但是仍旧能坚守岗位的重工业用品称为"老坦克"。

　　而如今，人们把那种尺寸巨大、车把朝后水平弯曲并且右侧顶了个橘子大小车铃的自行车称呼为"老坦克"。

　　现在那些廉价的城市车山地车公路跑车在真正的"老坦克"面前是不堪一撞的，并且这种车子还有个巨大的美德，那就是它的车后座被制造得坚固而可靠。无论你是在后座上放一袋东北大米还是两爿生猪，它都能岿然不动——不像那些廉价的新款车，坐上一个素食主义的苗条女生都会地动山摇。

　　然而对于几年前的樊快来说，他那辆老坦克的后座上既不欢迎东北大米，也不欢迎生猪。这个座位是给一个苗条女生特别准备的——尽管这个目的比较遥远，但他从不放弃培育梦想的机会，就像他从不放弃化学考试能够及格的梦想那样。

樊快管那个女生叫维达。

如果换成其他老练的男孩子，他会打听到她的名字叫什么，至少能目测出她身高一米五八上下，体重也就那么四十公斤，没胸部也没屁股。天知道是素食主义者还是营养不好导致发育不良还是天生的。

然而樊快没那么复杂和老练。他只记得她有一张娃娃脸，几颗可爱的雀斑，说"谢谢"的时候眼睛会真诚地笑。

如果说樊快除此之外还知道什么，那就是这姑娘每天骑车上学。如果时间把握得好，而樊快的上学路线往西北偏一点的话，他们的生活轨迹有八百米是重合的。

这也就是樊快每天早上会在这个路口等着的原因。

樊快第一次遇到维达是在第六职校。

六职的教学质量很糟糕，但广告水准高超，招生宣传时号称自己"风景优美，小桥流水"。

事实是：如果遇到下雨天，校门口马路的积水会高出脚踝，如果不拿十几块砖头扔在水里做桥，学生就不能进学校；流水也是有的，学校后面就是当时尚未做环境治理的苏州河，在全上海以黑臭而闻名，在六职则以黑臭而闻鼻。

幸好，樊快不在六职念书。那次是他们七三中学高二学生到第六职校学工一星期，作为社会实践的课程。

那天早上，樊快在六职的校门口给同班同学修车。

樊快修车的水准在班里有口皆碑，交情再浅的同学请他帮忙，他都一言不发地跟去看车。不是什么大毛病的话，他一般都能解决，不必去修车摊。樊快问职校门房借来几件工具，很快就把车子修好了。最后还差颗螺丝，就去工技班的老师那里要。

等他拿着螺丝回来的时候，看到除了自己那位同学，边上还有个女生推着一辆女车。同学说樊快你来得正好，她的车子也坏了，问我能不能帮她看看，我说要等你回来。

樊快没多看也没多想，蹲下来给同学安上螺丝后，转向女生的车，发现原来是自行车的链子滑脱了，便让女生扶住车座，四五秒钟就让链子恢复了原位。

樊快拍拍手，略微抬头，发现她戴着第六职校的校徽，再仰起头，看清楚了女生的脸。

那天是星期五，樊快他们在六职学工的最后一天。

2

樊快并不是每天早上都能遇到维达，两个事先没有说好的人在茫茫人海和车海经常相遇不是件容易的事情，哪怕其中一方经常蹲点守候。

即使有时候等到了，他也不会追上去，然后演技出众地一脸惊讶状说：哎，真巧，是你啊！

尽管如此樊快还是以每天早上看到维达骑车的背影作为一天中最大的乐趣。当然这往往是要付出代价的，比如他经常要在和维达的背影道别之后快马加鞭地赶往自己学校，终于有一次他匆忙得忘了拔下钥匙。

樊快为了省那点停车费，老坦克一直被停在校门口外的马路上，这样一来无疑是相当于白送给小偷了。然而第三节下课的时候那把钥匙"啪"的一下被拍在樊快的课桌上。

头埋在胳膊里打盹的樊快抬起头看看钥匙，再看看来人，一脸货真价实的诧异，问道，你怎么进来了？

螺帽"嘿嘿"的头一歪，一屁股坐在樊快前面的空座位上，手指头敲着樊快课桌道，我怎么不能进来？七三中学可是我母校，我要经常故地重游啊。

樊快拿起自己忘在车子上的钥匙，疑惑地问，你又在打我们学校自行车的主意吧？不然怎么会看到我的钥匙？

螺帽说你可真冤枉我了，我纯粹是路过，路过，然后这职业病就犯了，一眼溜过去，就发现你这钥匙没拔——哟，上课铃响了，我得走了。

樊快看着螺帽消失在教室后门口，再看看那把钥匙，叹了口气。

当天中午樊快就听说学校里面的几辆自行车被偷了零件，教务处正在追查中。

螺帽本名罗茂，七三中学初中部毕业，考进一家中专，半年后退学，不务正业，成天小偷小摸。

螺帽撞上樊快的时候正好是他盗窃生涯的转折点——他想从小偷小摸转型为中等级别窃贼，标志性行动就是计划和几个混混去一家锅炉厂做"大买卖"。

未料那天晚上在赶去碰头地点之前，螺帽手痒了一下，对一条昏暗弄堂里面停着的一排车子动了心。就在他顺利地"解放"了一辆自行车时，隐约感到背后多了个人。

螺帽出于本能地感到不对，使劲蹬车。车子却纹丝不动，往下一看，前轮不知道什么时候卡进了一根树枝。还没等螺帽抬起头，右手和车把之间就被人穿进了一根环形锁。他根本没看清楚那人眼花缭乱的手法，只觉得手腕一疼，再定睛一看，右手小臂已经被环形锁牢牢缠在了车把上动弹不得，而且缠绕得恰到好处，左手再怎么去拉去扯，哪怕用小刀去切割，都无济于事。

螺帽气急败坏地抬起头，方才看清楚了那人的长相，还有七三中学的校徽。

对方也不和他多纠缠，利索地又用一根绳子把螺帽的左大腿和车座下面的钢管绑在了一起，然后任凭他怎么威胁怎么求饶都无动于衷，把宛如一件行为艺术品的螺帽和车子扔在原地，自己消失在黑暗中。

就在那天晚上，螺帽本打算去的那家锅炉厂发生爆炸事故，死了不少人。螺帽那几个同伙命不好，正好赶上了，弄得两个重伤一个轻伤，剩下的全让派出所给逮了。

樊快就这样无意中搭救了螺帽一次。所以当螺帽在七三中学门口等到他的时候，并不是为了报仇。

打那之后螺帽就没再动过除了小偷小摸之外的违法犯罪念头。

3

樊快之所以随身带着环形锁，是为了做生意。谁要环形锁就找他，六块钱一把，不二价。

樊快班里的人都知道樊快会修车，但在全年级范围里，大家只知道樊快有个摆修车摊的老子，叫樊建成。

认识樊建成的人都管他叫樊大声，因为从自行车厂维修部下岗之后他生过一场病，听力下降了大半，别人和他说话用一般的音量他都听不清楚，会把手举到耳朵边上喊："你大声点儿！"不过所幸他做修车生意也不需要什么听力，人家往车子某处一指，他就明白出了什么故障。

樊快每天回家都比他爸早，到了家开始做饭。而樊大声下班（确切地说叫收摊）也比一般的修车人早一些，蹬着小三轮车回到家便盘点一天的收益，然后就开始拿石头砸玻璃瓶子。

樊大声砸瓶子很有技术，声音不响，砸出来的玻璃碴子又小又尖锐。一到月黑风高的钟点，樊大声就带着这些玻璃碴子出去，像农民伯伯播种一样把它们播撒在一些路口。

樊大声在厂子里面是技术工，变换角色之后仍旧很技术，撒玻璃也撒出了心得和诀窍，比如：不能撒得离自己的摊子太近，也不能太远，还不能撒得太密，另外要考虑早晚车流的方向，下雨天也不能撒否则会被雨水冲走，每次撒的地方也不能重复，等等。

等他风尘仆仆地回来之后，便嘱咐儿子第二天不要往哪个路口骑，就像工兵绘制雷区分布图一样。

樊快对自己父亲的这种做法无法表示谴责，因为那些玻璃碴子的确就是种子，每天给他们家带来十几块乃至几十块钱的修车收成，他们要靠这些收成吃饭。

樊快属于七三中学少数学费全免的特困生，虽然这份名单应该是保密的，但大家心里都清楚得很，樊大声修的是自行车，不是小轿车。

自从樊快学工结束时要求自己骑车上学之后，樊大声的种子撒得格外勤快。他不明白自己儿子为什么心血来潮地想要骑车上学，但仔细算下来，樊快每天挤公交车来回要两块钱，长远比较而言，的确还是骑车比较实惠。

樊大声当然舍不得买刚出厂的新车，也不肯厚着脸皮找老同事买内部价的车子，二手车他也嫌贵。于是便在儿子面前大显身手了一回，也不知道从哪里找来了一些二手和廉价的零件，甚至还有别人扔掉不要的部件：上海凤凰的车把、永久的坐垫、天津飞鸽的脚蹬子、广州五羊的轮胎……当时所有国产品牌自行车的零部件就这样汇聚一堂。

樊快胯下的这辆"老坦克"可能是中国最早概念的组装机，只不过是在自行车界而已。

4

和樊快的超低成本组装机不一样，他们班长程皓亮用的是真正的品牌机，最新款的三斯牌城市山地车，MTB 三个英文字母缩写被骄傲地印在银白色车身钢管上。每天程皓亮都戴副大黑墨镜骑着它出现在校门口，让人觉得他恨不得把 MTB 变成 FBI。

但程皓亮却从不把车子停在校内车库，而是在学校外面的那排车子里面专门找到樊快的老坦克，然后把自己闪亮一新的车子停在老坦克边上。

时间一长，其他学生都不肯把车子停在樊快的老坦克旁边，因为都晓得待会儿会来一辆 MTB 让自己的坐骑自惭形秽。老坦克就这样总是在略显拥挤的停车长龙中占有一席之地。

樊快自己倒是从来不在乎这件事情。有时候车子破旧到一定程度了就到了无所谓的境界。当然，他也知道程皓亮为什么这么跟自己过不去。

当初樊快和程皓亮在同一个初中，程皓亮成绩不好留了一级，到了樊快那个班。本来也没什么，程皓亮家里条件也不怎么好，学费半免，两个人也算难兄难弟。

未曾想有一天程皓亮那个去了南方之后一度生死未卜的老爹忽然带

着大笔银子回到上海，成为了人们口口相传的暴发户。而程皓亮也从一个连麦当劳和摩托罗商标都区分不清的小男生，一夜之间成长为全校唯一一个手指头触摸过别人只在香港片里看到过的大哥大手提电话的学生。

也是从那之后，程皓亮宛如山地车一般甩脱樊快的老坦克阶层。无奈中考之后，他发现这辆"老坦克"和自己进了一所学校，分数还高出自己一点，最后还分在了一个班级。

当山地车发现自己无法甩掉一辆老坦克时，愤懑和恼怒似乎也就理所应当了。只是程皓亮那部 MTB 的骄傲没有坚持多久就没了。

那天早上程皓亮一如既往地在车堆里找樊快的老坦克，可来回走了三遍都没找到，郁闷不已，到了教室才知道樊快还没到。直到做完广播体操，樊快才一头大汗地赶来学校。

那阵子正好学校在狠抓学风，程皓亮作为班长立刻把这起情节严重的迟到事件上报给了年级组。

樊快大呼冤枉，说他早上买早点的时候遇到有人骑自行车抢包，路人纷纷忙着闪避小偷的车子，樊快却眼疾手快，在小偷骑车经过自己身边时左手拉住小偷的右手小臂，自下而上一推对方右手下的刹车。小偷的身体顿时因为惯性朝前冲去，被樊快轻松地拽了下来。可惜边上的路人不肯帮忙，小偷使出金蝉脱壳之计，扔下外套抄弄堂小路逃走了，樊快骑车也没追上他，再回来一看，失主也没了影子。

程皓亮此时表现出了前所未有的治学严谨态度，问，那你能不能找到目击证人证明你说的都是真的？

樊快倒吸一口凉气，那帮人若真有这个心思，早帮我拉住小偷了！

程皓亮说那就是没有咯？

于是，樊快领受了严重口头警告一次。

当天下午程皓亮的车子就被偷得只剩一个被环形锁锁在栏杆上的轮子了。

年级组长为了这件事情专门把樊快请去谈心一次。

樊快只说了一句话：我的车子比较破，小偷看不上，谁叫他喜欢停在外面呢？这不找偷么？

5

樊快只让螺帽帮自己偷过两辆车，程皓亮的MTB是第一辆。

螺帽说你小子还叫我偷上瘾了，被抓起来我可立刻就把你供出来啊！说吧，这回是哪个仇人？

樊快说这次跟上次不一样，你偷完之后还要再还回去。

樊快想"偷"的是维达的车子。

那时候快要过圣诞节了。学生们很欢迎这个西方节日，虽不至于互赠礼物，但贺卡却像雪片一样纷繁。马路边小商贩们的贺卡生意极为火爆。

樊快没有买贺卡的闲钱，再说那时候各个学校都管得很严，给异性写个贺卡放在学校的班级邮箱里面就是在找死，男女生之间送贺卡都是亲力亲为或者找中间人。

樊快在六职无亲无故无依无靠，又没胆子在校门口等维达出来送贺卡，只好想了个不算是礼物的礼物——帮维达擦车。

螺帽听了差点一口水喷在樊快脸上，继而大笑道，你别逗了，买贺卡的钱我偷个脚蹬子就全有了，写好了我来帮你送——不就是个邮递员么？

樊快一脸严肃地说，不行，一定要是我……

说着说着樊快发现自己找不到确切的词。

螺帽摆摆手说行了行了，我明白了，我偷就是了，不过你得先告诉我，为什么叫她维达啊？

樊快诡异地一笑，从自己里层衣服的口袋里掏出来一张东西，螺帽凑近了一看，居然是张餐巾纸。

那天樊快帮维达修好车子，两只手因为碰了链条，都是油泥，维达过意不去，拿出两张餐巾纸给他擦手。当时樊快擦掉了一张，还有一张却舍不得用，便用手指轻轻夹了藏在口袋里面，然后去男厕所用冷水把手搓得通红才洗干净指甲，再往裤子上一抹就好了。

樊快说着，把那张餐巾纸凑到鼻子底下，使劲闻了闻，过了那么久上面那股清新的味道还残留着一点儿。

每次他遇到不高兴的事情，就蹲在没人的角落嗅这餐巾纸上的味道，仿佛那股清香是女孩的手指头留下的。

女孩拿餐巾纸的时候樊快看见包装袋，知道这纸巾牌子叫维达。

尽管这个答案让螺帽很失望，但还是弄来了维达的车子，同时还不忘在其他车上顺两个零件回来。

六职和七三高中不一样，学生不多，但地方也小，只有一个教工车棚，学生的自行车一律都停放在校外的马路上或弄堂里面。所以根据樊快的描述，螺帽没费多大力气就完成了任务，把那辆女车停在了离六职两条大马路之外的樊快面前。

樊快擦车和一般人擦车不一样，很讲究工序：

先要用一把用得卷了毛的牙刷蘸了水从最高的车座下面刷起来，然后一路往下，包括链条外面的那层护壳反面、三角车架的结合处、固定车锁的背部、撑脚架……车身每一个犄角旮旯和容易藏污纳垢的小角落都不放过，这期间牙刷要不断地放在水里面洗净。

全部刷完之后，再用干净抹布抹干车上的水珠，然后用清水往车身上面撩一遍，再用抹布用力擦一次。

这还不算完。那块抹布在水里搓洗干净后，还要像给人擦皮鞋一样，左右来回地把前后两个车轮每根辐条之间的轮圈都擦得跟银器一样闪亮。

那天樊快花了整整一下午时间把这辆车打理好，学校的课都没去上，因此后来被樊大声打了一顿。

但当时面对自己的杰作，樊快脸上洋溢着一种手工艺匠才有的喜悦和疼爱，抹了下额头上的汗珠，往被水冻红的手上哈了哈热气，抹掉车把上的一滴水珠，满意地笑了笑，说，还回去吧。

螺帽围着车子转了一圈，说，我在想，你那维达放学之后还认得出自己这辆车么？

樊快不以为然，从口袋里拿出那张在他看来可能比十万英镑还金贵的餐巾纸，凑到鼻子底下。

6

樊快骑车的时候，喜欢左手把着车子，右手松开，把手掌缓缓垂下，让它在风中滑行，时而五指张开，像是要抓住什么；又时而关节弯曲掌面翻覆，像在弹钢琴。而他单手骑车的时候总是骑得很慢，一副悠然自得的样子。

这个时候往往是休息天，不必像平时早上那样赶着上学，晚上也不必急着回家做饭。

在那个物价尚未飞涨、工资半死不活的时代，全国还没实行双休日，只有星期天能休息。樊快的休息天没有什么娱乐：家里没有电视和半导体；那时候踢足球，参与的人都要出这个球的份子钱；游戏机房更是烧钱的地方，敬而远之。

于是只有骑着车子四处瞎逛。樊快的右手划过小半座城市的街道，然后在天色暗下来之前赶回家买菜做饭。

当然，樊快本来还有嗅餐巾纸这个保留节目，但元旦那天樊快一时疏忽，洗衣服的时候把餐巾纸摆在桌子上，自己去晾衣服。

樊大声那阵子正好感冒着，鼻子像个关不住的水龙头一样流水，早上起来看到桌子上有这么张纸巾，既不是考试卷也不是家长会通知书，就理所当然地拿来擤鼻涕了。

等樊快回来，看到大祸已酿成，险些跳起来和自己老子拼命。

樊大声立刻一个耳光过去，甚至觉得都没必要多训斥。在他看来，这不过就是张餐巾纸，虽然家里面从来不买这么高消耗的东西，但也不至于这么宝贝，樊快这小子是不是读书读昏头了？

樊快知道自己多说无益，只能怀着告别先烈的心情丢掉了那张不堪入目的餐巾纸。

螺帽知道这件事，只能叹口气。

那阵子警方正在搞严打，稍微犯点事情就会撞在风口浪尖上。

螺帽这点觉悟还是有的，索性连小偷小摸都不干了，天天泡在虹口公园的小山上偷看人家小青年谈恋爱，看到谁往树林密处走，就大喊一声"抓流氓"，然后溜之大吉。要是看到冒天下之大不韪的学生情侣，索性配个冒牌的红臂章上去盘问一下。

樊快休息的时候便去公园看看宛如养老的螺帽。

差不多就是那时候，螺帽捡了一只腿受伤的小麻雀，用棉线绑了健全的那条腿，揣在外套里面给它取暖，每天挖点蚯蚓碾成小块喂它。

螺帽说人我养不起，一只麻雀还凑合。说着摸摸那小东西的脑袋，嘴里喷着白气道，你看看，是只麻雀都比我自由，它可以去它想去的地方。

樊快说可它现在哪儿都飞不了，跟我们一样。

螺帽知道樊快有一个梦想就是开飞机。前几天七三中学来了个老校友，在解放军的空军部队当飞行员，回来给小校友作报告，樊快脖子伸得比长颈鹿还长，恨不能直接坐在飞行员膝盖上听他讲。

螺帽摇摇头，讲，你跟我不一样，我后半辈子大概就混在这里了，你不是。

樊快也去摸摸那麻雀的脑袋，动作很小心，生怕被它啄了：我可不会飞呵。

螺帽说你是不会飞，可你会跑，你要是不能像鸟一样飞翔，那就像马一样奔跑。

7

樊快起床晚了半小时，那天正好是期末考试第二天，上午考英语。出发前樊快发现老坦克的内胎爆了，樊大声还紧急给他换了个价钱最便宜的内胎。

樊快眼看来不及了，一路上火急火燎，闯了三个红灯。

结果过第四个红灯的时候一辆警用摩托车跟了上来，示意让他停车。樊快知道自己不是机械引擎的对手，只好停靠在路边。

警察叔叔下来后一脸严肃，问，你知道不知道你闯了几个红灯？

樊快当然不会去数这个，苦着脸说，我今天期终考试，快迟到了。

警察凑近看了看樊快胸口的校徽，再看看自己的手表，白手套一挥，说，去吧，下次别再闯了啊。

接下来的路段有如天助，交通指示灯一路放绿，樊快只迟到了五分钟，赶上了广播里面的第一道听力题。

差不多也在樊快开始做阅读填空的时候，十多公里外的樊大声目击了一起车祸。

那天樊大声刚巧换了个比较僻静的路段摆摊，因为路上没多少车辆，所以那辆卡车才撒开了速度跑。

当时樊大声给一个顾客的车子换了两块刹车橡皮，赚了三块钱。

他转身把钱收好，还没在那把旧躺椅上坐下，就听见"轰隆"一声，扭头一看，刚才那主顾和他的车子已经双双横在了地上，而边上一辆微微减速了一下的蓝色卡车没有要停下的迹象，相反加大马力往东逃逸了。

樊大声脑子里面嗡嗡的，和几个路人冲过去看了看伤者的伤势，还挺严重的。他再看看路上没什么车辆，便咬咬牙，捡起地上那辆自行车草草检查了下，就跳了上去，往肇事车辆逃逸的方向追去。

后来警方估计，跟自行车打了大半辈子交道的樊大声肯定是知道自行车是赶不上卡车的，所以应该只是为了追上去看清楚车牌号。

也许樊大声真的看清了那辆车子的牌照，但可惜他却无法带回这条线索了。

后来一位好心的面包车司机在距离车祸现场三百米开外的路边发现了躺在地上的樊大声和那辆二度倒地的自行车，连忙把他抬上车开往最近的人民医院。

人民医院那时候的办事顺序还是把救死扶伤摆在谈价钱之前的，立刻送去抢救。可惜突发性脑溢血还是夺走了时年四十三岁的樊大声的生命。

在那之后附近的骑车人再也看不到那个嗓门很大、喜欢说"你大声点儿"的修车匠了。

8

螺帽找到樊快的时候已经是樊大声走后的第三天，樊快正蹲在第六职校门口的马路对面，周围修车的工具一应俱全：打气筒，盛水的脸盆，盖着抹布的工具箱，三轮车，生了锈的躺椅。那时候也没有那么多城管管来管去，所以年轻的修车摊摊主可以像座塑像一样在那里坐上一整天。

螺帽吸吸鼻子，走过去在樊快身边蹲下，问，生意怎么样？

樊快目光呆滞地看着马路对面写有六职校名的白底黑字木牌，没有说话。

螺帽给自己点上一根中南海，道，听说你们学校的老师和居委会的人找了你好几次呵。

见对方还是没反应，螺帽吐出一长串烟，别等了，我打听过了，她转学转走了——你就没发现她的车子早就不在了么?

樊快收回目光，这才看了螺帽一眼。

但这回螺帽却没去看他，继续道，她们家这次是这块动迁涉及到的居民之一，一礼拜前就搬去浦东了，挺远的，所以不在这里念书了。

樊快捏捏鼻子，捏得有些发红了，问，你过来就为了说这个?

螺帽深吸了口烟，看看弹落在地上的烟灰，没正面回答：你打算在这里蹲一辈子?

樊快也学会答非所问似的，说，我在这里坐了两天了，一个生意也没有，连打气的都没有，只有一个人，来问路。

螺帽笑了，过了一会儿樊快也笑了，两个人莫名其妙地笑了十几秒钟，忽然又陷入沉寂。

樊快忽然想起了什么，问，你养的麻雀呢?

螺帽用马路掐灭烟头，说，死了。

樊快缓缓低下头。

樊快在六职门口待到第五天，一辆汽车轻轻停在他的摊子前面。车子挡住了樊快看六职校门的视线，他才把注意力转向车子。

那是辆大众出租车，车后门打开，下来了一个穿着咖啡色大衣的女人。

樊快抬起头，看到摘下墨镜的女人额头上两道画过的眉毛带着淡淡的棕色。

她轻轻地叫着樊快的名字，声音很好听，像清脆的铃声那般，让樊快觉得似曾相识。

樊快笑了笑，没有听清楚她在说什么，只是觉得她的声音真的很好很好听。

女人说完，定定地看着他。

樊快知道她说完了，许久，起身，却没有走向她，而是走到脚边脸盆那里蹲下，两只手伸进冰凉的水里面，轻轻滑动，就像他骑车时右手做的动作那样，说，你找我爸么？他不在。

女人走近了一步，说，我是来找你的。

樊快没理会她，继续自言自语，我爸，是个很节约的人，自从他老婆扔下他和他儿子跑到日本去之后，他就很节约。

每天早上他儿子都要洗脸，很要干净，他儿子洗完脸之后的水他再拿来洗自己的脸，洗了之后还是舍不得倒掉，就倒在这个盆里来摆摊，每天用它来洗手、检查车胎漏洞，要是一天下来这水看上去还干净，他还会把它拿回来，给他儿子擦车……

说完，樊快双手合拢，捧起些许水，慢慢举到自己脸前面，看着阳光漾溢在水面。

可他儿子真浑哪，这辈子只给一个女生擦过车——只有等他爸死了好几天了，那儿子才发现，自己的老坦克每天都那么干净，都是他爸早上起来擦好的，因为他爸买不起新车给儿子。

樊快说完，忽然笑了，双手小心翼翼地缩回到自己面前，把嘴伸了进去。

9

在七三中学掀起不小波浪的，不光是樊快又回来念书了，还因为大家这才知道他有个一直远在海外的母亲。

十年前她离开樊大声跟着一个日本华侨去了日本，如今樊大声一走，她得到消息就回来找儿子了，把他从那间狭小的矮平房带到了最豪华的宾馆。

那年头说起外国就像在说外星球一样，不少人都在揣测樊快的母亲会不会把樊快带出国。如果真是这样，那么全校头号贫困生可能一夜之间成为第二个程皓亮，甚至比程皓亮还程皓亮。

当然，更多的人没想到这层，只是想看看"樊坦克"那个成天看到外国月亮的母亲长什么样子。

樊快的母亲也没有让很多人失望，带着樊快回到学校那天就分别被校长办公室和教导处办公室高规格接待了一番。

当天下午高二年级组就临时决定在上学期行将结束、寒假即将开始之际，用最后一个返校日的下午开一个纪念大会，哀思因见义勇为而失去生命的修车人樊建成，全校上下所有的班干部都要出席。而纪念会的主要内容是，樊建成的儿子樊快要做一份长达五千字的回忆报告。

纪念大会那天是周六，老天也很配合地下着小雨，各个班级的大小干部都准时到位了，地点就在教学楼四楼西侧那个不轻易使用的阶梯教室。

　　因为校领导也要出席，所以阶梯教室的暖气开得很足。

　　快到两点钟的时候，校长表示可以正式开始了，便派人去和阶梯教室连在一起的休息室里面找樊快和他母亲，但那个老师只找到了樊快他妈。她说樊快上厕所去了，要不我去找找他？

　　说着就要走出休息室去开阶梯教室的门，却发现打不开。

　　那老师说怎么会呢？这扇门很好用的呵。便也去推，一样推不动。

　　声音惊动了教导主任，问明情况后主任踮起脚透过门上的气窗略微看清楚了门打不开的原因——两个门把手被一根很粗的环形锁紧紧锁在了一起。

　　这个阶梯教室只有这么一扇门。

　　那天同样十分痛恨环形锁的人还有程皓亮。

　　当时距离下午两点还有十来分钟，程皓亮走出男厕所正要去阶梯教室——他不但要作为班干部出席纪念大会，还要在会上朗诵一首由学校语文教研组组长专门根据樊建成的事迹写的诗歌。

　　走到三楼楼梯口时，程皓亮遇到了从上面走下来的樊快。

　　程皓亮顿时瞪大了眼睛，问道，你去哪里？

　　樊快皱着眉头道，你别管。

　　程皓亮也不是笨蛋，看到樊快手里拿着雨披和书包，明白他这是要走，也不拦，给樊快腾出一个空当，说，你要走就走吧。

见对方很诧异地扬了扬眉毛，程皓亮说你别以为我是在帮你，你走了，这纪念大会就开不成，我还巴不得呢——给一个修车的老头子朗诵诗歌，你当我愿意？

一小时后，在阶梯教室憋了许久好不容易解放出来的班干部们冲向厕所。有几个女生不愿在四楼厕所等太久，满腹牢骚地到三楼楼梯口的女厕所方便，结果一进门就吓了一大跳——

女厕所的地上有个身体不断扭动的人，脑袋和上半身被一件大雨披罩住，最外面有一根环形锁紧紧箍住雨披和那人的胳膊肘，让他无法使用双手，而两只自由的脚还在乱蹬不已。

10

樊快一身湿透地回到了以前和樊大声一起住的老屋。

从学校出来后，他把那辆老坦克骑到公园的凉亭，停在了螺帽面前，说，归你了。

螺帽拍拍还热着的车坐垫，问，你就不怕我把你的坦克卖咯？

樊快抚摸了一下沾着水珠的车把手，反问他：你觉得谁会买这车？

螺帽点点头说那倒也是，现在满大街跑的"老坦克"越来越少了——你要不要再骑一圈？

樊快摇摇头，捋了下湿漉漉的头发，说，我长这么大，我爸只给我讲过一个笑话。

说说。

樊快说我爷爷家门口到他们弄堂的公共厕所只有五十步路，我爸小时候经常一身整洁，推着辆车子站在家门口，对我奶奶说："我走了啊！"我奶奶问他你去哪儿啊，我爸说，上个厕所。

两个人都没笑。

樊快毫不介意，自顾自说，那时候我爸才十五六岁，那是他的第一辆车，亲戚送给他的旧货，后来他一辈子都在跟自行车打交道。

螺帽点点头，放了支烟在嘴里，没点，又拿下来，说，我有件事情一直没搞清楚，那个维达，你干吗这么一直想着她。

樊快看看他，再看看下雨的天，歪了歪脑袋，说，我骑着老坦克天天早上在那个路口等她出现，有一天我起晚了，以为自己肯定等不到她，在路口稍微等了一会儿就赶紧走了，没想到半路上遇到了她，我没注意控制车速，就和她并肩了……

樊快低下头看看螺帽，脸上忽然有了丝笑意：你知道么？自从我上了中学，还是第一次有女孩子主动跟我打招呼，而且笑得那么真诚。

螺帽没说话。

樊快吸吸鼻子，说，我要走了，后会有期。

转身走了五六步，他忽然想起来什么，从裤子口袋里面又拿出一样东西，说，对了，备用钥匙忘记给你了。

说着也没回头，把钥匙轻轻往身后一抛。

螺帽看着那串钥匙在天上划出一道抛物线，手一伸，接住钥匙，忽然说，既然你解答了我心里的一个困惑，那我也告诉你一个秘密。

老屋里面大部分东西都还保留着原样，仿佛樊快还不曾离开，而屋外随时可能响起樊大声骑着小三轮车回来时习惯性的招呼声。

樊快走到樊大声的床边蹲下，掀起床单，翻出一些瓶瓶罐罐，发现在床底的最里面有一个小箱子。

箱子很沉，樊快花了很大的力气把它拽了出来。他很轻易地打开了这个没上锁的箱子，然后揭开铺在最上面的那层布。

里面是一个个橘子大小的布包，取出一个打开，是自行车的车铃铛。

二十分钟前在公园凉亭里，螺帽说，其实，我认识你爸，他是我的老客户，每次我偷到很新的车铃铛，都会卖给他……快一年了，我少说也卖给过他四五十个车铃铛了……我问过他你收这么多车铃铛干吗，可他从来不告诉我。

樊快取出箱子里面的车铃铛，一个一个在床上摆好。

每个车铃铛都被细心地擦拭过，缝隙里面一点明显的灰尘都没有。樊快拿起一个，捏住金属小耳朵摁了一下，清脆悦耳的铃声顿时回荡在这面积不大的小屋子里面。

樊快的鼻翼在那一瞬间颤动了一下，眼睛里面星光流离。

他起身，拿来扫帚和拖把，把那些车铃一个一个固定在扫帚和拖把棍子上，然后摆在桌子上面。

　　此刻如果谁家的孩子淘气趴在窗台上，透过有些雾蒙蒙的玻璃窗，他就会看到一个浑身湿漉漉的男孩站在桌子前，一下一下地摁着两排自行车铃铛，就像一个音乐家在弹奏钢琴一样，动作轻柔，表情严肃，眼神虔诚。

　　那是个周六的下午，下着小雨。很多要养家糊口的人还没下班，所以他们听不到从那间陈旧而狭小的屋子像着了魔一样不间断传出的清脆而响亮的乐章。而也只有那个不停摁着车铃铛的男孩知道，他的演奏，并不是为了人间的耳朵。

文字帝国·微生

那年，他和她分别出版了自己的第三本书。

全国各个大中型城市的书店里，二人的作品都被摆成好看的螺旋形置于门口处。只不过她是小天后级别的人物，所以还有精美的人像海报贴在一旁。画中人笑笑地看着那两座小塔：一叠清新风格，封面是纯白底色上撒了些花瓣；另一叠则是马赛克瓷砖般的封面设计，远看像一座小小的后现代建筑。

讽刺的是，他们两人走截然不同的风格路线，所以拣起花瓣的读者不太会去翻看马赛克，冲着马赛克来的人也不会浏览花瓣之下的内容。但假如有那么一个口味比较多层次的读者把它们都买下的话，就会发现有个人物名字同时出现在这两本书里——

"微生"。

即便是侥幸发现了这个有趣现象的人也绝对不会知道，为了这个名字的所有权，花瓣和马赛克的作者吵了很久——只不过，那都是若干年以前的事情了。

　　当时，十四岁的男孩和十五岁的女孩已经各自枪毙掉了对方想出来的人物名字，这些名字换算成真人的话尸体可以堆满一火车。最后他们找出本字典，男孩随意翻出一个字，女孩随意翻出一个字，合起来就是他们合著的小说主角。

　　于是"微生"诞生了。

　　但随后他们又为了主角的姓氏和性别吵了起来。

　　若干年后，"微生"在两本书里都没有姓氏，只不过在他的书里是女孩；而在她的书里……还是个女孩。

1

　　颜苏舞跟着她妈搬回司南路的老洋房那年，住斜对门的池亦然刚上小学四年级。

　　那个时候，池亦然刚刚把颜老先生家里堆的那些书给数完，不多不少，五百五十五本，涵盖了古今中外的散文诗歌小说和理论著作。

　　颜老先生就是颜苏舞的外公，当时已经六十有三。当初他极力反对女儿和那个男人结婚，追求婚姻自主权的颜妈妈愤而号称要断绝父女关系，并且结婚之后就没再怎么回来过。可惜如今这段婚姻由于第三者插足而宣告结束，颜妈妈带着苏舞非常落拓地回到老巢。颜老先生虽然没什么很好看的脸色，不过看在外孙女的分上，还是答应收留她们。

颜苏舞清楚地记得，自己第一次回到这老宅时，母亲对她讲，嘉仁，叫外公。小姑娘嘴巴还没张，老先生先开口了：都是被人家赶出来的人了，还用着人家的姓氏名讳么？

三天之后，她就和原名"孙嘉仁"告别了，颜老亲自给她起了个宛如笔名的新名字：颜苏舞。

成为了颜苏舞的孙嘉仁并不知道此名出自何处，一开始还很不习惯新名字的，总觉得像在叫别人而不是叫自己。十多年后，她成为签约公司旗下三大招牌女作者，百度贴吧里的固定发帖格式是【舞文弄墨】。她每次看着贴吧里漫天齐刷刷的四字口号，总觉得像是命运在开玩笑。

因为搬了家转了学校，周围没什么朋友，颜苏舞一开始是相当寂寞的。颜老一把年纪，做什么事情都不能动静太大，在家看电视音量只能开到三格，颜苏舞最大的消遣便只有看书，和她做伴的就是很早以前就爱往颜老家跑的池亦然。

其实她比池亦然大一岁，只不过因为小时候大病一场休学过，所以和他读一个年级。两个念四年级的小屁孩只能拣些神怪传说和白话小说看看。由于字还没认全，看得也是一知半解。

而对那时的池亦然来说，在颜老先生家看书只是打发时光。谁叫他天生体弱呢？踢足球没那拼抢意识，上场半小时也碰不到几下球，除非人家传球正好踢到他身上；打篮球吧，个子太矮，他激素分泌猛长个头的黄金时期还要等到几年后的高二上半学年；羽毛球？那是女孩子的项目……于是只好看书了，应了"百无一用是书生"那句老话。

偏巧那时候颜苏舞和她妈还没搬回来，早年丧偶的颜老平时除了散步、养花，整日和一堆死气沉沉的书籍相伴，无比寂寞。池亦然的出现，给他的房子带了年轻的生机，哪怕池亦然只是坐在一堆书上看书。每次他来，颜老总要拿出麦乳精、水果和奶糖款待，那架势像极了爷爷在伺候孙子，后来颜苏舞来了，相当于又多了一个伺候对象。

若干年后，频繁接受采访的池亦然经常会被问道"你喜欢哪个作家／哪本书"之类的传统问题，每次都问得他很迷茫。小时候他是在书山上度过的，看了多少书却不记得了，至于喜欢哪个作家或者哪本书印象最深也不记得了，于是只好信口胡诌几个相对靠谱的名家。

他只记得，那时的周末，他总喜欢跑到颜家那间书香味浓郁的屋子里，和那个女孩像垃圾山上的寻宝者般直接坐在一叠书上。颜老在里屋睡午觉，颜妈妈在图书馆加班。时间凝止，唯一打破宁静的便是池亦然看到有趣的地方时发出的嗤嗤的笑声，像个小神经病。然后颜苏舞就一本书挥过来拍在他背上，他立刻就老实了。过了一会儿，轮到颜苏舞看到好玩的地方低声笑，一开始还努力压住，肩头耸动，后来就憋不住了，轻笑声在屋子里蔓延开来。但这个时候池亦然是不敢以牙还牙的。

"从小你就比我厉害，我一直都习以为常。"

这是后来池亦然在他发表的小说处女作里开头的一句话。

2

颜苏舞在十九岁那年扬名立万之后，接受采访基本上是一个月一次。同样被问到最喜欢哪位作家的问题，她要游刃有余得多。其实无论是面对读者还是媒体，专访已然成为了一种公关手段，翻来覆去就那么些个套路。

只有一次，也不知道是哪家媒体的文化线记者忽然问她：有个和你差不多年龄的小说家池亦然，你知道么？颜苏舞眼皮颤了一下，脸上却不露声色，答曰知道呵。那菜鸟实习记者有如神助，追问：您觉得他的作品如何？

此时的颜苏舞已经完全缓过神来，露出一个标准的浅笑：对不起，我没看过他写的东西。

时光倒退掉五年，司南路的老宅里，池亦然和颜苏舞已经是初中二年级的学生，只不过读的学校不同，在初试写作上的境遇也不同。

颜苏舞那时已然是文字的宠儿，课堂作文总被老师当作优良范例来念，平时自己写的散文之类也被语文教研组长推荐到一些比较有名的学生作文杂志或者教育报。她发表文章的杂志报纸堆在一起有立起来的手掌那么高。相反，池亦然衰神附体一般，应试作文差强人意，在其他课上用数学本子写小说却被老师发现，未完待续的作品被当着全班的面斥为"狗屁不通的一派胡言"，然后撕得粉身碎骨。

但在颜老这里，情况却反了过来。他偏偏对池亦然那些"狗屁不通的一派胡言"比较赞赏。众所周知，颜老以前是出版社编辑，经手过的中外作家的小说散文集不说上千也有几百，更无需说平时博览的文章。作品被颜老夸一句，一个加强连的语文老师都可以歇火了。

也只有颜老夸他。

但颜老很少夸奖颜苏舞。手掌高的杂志报纸时间一久就覆了灰尘，感觉和屋子里那些堆了好几十年的旧书无异。终于在某个家中无旁人的下午，颜苏舞把这些杂志报纸统统撕了个粉碎，装入塑料袋扔进弄堂口的垃圾箱，然后气喘吁吁地回到房间，这才发现自己的手指被杂志装订的钉子划出了血，终于一头扑在床上压声哭了一会儿。

多年后，颜苏舞出的每本书上都有各路名家写的推荐，网络上一搜能找到近千条关于她作品的评论。但她知道那些推荐语很多都是文化公司编辑写完之后请人挂名的，那些褒贬不一的评论也真真假假虚虚实实阴阴阳阳。她对这些评价和盛赞都一笑而过，就像看到路边卖老鼠药的在卖力吆喝。她生命中那段最需要别人认可的年华，已经一去不返，那种只有别人表扬之后才有动力继续前行的非职业心态也彻底死亡。

可当年的她其实并不贪心，她自始至终只需要一个人的认可。

幸好，那天终于来了，就像姗姗来迟的初潮。

那是她撕毁自己作品后的第二天，星期六，母亲一如既往地加班，池亦然下午补习数学去了，只剩下她和颜老。她正在看一本海涅的诗歌集，本该在屋里午睡的颜老却穿戴整齐地走了出来，讲：收拾一下你的东西。

女孩诧异地看着自己的外公，第一次在他眼里找到一种肃然的东西。

老人：带你去见穆老师。

3

颜苏舞在刚进初中的时候就从母亲那里听说了穆老师的存在。虽然不清楚他确切的身份和来头，但颜苏舞知道他和颜老是故交。

穆老师在圈内有着极高的名望，却不轻易替别人看稿，不管是无名小辈还是已经有点名气的作者，除非是好友竭力引荐的。据说穆老师看完稿子也很有趣，有些稿子他看完会客客气气地退回去，意思就是也就这水平了，如果没有大变数，不会有突破，所以还回去给人家留个纪念；有的稿子他会骂，但必然是文章有精彩之处，他骂的都是软肋和不足的部分。

穆老师住的也是那种很多户人家的老洋房，一楼房间里传来老唱片的音乐，二楼可以闻到油画用的松节油香味，到了三楼……三楼是单户，门半敞开，里面却和颜老的书山不同，空空如也。有个人背对门坐着，侧脸朝向窗户，像在看书。他听到了来者的脚步声，头也不回，只朝门口方向伸出手：拿来吧。

听声音，年纪和颜老差不多大。颜苏舞怔了下，便进屋。之前颜老把她送到一楼楼梯口，没有跟着一起上来。

穆老师看稿，除作者外，不许第三人在场，哪怕是多年故交。

老头也不让女孩找个地方坐，除了翻页之外屋子里就没有别的声响。也不知道过了多久，颜苏舞把屋子里几乎每个角落的细节都观察得毫无悬念了，对方的声音才响起：

叫颜苏舞，对吧？

十年后，穆姓老者在睡梦中无疾而终，没有讣告，没有新闻，但圈内人以最快的速度知道了这个巨大损失。

那时颜苏舞和公司其他几个写手在福州书城做签售，接到消息后脸色暗了一下，之后签出来的字都有些走样，便跟编辑说身体不舒服，下去休息了片刻。她隔着临时休息室的玻璃窗看着外面几百人的队伍熙熙攘攘，忽然感到空前的落寞。

五百个人喜欢你，一个人骂你，你会记住谁？

她记得十年前，就在自己第一次见过穆老师并且被毫不客气地骂了一顿之后没过多久，外公就病倒了，是肺癌晚期，之前他一直压着这件事情没跟女儿和外孙女说。颜苏舞这才明白为什么外公那天下午会带自己去见穆老师——他知道自己时日不多了。住院了半个月，在病重到失去清醒神智前，颜老特意让女儿把颜苏舞叫到跟前，问，你的愿望不光是想写书出书，对吧？在此之前，老人从来没这么直接地问过自己孙女这个问题。颜苏舞分外诧异，原来自己那小小的野心，外公都看在眼里。

颜老说你记住，文字的世界就像个大帝国，但从来没有人能成为帝王，每个作者在这个帝国里都像一个小小的汉字，也许常用，但绝不是唯一，更不会说它就是最好的。

言罢，让女儿将苏舞从自己面前领走。

当夜，老人故世。

那年颜老的追悼会上，池亦然哭得比颜苏舞还要伤心。

但穆老师却没有出现。

那天下午颜老让苏舞收拾东西时，女孩一时兴起，把自己曾经手抄的一篇池亦然的文章也带上了。结果在穆老师的屋子里，他批评完颜苏舞的文章，忽然话锋一转，问，里面有一篇文章，不是你写的吧？女孩脸庞发烧，不知道怎么回答这个怪老头。

对方也不等她的回答，拿起桌上的洋火柴，点着了池亦然的文稿，然后放进桌上一个小铁炉子，屋子里蔓延起焦味。

这是穆老师看稿的第三种结果：阅后即焚。但这种情况很少出现。

当时的颜苏舞不明白这到底算什么意思。

4

池亦然和颜苏舞升进高中的时候，颜苏舞已经搬出司南路老宅半年多了。

颜老去世后，房子归在了颜妈妈名下，后者很快就把它转让了。那时房价尚未贵得离谱，所以她能在市北买了一套两室一厅的新居。颜苏舞高中考进了市郊一所寄宿制中学，一个星期回来一次。那时她的文章功力已经进步很多，发表文章的杂志报纸已经不是一个横过来的手掌高度，所以深受语文老师喜欢，高中第一年就获得了校级作文比赛的五百块奖学金，但也立刻招来了宿友的合力抵制。

鉴于那段岁月是如此的冰冷和钩心斗角，高中毕业时颜苏舞已经出版了第一本书，拿到两万块钱版税，一进大学就直接在学校边上租房子，没住过一天宿舍。

跟颜苏舞的悲剧相反，池亦然在高中头一年里还是比较快活的，因为考进了一所离家很近的高中，老师大多是群混日子的主儿，不爱干涉学生，学校气氛相对自由。他唯一的遗憾就是平时见不到颜苏舞。那时中学生里个人电脑尚不普及，除了每个月会在市立图书馆碰一次面，平时两人只能平邮通信，内容也多是互相提供一些自己觉得不错的图书名单，还有就是颜苏舞常问他"最近有没有写点什么"？

答案总是否定的。

池亦然初中时在课堂上写文章，和去颜家看书一样，都是因为闲得无聊，哪怕被颜老夸赞，也不能减少他的自卑感。在他看来，像颜苏舞那样在正经的刊物报纸上发表过东西，才叫写作的人。辛辛苦苦写了几千字最后不是扔进抽屉就是被老师撕个粉碎的，充其量不过是个票友罢了，甚至连票友都不如，说出去都不好意思。颜老去世之后到现在，他基本就没再动笔。

于是颜苏舞这下算彻底放心了。

接下去她在信里的提议就内涵复杂了：和我一起考华师大吧，中文系。

几天之后，池亦然的回信里，对这个邀约的答复写在最后，但圆珠笔的笔画似乎也写得最深：丽娃河畔见。

这个约定最后自然没有兑现。高三时填志愿，两个人都没有报华师大。最终池亦然去了 X 大的社科学系，颜苏舞考去外地，在杭州的传媒学院念新闻专业。后来池亦然有一次应邀到华师大给文学社团做讲座，总算看到了传说中的丽娃河——水质并不是想象中的那么清澈，甚至有点脏，某些河段两边的建筑也旧得吓人。

到底只是一个充满遗憾的陈旧愿望而已。

颜苏舞怎么会想起来要和池亦然约好在华师大会师的，只有这个女孩自己心里清楚。

那些年里，池亦然在她心目当中究竟是什么角色和地位，答案可以说非常复杂。唯一肯定的是，她没把他当作小一岁的弟弟来看，却也没把他当作普通朋友。说起池亦然的写作，"著作"颇多的颜苏舞对他是蔑视的，但又是隐隐不安的。颜老生前只夸他的文章，虽然最后带去见穆老师的还是颜苏舞，但不能不排除是血缘关系影响了老人做出的决策。穆老的"阅后即焚"又代表了什么？她想了许久都没想明白。

撇开这层顾虑，池亦然在她看来是个好玩的小混蛋。尤其是当初一起看书时，其实每次她都等着男孩嘻嘻的猥笑，然后自己就可以一本书拍在他脑门上。可是每次她自己故意发出笑声，池亦然却连屁也不敢放一个。足足四年，一次都没还过手，这让颜苏舞有些失望。但又不能说池亦然就是什么正人君子。遥想他们小学四年级结束的那个暑假的某天下午，正好颜老出去了，颜苏舞躺在沙发上午睡。在一旁看书的池亦然不知道吃错了什么药，居然蹑手蹑脚走到女孩边上，俯身端详了她的脸庞好一会儿，忽然袭击般在她脸颊上亲了一下，然后飞快地闪了回去继续看书。

这个小流氓当然不知道，当时颜苏舞根本没睡着，只属于半梦半醒。池亦然的那一下子反倒让她清醒了，但却不动声色。在那之后的好几天里，颜苏舞都担心一觉醒来发现自己的肚子已经大得像个篮球，然后发誓若真如此，必然要先把池亦然剁得跟书页一样薄。

还好，后来两人相安无事，谁都没提起过这件事情，仿佛偷吻事件根本没发生。直到进了初中，有一天颜苏舞上生理课，发现人造人的科学原理不是那样的。此时的颜苏舞作为女生，已经在青春期发育的道路上先走一步，个子长到一米六。反观池亦然，却像棵营养不良的狗尾巴草，始终在一米五五徘徊，看女孩的脸需要三十度角仰望一下，还总带点欲哭无泪的表情。然后颜苏舞就会拍拍他的脑袋，笑而不语。

当然，这一切都是暂时的。

无论颜苏舞到底是个内心如何强大的女子，她都无法阻止这个男孩在生理上的发育，更不能阻止那些让她怀恨终生的人出现在自己或者他的生命中。

比如那个全小薇。

5

多年之后，无论你翻遍影视圈、音乐圈、写作圈，还是其他任何文艺圈子的资料，都丝毫找不到这个叫全小薇的女孩的信息。对这个世界而言，用"无足轻重"四个字来描述她都显得有些奢侈。但在那年春季的三月，她的存在却铸就了池亦然的未来，就好比引爆炸药的一丝火星那般无人注意，爆炸之后的惊天动地却长久停留于耳膜。

全小薇在开春时转来之前，已经在六个月内换了两所高中，最后霉运之神的轮盘转到了池亦然的学校这里。如前所述，该校气氛相对自由开放，但这种自由风气在全小薇看来还是宛如中世纪的欧洲。她染发，她不穿校服，她父母离异，她初中留级过两年。那时候似乎有很多这样的女孩子，"叛逆"和"另类"这样的形容词还不是被淘汰的老古董词汇。就在她转来的第三天，班主任在全小薇课桌下面发现一个中南海烟头，大怒。女孩却从书包里摸出一盒拆了封的外烟，淡定道：

"老师你看，我只抽三五，这个烟头是有人陷害。"

这时的池亦然，早已不是初中时个子只到颜苏舞下巴尖的那个小男孩。进高中仅三个月后，他就开始了身体发育上的大跃进时代，从一米五五突破到一米七似乎只是一个礼拜的事情，并且还在继续高歌猛进。

但他的成绩却和身高发育成反比。

池亦然二十五岁那年，他高中正好百年校庆，动静巨大，在晚报上登了整版校庆内容，其中一篇文章提到了著名青春文学小说家池亦然当年在学校就显露出写作才华，语文老师和班主任都极为鼓励、帮助其成长云云的瞎话。池亦然当时正难得在家吃晚饭，看到这里一口罗宋汤差点喷出来，心想简直放屁。

事实是，那时在学校压根没人知道他会写点东西，除了在老师眼里大逆不道的同桌全小薇。一个理科测验基本没有及格过的男生加一个"我只抽三五"的问题少女，委实是让教育工作者头疼的绝配，比如这两个人的物理或者化学的测验分数加在一起还不如坐他们前排的数学课代表的语文考试成绩。唯一的区别就是池亦然是真心想有个好成绩，无奈没有理科细胞和题海战术的毅力，全小薇则是诚心实意地无所谓好坏。

而他们的共同点是，知道彼此的秘密。

那一年，学校的围墙内外和一些偏僻角落总是出现喷漆涂鸦的玩意儿，有时是蜘蛛有时是奥黛丽·赫本的漂亮脑袋。鉴于作案者行踪诡秘，学校一直没抓到凶手。但池亦然是知道的，因为他亲眼看到过全小薇把一罐喷漆偷偷藏进课桌深处。池亦然的秘密则是写作。那次他从家里带来一本闲书看，书里面夹了一张被遗忘的写满字的纸，正好被全小薇捡到，她看了半天，问这是什么。池亦然看了眼，说是当初跟别人合著的未完成小说稿的其中一页。

全小薇心思细密，说，那一定是个女孩——明天把其他的都带给我看。池亦然说凭什么给你看呀？全小薇说：不带来我就拿着喷漆罐去自首，说你是我帮凶。

第二天全小薇就看到了那部未完成的小说——《微生》。

全小薇：为什么给主角起这个名字？

池亦然：瞎起的。

全小薇：挺好，卑微地生长，为了将来祸害天下。

她莞尔一笑，又讲：真想知道那个和你一起写这个小说的女孩是怎么样的人。

6

颜苏舞那时对两人的合著被第三者看到这件事情一无所知，她正忙着周旋于好几个男生之间。但她绝不是在跟他们恋爱，只是单纯思想上的交流，至少颜苏舞是抱着这种心态的——至于那些男生们是怎么想的，她不在乎；而原本就对她抱有敌意的那些女生怎么想，她就更不在乎了。

相反，她倒觉得那些嫉妒自己怀恨自己的女生都很可笑。那一年，几个青春文学圈里的少女言情作家刚开始竖起大旗进军市场，颜苏舞时刻关注着几个革命前辈的动向。她承认这里头有几个写得不错，有几个纯粹是在糊弄心智未开的小朋友，打着畅销旗号卖着文字垃圾是也。如此之人也能成名成腕，那么两千多年前项羽看到秦始皇时所说的那句"彼可取而代之"也太没挑战性了。

再看看她颜苏舞自己呢，此时不过是发了一点点中学生文章，在学校颇受语文老师宠爱罢了。这点小成绩就能引起嫉妒和敌视，可见她的敌人基本上都是鼠目寸光之辈。

不，这绝不是她所想要的那种妒忌。

终有一天，她要高山上飞翔的老鹰都眼红自己所抵达的高度。

这个阶段的颜苏舞，所接触的那些男生都是内涵之士，不是高年级的辩论社主力前辈，就是话剧社的新秀台柱，要么就是会自己写歌写曲的学生乐队成员。她是有优势的，那就是她清秀的样貌。她不和他们搞暧昧，只是像块有意识的海绵一样吸收他们的思维方式，汲取精华，然后丢弃，寻找下一个目标——至于那些普普通通的男孩（无论是外在还是内在），她是不屑去打交道的。

有一个池亦然就够了。颜苏舞想。

最典型的例子就是她曾经参加文学社，因为那个男社长的妈妈是一家著名文学杂志的编辑。她成功地接近了他，但却失望地发现他和母亲关系很不好，而且此人本身就是不学无术之辈，当上社长全靠母亲的名望，而他之所以没有辞职只是有社长的名号能方便他泡妞。于是她干脆利落地舍弃了这个男生，连文学社的活动都不再去了。

而和她交往的男生一旦表现出"进一步发展"的意向，她就会巧妙地暗示对方：自己是有男朋友的。

有的男生很失望，但会努力像个绅士那样礼貌地止步。有的则会心有不甘，追问：我怎么没听说过？

颜苏舞便会回答：他和我小时候是邻居，现在在另一所学校，我们每个礼拜都会通信的。

此时能猜到未来小天后的真实心思的人，只有她母亲。

那时的颜妈妈已经放弃了再婚的打算，一门心思想要把自己女儿打造好，以后要么找个安稳的好工作，要么嫁个称心如意的老公。而安稳的好工作是指公务员、国有银行，不是什么职业作家；称心如意的好老公是指月薪上万有车有房的男人，不是当年斜对门那个小书呆子。所以她总是反对颜苏舞的写作，觉得是极其不靠谱的不务正业，没有未来可规划，没有前途可言。

文字这条路有多艰险，颜母太清楚了——毕竟她的父亲是颜老先生。

可颜苏舞也清楚自己的野心在哪里，自己最高能抵达哪里——也因为她的外公是颜老先生。

不过，这对价值观大相径庭的母女关于这个问题的争执只发生过一次。颜母当时质问：要是有一天我死了，你写书能养活自己么？

颜苏舞的回答是：万一不行，就去找个不会出轨离婚的老公。

话说到这个份上，双方都没的退路了。从那以后颜母再也没有干涉过女儿的抉择，就像很多年前，颜老无法再干涉她要和那个男人结婚的抉择一样。只不过最后颜苏舞是赌赢了。但即便那样，颜母也无法对当年的这场对质释怀。当颜苏舞在大学毕业的那个暑假第三次再版长篇处女作、搞生平第一场签售会时，即使会场地点就在颜母上班的图书馆边上的大厅，她也没去看一眼，仿佛那个签售的女作者是个和自己无关的陌生人。

也就在发生对质的当晚，颜苏舞躺在被子里轻声地哭了，虽然没有流出眼泪。她此刻最想见到的人居然是那个拿来做异性追求者挡箭牌的池亦然，哪怕是拿起一本书拍拍他脑袋也好……这时她隐约听到了客厅电话的响声。三分钟后，颜母走进女儿的卧室告诉她，池亦然失踪了。

7

"池亦然失踪"其实是个很好听的说法，在他们学校，大家都一致认为池亦然和全小薇私奔了。因为之后的好几天这两个人都没来上课，太蹊跷了。

三年后，在池亦然出版的第二本书里，有过这样一段情节：因为成绩很差被母亲恶训一顿的男主角闷闷不乐地在马路上散心，偶遇了自己的同桌女生，对方是在和继母大吵一架甚至大打出手之后整理了行李打算去外地旅行。男主角不知道是出于狂热还是出于冷血，什么也没带就跟着女孩坐上了开往异地的长途公交车，两个青春叛逆期的孩子就这样朝着和以往生活相反的方向走，仿佛是寻找并不存在的世界尽头……那本书的名字就叫《寻找不存在的世界尽头》，销量状况属于中等。大部分读过这本书的人都喜欢其中这句话：

"每个人在十八岁之前都有权力去进行一次冒险，有资本去做一件傻事，有机会去犯一次错误——也许，它们会改变你一生的轨迹。"

这大概就是池亦然对当年全小薇事件的侧面回忆和一次辩护。除此之外，对于那次"私奔"的内容和细节，他都不愿多说，无论是对谁，哪怕是面对三天之后终于抓回了这对小混球的老师和家长。全小薇那个在各条道上都很有人脉的父亲非常不淡定，几乎是拿枪逼着女儿去了次医院，鉴定结果是处膜完好。这让他松了口气又有点想不明白了。但无论如何，全小薇是不可能再在这所学校待下去了，他很快又给她安排了新的学校。

全小薇转走之后的翌日，人们就发现学校的围墙内外和不少地方都被五颜六色的喷漆涂鸦给"糟蹋"了。这是那个捣乱分子最后一次向大家展示杰作，只不过这次不再是各种绘画图案，而是同一句话：

我是恶人，前来拯救你的卑微。

后来，这句有些莫名其妙的话被印在了《寻找不存在的世界尽头》的开卷第一页。

很多读者都对这句卷首口号摸不到头脑，只有颜苏舞明白，这是他们二人初中时代合著的《微生》里的一句对白。但看完整本书的内容，颜苏舞才真正明白开头，这句话不是她一开始所臆想的那样献给全小薇的，也不是献给她的。

她不知道在那"私奔"的几天里，全小薇和他池亦然竟交流了些什么，总之，池亦然的某种意识在那个时候开始觉醒了。他不再是那个被书拍头不敢反击、亲吻喜欢的女孩要偷偷摸摸的羞涩小男生，而变成了文字帝国里一股正在脱离卑微、逐渐自我强大的新生命。

你只用了三天时间，就打碎了他懦弱的卑微外壳啊。

颜苏舞这样想着，合上那本《寻找不存在的世界尽头》。

一切已然无法挽回。

8

　　尽管池亦然跟着同桌离家出走三天，但学校到底没有开除他，只是给了张警告处分，并且很仁慈地在他即将升入高三的时候撤销了处分记录。

　　不过，死罪可免，活罪难逃。就在池亦然回到学校上课的第二天下午，颜苏舞忽然出现在了他们学校门口。她没有背书包，所以应该是经历重重困难逃出来的。她的头发也剪短了，并且在之后长达四年的时间里都没再蓄过长发。她的手里还捏着一打信封，被老师叫到校门口的池亦然看到这些东西，就知道她的来意了。

　　颜苏舞的开场白是：我很好奇你们都干了点什么。

　　他看到她的黑眼圈，说：她要我继续写下去。

　　千算万算，她算的是和全小薇父亲一模一样的心思，唯独没料到是这句话。女孩的呼吸节奏错乱了一下，眼睛有些微微发酸。她的反应都被男生看在眼里：

　　这些年来，我在你心里是个怎样的角色？温暖而懦弱，卑微而胸无大志，对吧？你在丽娃河畔想等的，其实就是这样一个内心没有长大的小男孩，一个你独自闯荡文字帝国的大后方，所以你从小就不希望我变得强大，对吧？

　　颜苏舞彻底没话说了，他只是离家出走了三天，却搞明白了那么多事情。而她其实也该想到，当年颜老不单单会只对她一个人说那番话。

——那你是怎么想的？

——我会继续写下去，为了我自己。

她得到答案，点点头，两人在原地呆站了会儿，她忽然走近点，举起手里那叠信，在他脑门上拍了一下，然后松手。信封像深秋季节的法国梧桐树叶般落下来，散了一地——这曾经是司南路老宅外头街道上的固定景色。

知道那三天里我怎么度过的么？

这是她留给他的问题，也是告别的结束语。

因为这三天，之后的三年，两个人都没再见面。

那天中午，颜苏舞失去了那个从小一起长大的男孩，同时，不想让池亦然强大起来的心愿也破灭了。

池亦然看着颜苏舞独自离开，行完一分多钟的注目礼，然后俯下身，将自己寄给她的信一封一封捡起来。

他想起自己和全小薇"私奔"的那三个夜晚，他们也没好好睡过，不是去那些地下摇滚乐队的演出现场，就是通宵长谈，谈各自的父母，谈各自的生活，谈各自的故事，谈他们两个还有多久会被大人们抓回去。那三个夜晚，他好像把自己目前为止的一生都给说尽了：司南路，颜老，苏舞，合著的小说，书拍脑袋，偷吻，文字帝国的遗言，微生这个名字的真实由来，等等等等。

全小薇忽然问：如果有一天你出书了，我会出现在你的书里吗？

池亦然：会，但不是第一本里。

全小薇：那我也认了。

在第三个夜晚的尾声，天行将亮起的时候，他忽然想起了那个女孩，便起身找了信纸和笔，想要给她写一封信。而身后的全小薇已经倒在床上睡着了。

那封信他写了很久，涂涂改改，斟字酌句，就在写到三分之一的时候，房门被粗鲁地敲响了，接着就是宾馆服务员用钥匙开门的响动，紧接着一群五大三粗但不像是警察的男人拥了进来。最先冲进来的那个人将书桌前的瘦弱男孩一把摁在桌子上，并喊道：找到了找到了，是他们俩！

那封信终究没有送到她手里。

结　尾

和池亦然宣布关系破裂之后的第三个月，颜苏舞再次去拜访穆老师。

还是那三层小楼，老唱片的音乐和松节油的香味混合在一起。老先生独自背对门坐在空荡荡的屋子里，借着从阳台照进来的阳光看书。依旧没有让颜苏舞找个地方坐，他耐心地看着她带来的作品——那是她手写的稿纸，但最后面的，则是一本青春文学杂志，里面有一页折了个角，是一篇名为《卑微》的小说，作者署名处被人用水笔涂黑了。

穆老师统统看完，合上杂志，问：还是当初那个人写的吧？

……嗯。

穆老师把杂志扔在桌边，却将颜苏舞的那些稿纸点燃，放进桌上那个洋铁小炉子，就像当年把池亦然的稿子烧着一样。女孩看着那团火焰，喉咙发干。老头脸上的皱纹却聚了一下，那是在笑。

阅后即焚，因为某些老规矩不适用于年轻人。

他明白，文字帝国里，属于年轻人的黄金时代，就快来临了。

文字帝国·疯女王

那个时候和现在很不一样：人们总是先成名，然后再有丑闻。

面临崩溃和众叛亲离的前一天，世界安静得出奇。后来成为风暴中心的她独坐于朝西书房的地毯上，以颜苏舞教的办法用塔罗牌算命。她手法生疏，而预测出来的结果相当惊悚。可能正是因为糟糕得过了头，她对那张正位上的"塔"牌仅付之一笑。

倒是在当晚的梦里，她害怕了。

那是昏黄天空和无垠平原交汇的天地，脚边是条平凡无奇的小溪，三米宽的水面上漂着无数稿纸，似曾相识。她俯身去捞，稿纸碰到手指却立刻沉了下去。她放弃，起身，看到河对岸站着另一个女生，虽然面目模糊，但吐字清晰：

你这都是抄别人的，有什么稀奇？

她正要反驳，却看到对方身后的天际线上，一道白线在渐渐膨胀，脚下地面开始微微震颤。

然后梦醒。祸根不是闹钟，不是手机，而是报告大事不妙的固定电话。梦魇成真。

1

后来，无论是图书出版圈的正史还是读者间的野史，都无一例外地给她冠以"疯狂的抄袭女王"的殊荣。无人敢质疑这是否是种妖魔化的做法，尤其是"疯狂"这个字眼，因为它代表的是 152 位作者的 208 部小说的文字版权。

但跟这个美妙数据很不相称的另一个事实是：疯女王陛下并不在乎写小说的收入，并且将在各个网站和杂志连载的作品稿费大笔大笔地随手捐掉。因为她家境富裕。即便她这些年来坐在电脑前玩弄 WORD 文档的时间都用去挥霍金钱，其个人财务状况也不会比现在差一丝一毫。不，她不在乎钱，那是她生来就已经拥有的东西。

她渴望钱买不来的东西，从小就开始。

结果她选择了写作，或者用对立阵营的话说，叫"复制粘贴和后期微调处理"。

被曝疯狂抄袭之后，好事者和围观者们在优酷上搜到了丑闻爆发前一年，女王陛下接受读书频道采访的视频。那时她光彩照人气场十足，侃侃而谈自己在高中时代如何以一个文字爱好者的身份历练文笔和故事。

如今看来，此话分外可疑。

事实是，当年这个叫孙梦笔的女孩所写下的文章，无论在哪方面都不如自己的名字来得美妙，唯一聊以欣慰的是这都是些原创作品。这种稿子投出去基本是扑火的飞蛾，只恨不能跟那些杂志社同归于尽。

在原创到几近绝望之时，她忽然想起自己初中时曾经为了好玩而改写的漫画同人小说，受到当时同桌的盛赞。于是抱着再玩一次的心思，她只用了三节课时间就偷偷写了一篇七千字的小说，脚本是一部经典漫画，从情节到台词都做了具有个人特色的微调。

后来在抄袭丑闻闹到最高潮的时刻，曾有人质疑疯女王背后有一支专业化的制作团队帮助她选择和摘录漫画同人跟其他网络小说。但这群正义的智者猜错了：孙梦笔家境富裕，所以当时任何市面上有的漫画她都能收入囊中。加上才华横溢的女王陛下从初中时代就开始展露出自己非凡的记忆力，背诵枯燥的课文古诗单词都是小菜，更不用说牢记那些漫画和小说的精彩细节。

回到那个信息还不算很发达的高中时代，孙梦笔的第一部借鉴型短篇小说处女作很快就在班级里面传开，被女生交口称赞。但批评声也立刻传来，来自一个同样对漫画阅历丰富的女生，其批判辞简单而犀利：你这都是抄别人的漫画，有什么稀奇？

这个毫不留情面的女生丝毫没想到，自己这句话居然能穿透了时间和空间，成为一句咒语，一直到很久以后都会出现在疯女王的梦魇里。可在当时,高二学生孙梦笔只是强装镇定,不屑地白她一眼,并在余下的高中岁月里再没跟她说过话。

事后回过头想想,这个戳穿假象的女生当时还是很有必要出现的,至少她让未来的疯女王明白,作为一个青春文学作者,同龄读者大都是些难以应付的恶魔,还是那些小孩子更好骗。所以还在念高二的孙梦笔尚未到一飞冲天的时候。

七年之后,疯女王抄袭的事情败露到普天皆知,大陆某著名小说网站"暂时"封冻了她的写作账号、中断了最新的网上连载,导致已经被口诛笔伐的孙梦笔在电话里又跟该网站的主任编辑大吵一架。

假如这段对话被别有用心的人录下来放在网上,一定会让网站的公关经理患上神经衰弱——当时孙梦笔隔着话筒扔过去的炮弹是:你当初明知道很多段落是雷同的,还是给我发表了,现在事情闹大了你就卸磨杀驴?

对方估计也是恼怒到过于坦荡的地步,答曰:我们哪儿知道你居然抄了那么多!足足两百多篇!

话说到这个程度,大家都撕破脸皮无所畏惧,结果反倒没有爆出更深度的丑闻来。毕竟,当初孙梦笔的发迹都是从这家网站开始的。

那年她刚进大学,在江南传媒学院念新闻,彼时网络文学平台还没进入前所未有的高速发展时期,但趋势已经可以看出来。用一位老一辈文学网站策划人的话说就是:小屁孩们纷纷开始拥有自己的个人电脑上网了。孙梦笔哆哆嗦嗦地在网上发表了几篇原创性不那么强的小说，反应出奇的好。网站编辑立刻找上了她，让她长期更新，保证推荐首页。

当时胆子还没那么大的孙梦笔思前想后足足三日，终于下定决心踏入江湖，并启用新的 ID 笔名："Princess to Queen"（从公主到女王）。

这个名字是不是有什么寓意或者说法不得而知，反正仅仅几年后，网络快餐文学已经像肯德基麦当劳联合体那样巨大而霸道。昔日还心存犹豫的孙梦笔成了大名鼎鼎、江湖上占有一席之地的天后级玄幻言情作者，作品发表也不再局限于网站，先后出了八部单行本，线上线下赢得粉丝众多，并被她们昵称为"P2Q"。

坐拥名利的女王陛下那时偶尔也会想起曾经指责自己"只不过是抄抄漫画"的同学，但通过高中同学聚会得知，那位明察秋毫的女生命不如她好，进了大专没两年就退学去结婚，结了半年又离异，身边多了个女儿，非常艰难。

这个悲惨的好消息让孙梦笔在回去当晚就一口气喝掉大半瓶红酒，然后半醺半醉地倒在床上。

很后来很后来，当批判疯女王的言论海啸演绎到高潮时，孙梦笔最好的朋友颜苏舞曾经在新浪博客上为其做过苍白的辩护，原文中有一句是"人有理想，有时也是种罪过。"

但两分钟过后，这篇文章就被删除了，孙梦笔本人也没看到。

2

当疯女王开始在网站上长篇连载让她一炮而红的成名作时，后来"新一代三大言情小天后"之一的颜苏舞还在上海老家念高中二年级，正好是孙梦笔当初饱受打击和揭露的年龄，但她那时已经在一些有分量的青春文学刊物上发小说。

颜苏舞的粉丝和崇拜者们在回顾她的成长履历时，饱受争议和抨击的疯女王孙梦笔成为一个无法回避的重要章节。有趣的是，这两个在青春文学界先后有着重大地位的女子虽然在同一所大学念书，但初次结识却是在萧山机场的候机咖啡厅。

当时颜苏舞刚进传媒学院的新闻系不到三个月，已经出了第一本书，用版税在学校边上租了间房子，剩下的钱被她拿来旅游。孙梦笔则已经本科毕业，在一份周刊工作一年之后考研考回了江南传媒，正念传媒学研究生一年级，但花在学术研究上的精力远小于她用于"写作"和建立丰功伟业的那部分。她当时去机场，是因为北京某家出版集团有意向以她为主编做一本少女杂志，非常有诚意邀请她北上面谈。不巧当时杭州遭遇突如其来的暴雨，北上南下的飞机都要误点，结果两个人就在咖啡厅里碰上了。

虽然此前并未正式见过，但双方其实早就在网上看过对方的照片和事迹。颜苏舞的粉丝事后从她博客里看到的版本是，当时是孙梦笔先上来和她打招呼的。

孙梦笔的博客里倒没详细写当时的经过，但却能一窥两个人为什么会关系很亲密的原因：

颜苏舞长得清秀且讨人喜欢；

她看过颜苏舞的小说，觉得小女孩很有灵气；

颜苏舞和她一样写起东西来十分刻苦，有时候可以连续 26 个小时不睡觉，"让她想到当年的自己"；

最后一条理由有些充数，即颜苏舞在改名之前本来也姓孙。

抄袭事件败露之后，苛刻的读者甚或写作同行们以显微镜般的细腻来重新审视这段往事，都觉得事情没那么简单（况且此时"疯女王的文字"已成为"不靠谱"的代称）。

孙梦笔的反对者认为她是想要在自己身边安插一个文笔好的作者，来补足自己文字上的弱项。颜苏舞的反对者（人人都有反对派）出现得相对晚一些，但目光也更犀利。他们一致认为当时颜苏舞刚出了第一本书，却没有什么良好和长远的后续计划，正属于"处女作综合彷徨症"里目标达成后失落和迷茫的阶段，急需一个类似网络游戏中"高级玩家"的角色来引导她继续升华。

显然，名望正如日中天的 P2Q 女王陛下是再合适不过的"高级玩家"。

了解颜苏舞的反对者们甚至断言说，善于玩塔罗牌的颜同学在去机场的前一天一定算了自己当日的运势，显示有贵人出现。

这种言论自然引来粉丝们又一阵的言论白刃战，而两个当事人却从未就此做过任何辩解。至少，当初她们之间的关系亲密，是客观事实，无需辩解。

亲密到何等程度？两个人经常一起吃饭逛街做头发都是小菜，孙梦笔从香港日本购物回来给颜苏舞带各类化妆和护肤品也是小菜，关键是孙梦笔允许她走进自己那间朝西的书房。

女王家境殷实，念本科的时候就在校外租房，这点也和颜苏舞一样。只不过后者是一室一厅，她却租下两室两厅自己单独住：客厅、卧室、瑜伽房，以及后来非常著名的朝西书房。该书房有十八平米，其中东面有个巨大的瑞典家居风格的书架，大到几乎盖住了整面东墙，上面像收藏红酒一样分门别类地放着她从小到大收集的漫画和同人小说单行本，全部用玻璃罩着防止灰尘和虫子，具体数量连孙梦笔本人也没计算过。据说没有外人可以走进这间房间，包括她之前几任男友，唯独颜苏舞在和她结识一个多月后就走进了这间神圣而传奇的书房，并且叹为观止。

书架当中最显眼的位置上摆着一排尚未有结局的《尼罗河的女儿》，那是孙梦笔买的第一套漫画书，当时她小学四年级，只是一个家境富裕的小公主而已。

颜苏舞自小成长的阅读环境里很少接触漫画，此时也没什么兴趣，只是赞叹孙梦笔的收藏丰富和家境好。

女主人的回答则有些出乎她的意料：十八岁之前，身边就只有它们陪着我。

——那十八岁之后呢？

——我写的小说。

抄袭事件尘埃落定一年之后，颜苏舞出版了自己的第三本长篇小说，书中有个女配角来自重男轻女的商贾世家，自从有了那个违反国策、罚款生下来的亲弟弟之后，除了巨额零花钱管够，全家上下就基本没人再关心她的内心世界，于是在十八岁之前，女孩就只有和各种玩偶为伴——鉴于并无多少人知道疯女王有个亲弟弟，所以这个小说人物的生活原型也就无从考据。

颜苏舞其实也只见过这个男孩一次，开一辆跑车，是那种典型的不喜欢把红绿灯和道路限速放在眼里的纨绔子弟。他来找姐姐仅仅是因为父母出于某种惩罚锁住了他的信用卡，于是只能从上海奔袭过来问老姐借点现金头寸以解燃眉之急。

男孩走后，颜苏舞第一次在女王脸上看到无奈：他只有缺钱的时候会想到有我这个姐姐。

那时候颜苏舞正致力于教孙梦笔玩塔罗牌，这是她初中时学会的技艺。孙梦笔则教她品葡萄酒，教她区别什么是"新世界"什么是"旧世界"。酒至酣处，聊完男人，自会谈及理想，这是年轻人都无法免俗的事情，即便是享誉天下的女王。

颜苏舞会第一千次回忆起她那念念不忘的理念："文字的世界就像个大帝国，但从来没有人能成为帝王，每个作者在这个帝国里都像一个小小的汉字，也许常用，但绝不是唯一，更不会说它就是最好的。"

颜苏舞说到这里顿了一下，继续道：我只希望，自己能成为最常用的那个汉字，之一。

喝到微醺的女主人将酒杯举在半空，眼睛眯起来，忽然文不对题地说：你知道么，人有理想，有时也是种罪过。

说完，也不等对方回答，一仰颌饮罢杯中剩酒。

3

疯女王孙梦笔生于八月末，处女座；颜苏舞的生日是二月中旬，属水瓶座。

信奉星座学的读者一度喜欢从这点去解释两个人后来的分道扬镳，因为理论上说，这两个星座一向很难长久性的共生。这种看似上不了台面的解释自然会被反对派和业余评论家们嗤之以鼻。至少在丑闻爆发之前的四个月，孙梦笔和颜苏舞的合作丝毫没有任何不和谐的迹象。

那时女王陛下正在加大从网络平台向纸媒刊物大进军的步伐，无奈分身乏术，所以当国内某家二线的青春杂志出高价向她约稿长篇连载时，她决定找颜苏舞合著。颜苏舞正好处在自己第二部长篇大纲的瓶颈期，决定暂时换换脑子，反正这部合著长篇的绝大多数情节提纲都是孙梦笔提供的创意，她只需要用自己特有的文笔去呈现和扩展故事即可。

事隔很久之后，那家杂志的读者还对这部小说念念不忘，可以说它是该刊物历史上最受欢迎的连载之一，同时也是颜苏舞的名字第一次持久性地曝光于读者面前。这让她的人气在短时间内增加了很多，很多看过这篇文章的人评论说其文笔翩翩，读的时候好像"时间的流动被凝滞住一般"。

一时之间，颜苏舞的贴吧和粉丝群里新人暴增，这让老一批的忠实读者们同时感到欣慰和惶惑——不过他们当中有一个人惶惑的理由和别人不太一样：这位读者是个高一女生，是颜苏舞的忠实崇拜者，之前从没看过 Princess to Queen 的小说，所以她带着好奇去网上搜了几部，结果发现其中两篇文章里有好几处描写，跟自己在别处看到的同人小说十分相似，无论是情节、场景还是对白。

那时颜苏舞尚未成为重量级作者，老一辈的资深粉丝都能通过邮件和 QQ 跟她本人直接联系，所以这个不太令人愉快的发现立刻被报告给了颜苏舞，包括那两篇小说和疑似被抄袭的原文。

说来很巧，收到电邮的两天前，颜苏舞公寓附近马路下的一根大水管爆裂导致居民区大面积停水，所以她只得暂住在孙梦笔的瑜伽房。而且收到邮件的当天，孙梦笔正坐在回老家的飞机上去参加一个堂兄的婚礼。

颜苏舞把这封非同小可的邮件来回读了三遍，踌躇很久，就差没真的把塔罗牌拿出来算一卦，终于还是悄悄进了那间朝西的书房。

过半个小时，她才步伐缓沉地出来，带上书房门，坐回自己的笔记本电脑前，喝光了马克杯里的香草茶，定下心，开始着手给那个敏感的小读者回复电子邮件。除了寄件人和收件人（也许还有出于反恐目的的安全随机抽查系统），没人知道颜苏舞是怎么应对的，反正那个读者后来没有再提过诸如此类令人心惊胆战的疑问，网上也看不到什么小道消息和流言蜚语。

直到孙梦笔参加完家族婚礼回到杭州，颜苏舞也没有提起这件事情。

以她的阅历和智商自然明白，保持缄默是最睿智的，何况孙梦笔一直在提携自己：在还没有发表合著连载之前，P2Q 那每天被浏览一千次以上的博客里就经常提到颜苏舞，不是这儿就是那儿，长期积累潜移默化，女王陛下的粉丝就都知道世界上还有颜苏舞这个小说作者；她将颜苏舞的小说四处推荐给自己认识的杂志编辑、出版社编辑，并且明确承诺，一旦北京那家出版集团投资杂志的事铁板钉钉，那么颜苏舞就将是该杂志的副主编和一线签约写手……

假如在这个关口上水瓶座女士对女王陛下那可能被揭开的致命疤痕见死不救，那么即使在阴谋论者看来，也属于"高尚过头"的行为。

但当时发现女王丑闻的并非只有颜苏舞的粉丝一人。

Princess to Queen 作为"疯狂的抄袭女王"一直到今天都被烙在网络文学快餐史的阴暗面（虽然关心这部历史的人很少），并有幸位列青春文学"三大抄袭事件"之一。

疯女王本人，更是在当年年末被某网络论坛授予"金拖鞋奖"的最佳抄袭奖——她不但是这个奖项创立三年以来唯一的女获奖者，更是刷新了抄袭文章数量的最高记录，并且预计在将来很长一段时间里都无人能破，除了她自己。

但对于这个夺奖创举的导火索，民间和官方的说法都出奇一致、版本单调：某个酷爱网络文学的女大学生某天在学校上课时闲极无聊，在课桌里发现上一堂课哪个笨蛋留下来的青春杂志，就翻了翻，里面正好有P2Q较早的一部长篇连载，结果发现里面的情节和对白都似曾相识，如前世的情人带着那面破镜子投胎到现在。她回到寝室后立刻上网去搜，结果不查不知道，一查吓一跳。不幸的是此人正好是全国规模最大的三个论坛之一的活跃会员，其性质就像草原上的一丝火星，或者多米诺骨牌里最先倒下去的那块。

一世女王，成也网络，败也网络。

等到梦见海啸的孙梦笔一觉醒来，客厅里那部固定电话已经响了十几次，是一家新闻网站的神通广大的记者。除他之外，另外好几个记者和杂志社编辑已经打过她的手机无数次，可惜都是关机。

到后来揭露抄袭事件的野火在网上越烧越旺之时，孙梦笔的手机已经设置了拒接陌生电话和短信，还买了个新的号码备用，固定电话也拔了线。但她当初发迹的那家小说网站的主任编辑不在陌生号码之列，所以对方能通知她说，因为最近风声很紧，上层在调查此事，所以决定停止她在该网站的新连载，同时"Princess to Queen"这个账号将被暂时封冻。

于是就有了那段传出去一定会让公关部门神经崩溃的对话。

孙梦笔朝着对方又重复吼了句"卸磨杀驴",猛地挂了电话,愤愤地深吸几口气,然后转身,犹疑地问坐在客厅沙发上的文化公司编辑:要不要找律师?

这位编辑的公司一直负责女王的实体书出版事宜,关系密切,当时正好在西湖边参加一个会议,闻知此事立刻赶来。此刻他的眉头拧紧,宛如五天没脱下身的绸布衬衫,然后很谨慎地建议说先不必这么急,因为 P2Q 还有那群"没脑子的狂热粉丝","他们一定会为你辩护的,会比职业律师还要热情。"然后他还开起玩笑说,这就是从事青春文学创作的好处。

但孙梦笔没有笑。她知道他说得对,但依旧有很不好的预感。

她终于开始相信自己算到的那局塔罗牌。

4

正当孙梦笔从虚幻的噩梦中醒来进入现实世界的噩梦时,颜苏舞在上海参加高中母校的七十周年庆典。如果不是一个热心的资深粉丝发短信向她告知此事,恐怕颜苏舞参加完同学聚会之后会在家里住一晚再走。

事态不来则已,一来不可收拾。粉丝的短信之后,接连来了好几个陌生号码的电话。颜苏舞很明智地没有理睬,而是打孙梦笔的手机,对方当时正好快刀斩乱麻地把手机关了，打固定电话又占线。

她只犹豫了几秒钟，就离开庆典会场，打辆出租直奔火车站。

颜苏舞不知道，占据那条电话线的是一家大型门户网站所举办的小说奖金大赛的组委会人员，他们遗憾地通知孙梦笔女士，因为某些原因将不得不取消她在本次大赛中的评委资格，但评委的辛苦费还是会按时汇到她的账户上。孙梦笔挂了电话就把电话线给拔下来了，彻底断绝了和外界的语音联络。

与此同时在网络上，P2Q 个人博客上新发布的回应"负面传闻"的短小声明正在不断地被阅读和留言，讨伐声与维护声参半，女王不得不费力地删除那些反对者的言辞，最后索性关闭了留言和评论功能。

当孙梦笔的塔罗牌指导老师幸运地买到车票搭上沪杭动车时，另一个严重的打击终于降临到女王头上：四个小时前还坐在客厅沙发上安慰她的出版编辑忽然给她发了封邮件，说文化公司可能将会停止对 Princess to Queen 的版权代理，她那部正在排版中的最新小说已经被勒令暂停运作——谁知道这个"暂且"是不是"永远"的含蓄说法呢？甚至连这个编辑本人也被公司紧急召回南京的总部了。

众叛亲离，只剩下颜苏舞。

当天晚上七点多，一路跋涉的颜苏舞出现在疯女王的行宫中，敲门许久无人应，她用孙梦笔给的钥匙开门。

女主人其实就在里面，颜苏舞穿过客厅，路过卧室和瑜伽房的门口，最后看到朝西书房的门非同寻常地大开，地面扔满了曾精心收藏在书架上的漫画和同人小说，像一群被机枪扫射下来的鸽子尸体般横七竖八，看上去触目惊心。

孙梦笔就坐在一小叠漫画书上，用刚开机的手机打着电话，也只是轻声地应和着电话那头。过了不知多久，她慢慢挂了电话，转身看到颜苏舞站在门口一直等着，解释说刚才是她妈，看到网上的新闻所以打电话来问。

我妈终于开始关心我一次了，这是今天唯一的好消息。她苦笑着说。

坏消息是，杂志社来过电话，她们两人的合著长篇也被暂停连载了。

房间里一片寂静，然后被孙梦笔打破：你先回去吧，我一个人待会儿。

五年后，颜苏舞未雨绸缪地开始为自己积累回忆录的素材，她知道疯女王这章跳不过去，所以没有选择回避，但也没有十分坦诚。在叙述自己是怎么从 Princess to Queen 这条沉船上另觅求生之路时，她原本写的是——

那天晚上孙梦笔说让她自己一个人待会儿，颜苏舞点点头，宛如顺从听话的妹妹那样转身离开，就像她来时没说一句话那样，走的时候也没说一句话。她回到自己在学校附近租的房子，打开电脑，发现电子邮箱里除了读者关于抄袭事件的询问之外，还有一封名为【邀请函】的信件。

这是一家总部在上海的文化公司发来的，大意是希望能和颜苏舞详谈一下她未来的写作规划和发展，言外之意就是想和她签约，并留下了电话联系方式。

看到这里颜苏舞就觉得眼熟，一翻手机通话清单，发现这个公司的人今天已经给她打了五六次电话，但都被她拒接了。

这家公司在业界的确很有声望，并且他们号称是看中了颜苏舞的写作水平和目前相当高的人气，在邮件里就差没写"快点从P2Q那艘沉船上跳到我们这里来吧"这样的句子了。

这可能是我一生中最重要也是最痛苦的选择。

她在素材备忘录里这样写道，只有快死的人才会觉得人生如戏，那之前，人生如棋，走每一步都要大胆而小心。

但过了一分钟之后她把这段话给整个地删除了，回忆录的读者们最终无缘此句总结。

5

回到杭州翌日，颜苏舞一清早又来到孙梦笔的公寓，还是无人应，还是自己开门，但这次是真的没人了。书房收拾得干干净净，卧室里的行李箱不见踪影，客厅茶几上除了杯具之外还压着一张纸条，没有抬头也没有落款，内容仅八字：

外出散心，不必担心。

在接下去的一个星期里，不断地有各类衍生新闻爆出，比如那家小说网站最终还是删除了P2Q的写作账户，比如很不靠谱的传闻说疯女王本人已经去了国外或者自杀了，当然还有很多女王的拥护者们和反对者们在各个论坛上互相倾泻语言的火力——那个爱拧眉头的出版编辑料事如神——战事激烈，连职业律师都望而兴叹，因为有些言论几乎不像是经过人类大脑所吐出来的，叫人无从下手辩驳。

撇开这纷纷扰扰，其他诡秘的勾当都在暗中进行。

颜苏舞的博客很久没有更新，因为不知道说真话好还是说假话更合适，保持缄默最安全。但她知道孙梦笔肯定没有出国，因为疯女王从公寓出走之后第四天，星期六，一个陌生的手机号码打了过来，虽然有电磁干扰，但她立刻听出是谁的声音。

孙梦笔：听说我死了，可我这儿不能上网——怎么死的？上吊？服药？

她其实没有心情开玩笑：服药。

疯女王：不像是我的作风——对了，你信不信，我现在就站在自己高中二年级那间教室后门的气窗口？

颜苏舞怔怔，问：你从那里面看到什么了么？

对方笑了：很多漫画书在里面飞。

两头都没说话，昂贵的长途话费维持着异地的沉默，然后：

谢谢你当初没有揭穿我。

怎么？

我知道你以前动过我的书架。

当初颜苏舞接到小读者的质疑汇报后走进朝西书房，因为邮件里写明了疑似抄袭哪部漫画同人，所以她在书架前找起来很方便。

那本小说表面看上去毫无异常，但翻开来后里面却插满了各种小卡片，标明【情节】或者【对白】，且有大段大段的文字用铅笔轻轻勾了下划线。和 P2Q 发表的那篇文章一比较，立刻知道这画瓢的葫芦原型如何而来。

她手指颤抖着放回那本同人，又随即抽出第二本，第三本，第四本，第五本……一口气翻了二十多本，大约一半都和那本小说一样，小卡片上甚至注明了在女王的哪部小说里用到过，以避免重复使用。

女王陛下的文字帝国就是这样得来的。

颜苏舞对孙梦笔的那些小把戏唯一遗漏的是，书架上有不少系列漫画的摆放顺序本来就是错乱的，或者书下面压着一小根头发，粗心的入侵者在拿书和放书时一定会留下痕迹，而女王本人的记忆力又是那样非凡……

不管你当时出于什么样的目的为我保密，我都衷心谢谢你。

那你为什么没有怀疑这次是我泄露秘密。

因为我已经知道是谁干的。

孙梦笔玩"失踪"的这几天里并没真的在散心，她动用自己的渠道终于大致搞清楚了那个所谓的"导火线"的真相。

原来北京那家一直想投资她做少女杂志的出版集团公司，最初选择了三个具有一定名气的作者作为投资考察对象，Princess to Queen 只是其中之一，但却是最有潜力的那个。本来再过一个月，一切细节双方都谈好就能正式签约了，公司投资百万，孙梦笔会成为杂志主编和头牌作者，并且这个主编职务不是什么花瓶角色。

关键时刻，抄袭事件被揭发出来。

孙梦笔在长途电话里的声音遥远而冰凉：我详细查过了，那个"发现"抄袭的读者从她自称看到那本杂志，到在网上发布那200多篇文章的目录和摘抄，前后时间不超过一小时。

对一个普通读者来说，这种调查速度未免太神速了点，也太巧了一点。

但已经成为众矢之的的疯女王即便查明真相也已无力回击，在文字帝国里，任何罪行和"故意抄袭"相比，都会显得轻如鸿毛。虽然她的铁杆粉丝仍旧在进行英勇而愚蠢的辩护，但内部的崩离迹象已经初露端倪。"Princess to Queen"百度贴吧虽然会员上千并且最近实施了非会员不能发帖的紧急措施，但三个吧主之一已经向她请辞，理由不言而喻，但方式上还是十分委婉，并且给昔日的偶像疯女王陛下写了一封三千多字的电子邮件。

但女王看都没看，就把这封邮件彻底删除掉。

那个吧主跟了我快四年……

孙梦笔在电话里喃喃道：还在读初中二年级时就是我的读者了，那时候贴吧里就十几个人，她是年纪最小也是最活跃最积极的，十六岁生日我还给她快递了礼物……

总有一天她们都要长大的，我们的书也会在角落里慢慢泛黄折旧，然后被卖掉送掉扔掉或者彻底遗忘。颜苏舞道。

也许吧。

疯女王接受她的安慰，接着话锋一转：那你呢？你是不是也要离开我了，苏舞？

6

抄袭风波爆发之后的第四个月，一切喧嚣趋向尘埃落定。

当年在文学江湖上占有一席之地的 Princess to Queen 如今没有了网站账户，和杂志社出版社断绝了合作，连她本人也搬出了江南传媒学院附近的那间公寓。

"P2Q"这个笔名从此似乎带着舆论批判的枷锁沉入冰冷幽暗的海底。正义的守护者们认为他们胜利了，这是事实。处心积虑的阴谋者和背叛者胜利了，这同样也是事实。

孙梦笔告别朝西书房的两个星期之后，北方某大型出版集团和某著名武侠言情女作者签立合约，打造一本全新的少女杂志，投资规模上百万，至少新闻稿上是这么写的。

与之相比，昔日疯女王的好友颜苏舞和另一家文化公司签约的消息则极其低调，好像签字仪式地点就选在北冰洋下面的潜水艇里一样。但早在正式签约之前的一个星期，公司的责任编辑就已经全方位地为颜苏舞进行了长远而细致的计划，其中第一件事情就是要求她和孙梦笔保持距离。

丑闻是柄双刃剑，利用得不好，我们的努力都会白费。新编辑的嗓音沉稳柔和，却有着不容置疑的权威性和说服性。

颜苏舞想反驳什么，但嘴唇只是嗫动了几下，终于没有说出口。于是在终于又开始更新的博客里，她为P2Q的事情表示遗憾以及暗示自己对此一无所知。毋庸置疑，这篇博文就和其他很多名人的关键性声明一样，是找专业公关人士代写的——至于博主颜苏舞本人，"只要好好写好她的小说"即可。

唯一让颜苏舞亲自烦心的是贴吧。她的吧主在MSN上询问，"Princess to Queen"贴吧日渐凋零，是否要取消友情链接？颜苏舞在电脑那头犹豫了半天，想起当初还是她主动找孙梦笔谈友情链接的事情，咬咬嘴唇，讲，你看着办吧。

两天后，P2Q贴吧就从了友情链接栏里永远消失了，取而代之的是她那家新公司旗下的另一个作者。

孙梦笔搬家时，那个巨型书架花了很长时间被分拆开来带走，它和那些漫画小说的目的地是一家新成立的工作室，创始人和主管人就是孙梦笔自己，只不过此时她已经换了一个笔名，并且招募了两三个文编和设计师。而为办公地点付房租的则是一家经营理念向来都有些可疑的文化公司，他们和那些批判抄袭的卫道士们相反，正是冲着P2Q良好名誉来寻求合作的。

我们看中的正是你对动漫元素的把握和嫁接能力。这是这家公司老总的原话。

疯女王不死，因为虽然没有人永远好忽悠，但永远有人会被忽悠进来。

孙梦笔改名换姓重出江湖之后，新 QQ 号码使用的第一个个性签名是"天下泱泱，孰奈我何"。

万分正确。

只是她搬家，颜苏舞没有来送。

那天在长途电话里，昔日的好友坦陈自己将要离开 P2Q 这艘将要沉没的巨轮。孙梦笔倒也没有苛责什么，好像一切都在疯女王的意料之中。

她只是讲，其实你跟我是同一类人，但你的命比我好，所以没走这条路。

电话那头的女孩或许是想说什么的，但终究什么也没说，轻轻挂了电话。

颜苏舞跟新公司签约后的翌日，意外收到了快递来的包裹，但寄件人和地址却很陌生。她其实已经有了预感，所以拆得小心而庄重——果然，里面是套漫画书，非常旧，虽然看出有很好的保养，但纸张依旧敌不过岁月摧残而微微发黄。

《尼罗河的女儿》，孙梦笔买的第一套漫画。

当年开始买这套书时，她还只是个默默无闻的业余文字爱好者；现今她无论如何都声名在外，这套漫画却还一直都没有连载出结局。

没有结局。

颜苏舞将这套漫画一本一本翻开，没有卡片，没有铅笔划痕，完美无缺。她站在那里足足有三五分钟，然后将它们小心翼翼地摆到自己书架里最显眼的位置。

她清楚，这套漫画曾经的主人是不会轻易从这个文字帝国里消失的。

有时候，人有理想也是种罪过。

而对疯女王来说，理想也许将永远重于罪过。

放学，回家

人类和猿猴的区别在于，他们没有尾巴。

1

林博格很不高兴。

林博格是个很理性的人，身上一点看不出十七岁那种青春萌动的痕迹，从头到脚却散发着理智的气息。所以假如他不高兴的话，绝对不会是因为女生常有的什么"轻狂疾速的青春不小心触动了忧郁暧昧的琴弦"这种在理性人士看来无法理解的原因，更不是因为男生里常见的"和哥们儿闹不快。"

林博格在这所学校念到现在，全部的不高兴的原因要么是测验成绩不够好，要么是班级工作出现失误让老师批评了。这就好比一个太阳一个月亮，轮流在林博格心绪的天空值班，假如哪天这两个都不在，那么一定是几十年一度的哈雷彗星。

那天哈雷彗星真的出现了。

那是个星期一，中午的时候班主任龙虾把他和南蕙一起叫到了自己办公室。当时办公室里其他老师都吃饭去了，只剩下一个男老师躺在沙发上打盹。龙虾笑眯眯地抿了口茶，确定这个房间里清醒的人形生物就他们三个，才终于道出把他们两个叫来的目的。

从老师办公室里出来时两个人都步履沉重。南蕙心软，终于没憋住，问林博格：我们真的要去？

林博格步履沉重的原因没有南蕙那么高的精神层次，完全是因为胃不舒服，左手轻轻捂着难受的地方，反问，莫非你要我一个人去？南蕙见他这么回复，明白刚才是白问。林博格的爷老头子军人出身，服从命令的天性不当心遗传给了儿子，而且一直被一丝不苟地遵守着。林博格看看身高只有一米五四、眼镜片沉重的南蕙，心里一阵鄙夷。虽然进了高中和南蕙搭班子搭到现在也有一年半了，林博格还是禁不住地有些不屑，想，女人啊，就是心头软。

还好他自己是很理性的。

那天下午四点五十七分放学的时候林博格去了趟厕所，回来时班级里走了不少人。没有老师监督的放学其实是个很好的分水岭，哪些人贪玩，哪些人恋家，哪些人真的要读书，现在都一目了然。

林博格没有看到自己要找的人的身影，便把劳动委员找来问。劳动委员说，哦，颜苏舞说她今天家里有事，值日生找人替换了。

林大书记点点头，为了免生疑惑，补充道，本来还想找她商量下礼拜黑板报的事情，那我先回去了。其实林博格他们班的劳动委员是个很单纯的男生，从小学一年级做劳动委员做到现在，快有十一年了，还兼职着物理课代表，却毫无怨言，可见除了做理科题目之外平时脑子是不转弯的。所以他自然也没问以往喜欢在教室做作业做到很晚的团支书林博格今天怎么这么早就回去了。他更没有注意到一向好学的班长南蕙几乎是一放学就走人了。

林博格背着书包出了教学楼，在车库拿了自己的车子，一出校门就往东骑去。如果他没记错的话颜苏舞回家的方向就是往西的，要沿着大连西路走很久。他很快就在距离学校不到三百米的地方发现了女班长瘦弱矮小的身影，那个大书包在她身上显得如此对比强烈，与其说高中生，不如说更像初中生甚至小学生，一边走还在左顾右盼，弄得自己像在做贼。

就在她正前方二十米不到的距离，一个束着短马尾，背着单肩书包的女孩子则是步伐轻快地行走着。

正减速准备下车步行的林博格看得直摇头：哪有这么跟踪的，颜苏舞一个小转身就能看见神情紧张的女班长。

不错，他们是专门来跟踪颜苏舞的。用侦查学的代号术语来说，他们是"尾巴"。

今天中午在那间办公室里，龙虾说，她接到一份匿名的举报信，说班级里的宣传委员颜苏舞和体育课代表杨苏在偷偷地谈恋爱。

那时候正是一九九八年，"早恋"不像现在这么普遍，还是个比较热门的专有名词，在当时中国大地上的传颂程度仅次于四个月后的"洪水"一词。龙虾本人是个坚决的保守派，已经打散了班里两对被爱情冲昏头脑而轻易落网的情侣。但颜杨二人平时在学校根本看不出什么异常，连绯闻都不曾传过。所以在这件事情上，教政治出身的龙虾的战略思想很明确：在没有确定这件事情之前，不能下论断。但怎么确认呢？不能干等着他们两个主动暴露吧？所以，她最信得过的两个班干部到了出马的时候了。

林博格作为一个侦察兵的儿子，跟踪的理论水平相对于其他学生来说已经等于是个克格勃。他一把拉住走得太近的南蕙的书包盖，轻声道，你跟那么紧做什么？当心被看到，走，跟我到马路对过去。

颜苏舞似乎不急着回家，在一家音像店了转了几圈之后出来，又沿着大连西路走了约摸五六分钟，忽然一个右拐，往财经大学的研究生校区校门走去。南蕙看着颜苏舞离校门越走越近，问，我们也跟进去？

林博格心想这不废话么，财大这个校区少说有三个门，不走里面，你上哪儿堵他们？正说着，只见一个男生骑着一辆"老坦克"自行车来到颜苏舞身后，下车，跟着颜苏舞慢慢推着车。虽然男生没有穿中学校服，但马路对面的林博格凭着新配的三百度近视眼镜还是立刻认出来那人就是体育委员，杨苏同学。

南蕙也认出了男生，叹气道，看来他们真的……

林博格这时显出了一比较负责任的侦察员的素养，讲，他们不过是一前一后在走，凭这个就能说他们在……在那个？继续跟着，看看。

颜苏舞在校门口一个书报摊附近脱了那件米色和赤豆色相间的春季校服，塞在自己书包里，同时稍稍看了后面一下，发现了推着车的杨苏，却像什么也没看见，独自进了财大校园。林博格和南蕙也学着两个人的样子，把各自的校服脱下来，卷一卷掖在手中，跟着进了财大。这么做的原因是财大里穿中学校服的人很少，不脱下的话目标明显，容易被敌人发现。

林博格和南蕙在后面六十米处不紧不慢地跟着，发现前面的两个人间距越来越小，不晓得是颜苏舞放慢了速度还是杨苏加快了脚步。正觉得越来越出轨的时候，林博格发觉自己手里推着的自行车却越来越慢，最后感觉简直像是后坐上坐了个大胖子，一低头，才发现自己车子的后轮完全瘪了下去。林博格知道一定是轮胎给玻璃碴子扎漏气了，前面监视得太入神，推车时没有觉察，心里骂了句娘。

南蕙是个车盲，问，怎么了？

林博格没好气地说车胎没气了。南蕙看看前面的那对男女，说，要不，别跟了，你修车去吧。

林博格很坚决地摇摇头，讲，什么证据都没，害得我车胎都破了，就这么回去？不行，今天跟到底也要弄个清清楚楚。说着就把车子推到最近那栋教学楼前的一排车子里锁好，又怕过会儿天下雨，把隔壁隔壁再隔壁那辆自行车坐垫上套着的塑料袋摘了下来给自己的坐垫套上，转身道，跟上去！看看他们到底做什么……

2

出了财大校园不远有家新开不久的肯德基餐厅，红白蓝的装修色显得格外崭新和引人注目。此刻的颜苏舞和杨苏已经完全肩并肩走在一起说话了，但校服还是没有穿上去。两个人在肯德基门口停下，看了门口的新产品宣传广告板。杨苏指着它跟颜苏舞说了什么，女孩摇摇脑袋，男孩笑笑，留下她和自行车独自进了餐厅。

林尾巴和南尾巴没有贸然走出财大校园，而是在门口附近看着马路对面的肯德基。过了一会儿杨苏捧着一个红纸袋子出来，从里面拿出一个小圆盒子和一个小调羹。颜苏舞揭开盖子，拿着调羹在盒子里慢慢搅着。林博格由此判断那应该是肯德基的土豆泥，因为这是那里面唯一需要搅拌的食物。

颜苏舞和杨苏又开始走，杨苏推着车，忽然对女孩摇摇头，看口型，像是在说：你吃吧你吃吧。

林博格以安全距离跟在后面，路过那家洋快餐店的时候，看见那块广告板上印着的是巧克力圣代冰淇淋，六元一个。

在那个时候，六元是个很微妙的价格，有钱的学生觉得六元不管什么很便宜，条件一般的学生觉得六元买一个冰淇淋不值，条件不好的学生觉得六元买任何零食都不值。林博格就属于当中那种人。但他知道一年四季校服不换、班里唯一骑"老坦克"的杨苏绝对属于后者。据说有次杨苏拿了学校运动会长跑第一名，都没钱请客，只能请吃五毛钱一根的棒冰。他家林博格跟着龙虾家访的时候去过，寒酸。

让他买六元的圣代，别说颜苏舞，林博格都觉得实在难为他。

林博格又有些不高兴了。

颜苏舞进了家礼品店，杨苏在外面停好了自行车，也进去了。看得出来本来他是不想进去的，还是颜苏舞缠着他，他才答应停了车就进去——大概是怕没钱买东西吧。

林博格和南蕙站在这家店斜对面的一家私营小书店里，出于伪装和遮脸，各捧了本书。这条街附近有两所小学一所完中一所初中和一所职校，学生流量特别大，各种赚学生钱的小生意也就十分热闹，明修栈道暗度陈仓的学生情侣也能格外自由一些——当然，真正张扬到可以牵手甚至勾肩搭背的，却也只有那些穿职校校服的情侣——很多高中初中学生看他们的目光透露着赤裸裸的羡慕……

林博格正盯着那些职校学生看，忽然被南蕙叫了一下，说你能不能借我五块钱，我买本杂志。

林博格倒吸一口凉气，像看外星人一样的看着她。南蕙说这本杂志的四月刊我找了好多店，就这里还有最后一本，四块八，我没带钱，明天还你，行吗？

林博格心想这杂志真贵啊，但又不好意思不给，因为中午班级搞慈善捐款的时候南蕙是看到过他的皮夹子的，里面还剩下两张十块钱的票子和一些零钱。林博格咬咬牙，拿出张十块钱纸钞，道，借是可以，但你得打个欠条。

　　南蕙愣了一下，觉得不可思议，十块钱，同学之间，也要借条？林博格见她这神态，讲，不是不相信你，是我妈是会计，每天都要检查我的现金情况，少了五块钱我也要说不清的，就是今天的慈善捐款，我也要拿着那本名录回去给她过目。

　　南蕙看看那本杂志，点点头，从书包里拿出一张纸和一支笔写了张欠条交给林博格，林博格才把钱给她，再收下找回的五块二角，一回头，正巧看到颜杨二人出来，赶紧道，他们走了。

　　说完林博格便出了书店，心里却在想，以后绝对不能跟女人出来工作。

　　杨苏自己都觉得不好意思，因为在路过那条著名的路边摊小吃街的时候，几乎都是颜苏舞出钱买的东西：两角钱一串的羊肉串，一角钱一串的炸年糕，一块钱一塑料饭盒的广州凉粉，八角钱一碗的黑色的八宝粥——两块钱一串的新疆羊肉串实在太贵，没敢尝试。南蕙舍得出钱买杂志，却是那种舍不得买零嘴的人（怪不得那么瘦弱），扬着眉毛惊道，他们今天这么开心啊，买那么多东西。

　　其实林博格自己也很想买点东西吃的，今天中午因为胃不舒服就没怎么吃饭，加上下午经历了一场数学小测验，脑细胞死了一大片，现在很需要补充食物。可是他们现在在跟踪那两位同班同学，加上林博格想想前面又借给了南蕙那些钱，觉得还是不要破费为好。

正走神时，南蕙忽然拉了拉他的袖子管，林博格一抬头，发现小吃街东面那所中学的校门里面又涌出来很多学生。林博格知道这么晚才集体放学的一定是高三学生。而且这群饱受压力的学生明显是要靠吃东西来缓解一天的压力的，各个小吃摊前立刻多出很多人。林博格被南蕙这么一拉，心里暗叫不好：这所学校的校服和林博格他们的一模一样，而且前面为了方便拿东西，他们跟踪的二人早已穿上了校服……

林博格再往前面颜杨二人站立的小摊一看，目标已然消失，或者说，就像两片落叶掉在一堆枯树叶里面。虽然杨苏推着自行车，但这里推车的人也不少。

林博格头一大，现在身处两难境地：和南蕙分开进到人群里面去找，万一撞个正着，大眼瞪小眼，可就尴尬大了，以后在班级里面抬头不见低头见，怎么继续作同学？不跟吧，到目前为止两人也不过一起走回家一起吃东西而已，就这么不明不白，回去怎么跟龙虾交代？按照龙虾的性格，明天一定会继续叫他们跟踪，林博格可不想再来一次。

林博格看看毫无主见、也正看着自己的南蕙，咬咬牙，道，分头行动，我东你西，找不到的话，五分钟后还在这里集合。如果任何一方找到了，就继续跟下去，没找到的那个先回家。

说完，就头也不回地往东面走了。

五分钟后，两根尾巴再度聚首，一个脸青，一个脸白。

白脸班长南蕙问，找不到他们，怎么办？

青脸团支书林博格捂着胃，手掌轻轻来回摩挲，讲，这个……我也不晓得了——他现在不但胃疼，胸口也疼了。终于他挥挥手，道，算了，跟丢的也只能跟丢了，今天就跟到这里吧。怎么汇报，我回去好好想想，明早再说。

南蕙像是得到了解放，道，那也好，那也好，那我先回去了，今天作业其实不少。林博格点点头，和她道了别，本想提醒她明天还钱，想想算了，南蕙不是那种缺根筋的人。再一看街上，方才十分熙攘的街道现在清疏了不少。林博格吸吸鼻子，从监视的暗处走出来，在人最少的凉粉摊上要了碗看上去还算清爽的凉粉，没敢买肉串，因为有人说那肉是老鼠肉和猫肉做的，不干净。

南蕙这辈子老实到现在，终于在关键时刻撒了一次谎。此刻正在她背后十几米处搅拌凉粉的林支书若是晓得这些，一定吐血身亡。

其实，南蕙两分钟前在西面通过发现杨苏的车子而发现了丢失的目标，她甚至有幸看到了颜苏舞将一串羊肉递到杨苏嘴边喂他吃的场景——这下白痴也看得出来这两个人是什么关系了，罪证确凿。

人真是奇怪的动物，没有证据的时候就想知道到底发生什么；等发现了真相，又往往犹豫起来。虽然颜苏舞也是班干部的一员，但个性和两个主事的截然不同，所以平时也就工作上有关联，私交根本谈不上一个好字。可凭良心说，到底是一起工作过的人，加上颜苏舞不但会写一手漂亮的黑板字，纸上的字也好看，班长团支书有个什么上交年级学校的报告总结都是龙虾指派她誊写一遍，这一年少说也帮他们写了几万字，就这么背后来一刀来答谢？

这是南蕙这辈子第一次不和自己的搭档商量就做出一个重大决定，也是唯一一次。

蒙在鼓里的林博格凉粉吃了大半，忽然觉得没有了胃口，就没再坚持，扔了饭盒往西边的一条弄堂里走去。这条弄堂他以前只走过那么三两次，有些七弯八绕。出了这个弄堂就是通往城郊结合部的马路，边上有小河浜，还有亏损倒闭的旧工厂。很少人知道这条看上去有些荒凉、除了路缝里的野草外连棵树都没有的豆腐渣小马路却是走到城北的捷径。因为走大马路和小马路各有 50% 的可能，林博格决定抄近道。

就在他凭着记忆快走出弄堂的时候，却听见了有人在喊叫，声音有些微弱。林博格视力虽然不很好，听力却绝对是一绝，平时教室外面走廊上走过来的脚步声他都能听出是班里的谁谁谁。

尽管林博格怀疑自己是不是听错了，脚步却已经下意识地往声音传来的方向挪动了。

3

那次事后，根据哭得肩膀一抖一抖的颜苏舞口述，他们班级的体育课代表杨苏从那条弄堂送她回家，快走到小马路的时候，两个人拐了个小弯，进了河浜边上的小林子里面"看风景"（具体有什么风景好看，问的人和说的人都心照不宣）。当时杨苏把他的车子锁好靠在弄堂出口这里。二人正在林子里人工呼吸的时候，杨苏忽然听到外面好像有人在动自己的车子，出去一看，只见四五个穿着职校校服的男生正在动他的车锁。

杨苏大吼一声干吗？却没有吓住对方。这群神情很欢乐的年轻人显然是属于常在街头混的，经验十足，都不用说就默契分工，上来两个看住杨苏，两个过去拉住了颜苏舞。杨苏凭着体育课代表的功底推开了两个，跨过倒在地上的自行车上去护住颜苏舞，但很快就被三个人摁在地上打（他们打架和分工一样有经验），剩下一个看住颜苏舞。

然而几乎就在杨苏被打昏过去的同时，那个看住颜苏舞的家伙背上挨了一木棍，摔倒在地。颜苏舞惊慌之中觉得那个手持木棒的人身影熟悉，而对方一把把她拉到身后，只喊了一句：

出去叫人！

颜苏舞慌不择路地向弄堂内的人家逃去。她离开现场时的最后一眼也没有去看那个掩护她的人，而是倒在地上满脸是血的杨苏。

她很后悔这个举动。

林博格的格斗技巧和他的外语水平一样，只限于理论上的了解。他爷老头子在小时候教防身自卫术时从来没教他一对多，更没教他空手入白刃，更何况那白刃是从他背后插进来的。

那是种说不清楚的感觉，原本紧绷的肌肉忽然因为这一刺整个放松下来，最明显的部位就是腿肚子，让林博格竖着上身倒在了地上，然后脑勺坠地，一阵眩晕。

那几个小混混知道祸惹大了，伴随着清脆的金属落地声，几只脚慌乱地从林博格身上跳过去，之后便是拼命逃走的脚步声，倒好像有人拿着刀在追他们一样。林博格左手捂着自己被刺中的后腰，就像平时自己捂着不舒服的胃部。但这次要疼很多，而且感觉空落落的，像个坏掉的水龙头，不停地有东西从那里涌出来。

我不会这么一刀就死掉了吧？林博格自己问自己。

林博格这辈子很少反问，他向来觉得对自己反问是种浪费时光的行为。林博格上次问自己问题的时候还是在高一的班干部选举上，他稳坐团支书的位子，悬念就在于班长究竟是学习好的南蕙还是能力较强的颜苏舞。当时这两人的票数是吃平的，班会之前的那个中午林博格在厕所里像个提早便秘的数学家一样蹲了好半天，自我拷问了许久，最后把票投给了南蕙。南蕙则没有辜负林博格思想斗争的激烈代价，以多出一票的优势当选班长。

一票，一票。

林博格不知道当时颜苏舞是怎么想的，总之，他用这一票给自己选了个符合自己工作标准的搭档。

理性的林博格终于还是没有找到问题的答案，因为他自己看不到身下那一大片殷红，只能侧着头，看到颜苏舞掉落在身边的书包，上面被踩了好几脚，灰蒙蒙的，但书包拉链旁的几张动画人物塑料卡片还在。林博格的眼镜早已经被打掉了，他空出的右手努力一捞，够到了书包带子，幸好这个书包没南蕙的那么重，被他拉近了过来。但他还是感觉到力量在从自己体内一点一点伴着那些液体在慢慢流失，手指头也开始发冷。

林博格看到书包边上那个专门用来放琐碎物品的尼龙小网兜，笑一笑，从自己牛仔裤右后裤袋里慢慢掏出一样东西，笨拙地塞到网兜里，塞塞紧。

那是一盒动画片《天空之城》的电影原声音乐磁带。

那天他偶然从她身边经过，听到她对同桌说想要听《天空之城》的那首主题曲，但苦于没有磁带买。他知道之前她刚放学时在音像店兜了一圈是为了找什么。

昨天是星期天，他逃了两堂补习，跑了三个区的音像店，终于买到。

十块钱，还好，不贵，一点也不贵。

今天中午从龙虾那里知道那封举报信的内容时，林博格自己也吃惊不小，但随后的一个下午里他终于镇定了下来。他知道有南蕙在边上作证，他的跟踪结果就不得不向龙虾如实汇报，那么目标二人的行为只要稍微出格一些，颜苏舞很可能就完蛋了。幸好，南蕙没有发现事实的真相，而且一路上他自己也装得很像那么回事儿。就像之前他在分头找的时候不由分说地选择了东面，把概率极小的西面留给了南蕙。他知道他们两个人大多数是从小吃街往东走。

是的，他当然知道颜苏舞和杨苏的事情，他不是第一次做他们两个的尾巴：在跟踪了不下五六次之后他更知道，这两个人在一起回家的路上从来不会有什么过分的举动——所以，在自己被捅一刀之前，一切都在林博格的掌控里面，他甚至没有料到这两个人今天也会走西面的小路。

原本林博格今天的打算是独自抄近道走到颜苏舞家，然后把磁带塞进她们家信箱。如果不是哪个混账东西写的举报信，他现在应该已经身不知鬼不觉地把磁带塞进去了吧。

他和杨苏不同，他不会只买三块钱的土豆泥给她做生日礼物。

但他知道他的磁带远远比不上那盒土豆泥。

算了，他是理智的人，做到这点已经够疯狂了。

那首主题曲的旋律怎么哼来着？林博格对美术和音乐几乎是一窍不通。他只听过颜苏舞吹口哨，也不知道她是跟谁学的。因为那时颜苏舞买不到磁带，只好自己凭着记忆吹给自己听。林博格不否认她吹得还算不错，但他不喜欢会吹口哨的女孩子。虽然他自己也会吹，但那不一样。

他噘起嘴唇，想吹出点什么来安慰自己，可是嘴巴却合不拢。林博格这才注意到自己的呼吸已经很急促了，像刚刚跑完一千米的长跑测验，但他的内心此时反倒出奇的平静。

林博格知道自己是不会死的，他还没有参加下个月的学农，他还没有参加传说中的高考，他连同济大学的录取通知书都没亲眼看到过，他连颜苏舞佩戴上海外国语大学的校徽的样子都没看到过——不出意外，一年多后，他们会分别考进这两所绝对距离不超过二点五公里的学校，而凭借杨苏的实力，意外的话也最多进个三十公里外的二类本科。

大学里面是允许恋爱的，他和她也许都不用再偷偷摸摸。当然，按照上面的命题假设，杨苏跑去看颜苏舞一次的时间，够林博格去看颜苏舞十二次。

林博格相信，量变引起质变。

你看，理性的人即使是在阐述未来爱情的概率时，也都用数据来说话。

再次抓起书包带子的时候，一些塑料卡片在林博格的鼻子上垂了下来，这是之前他们在逛礼品店的时候买的。现在他终于看清其中一张似乎是最近很火的动画片里的人物，白色的篮球衣，刺猬一样竖起的黑发，阳光的微笑，很像杨苏那小子。

林博格从来不看动画片，不晓得这个人叫什么。

能亲自问问她就好了……

他深呼出一口气，然后忽然不知道哪里来的气力，锁紧眉毛低喝一声，右手最后一次用力，把书包甩出老远，远离自己和自己的血液——说是很远，林博格不知道，他其实只能够把书包扔到半米之外而已了。

越来越冷了，他觉得后脑勺有些湿漉漉的，那大概就是血吧。

他不知道躺在自己附近的杨苏怎么样了，他没有力气去想，仿佛自己的大脑和自己的身体一样在渐渐变软。他现在唯一顾虑的，是自己家里的书桌左边最下面一个抽屉的底层里，那三十七页复印纸——那些是他们班这些年来的工作报告，是颜苏舞亲手一个字一个字誊写的。

从来没有第二个人知道，那些报告林博格每次在上交前都偷偷拿到打印店去，以昂贵的代价复印一份，然后藏在自己家里。很多个夜晚，当他被物理计算题折磨得头发都要竖起来时，就看着这些纸，轻轻抚摩着那些黑色的汉字，就像看到了写字人黑色的眼眸，还有那黑色的、经常一摇一摇的马尾巴。

希望，父母不会把那些眼眸和发丝的图腾一把火烧掉，复印的钱可是他从自己的午餐费里抠出来，躲过当会计的老妈的严格财务审核后汇集而成的。

他当然也并不指望颜苏舞会看到，她能为他留下一两滴眼泪，他就心满意足了——人不能要求得太多。

林博格渐渐连骂自己怎么开始胡思乱想的理智都没有了，更没有发现自己原本剧烈起伏的胸膛不知何时已经像座寂静的沙丘。他从来没有这样安静地凝视过天空，接着便忽然感觉自己离天穹越来越近，好像人要飞了出去，飞到很远很远的地方——那里的颜色和颜苏舞的眼眸、头发一个颜色，让他觉得熟悉，亲切。

欧，对了，也许是这辈子的最后一个反问：他是个卑鄙的傻瓜么……

临死时的林博格很高兴，至少，他不再是个尾巴了。

在　逃

1

陈俊杰紧紧揪住那人的脖子不放手，随即朝天上大喝了一声。

跑！

喊完之后又用膝盖顶了那人的肚子一下，几乎与此同时，蜷缩在角落里面的那个身影像只黑色的麂子一样蹿了出去。

乌小纯对自己获救的经过回忆得很混乱，因为对方人很多，三四个还是四五个，记不清了。总之就在乌青和淤肿的花朵在自己身上到处盛开的时候，忽然有个谁嚎了一声，那叫声比乌小纯自己都惨，不过他还是不敢探头看。直到嚎声四起，并且落在自己身上的拳脚越来越少时，他才听清楚别处那皮肉相搏的声音，紧接着自己的头发被一抓，连拖带拽爬了三四米左右，来到那个相对安全的角落。

事后乌小纯对陈俊杰抓自己头发的举动十分不满。十六岁的男孩子普遍开始重视自己头发的胜过自己的鞋子。他们上完厕所之后开始习惯性地用自来水整理发线，并且就鬓角、刘海、脖颈等地的头发定居问题和班主任们做着长期的拉锯斗争。陈俊杰的那一拽，把乌小纯精心呵护悉心照料的发型瞬间破坏掉了百分之五十二。

陈俊杰拿大手拍了乌小纯的后脑一下，道，你当我想？你们那身校服难看得要死不说，质量那个差，我拽了你衣服两把，一抓一个破洞，只好抓你那几根毛了——你们当初负责买校服的那个校领导真该枪毙咯！

乌小纯被他这么一说，连忙扭头查看自己的运动校服，果然在肩膀和后腰处各发现一个大洞，明显是被扯破的，就如同一张单薄的大网上的两个漏洞，每个洞口各逃走了一条鱼。

乌小纯和陈俊杰在逃。

陈俊杰今年大三，在一个二流学校的三流系里面学着一个被调剂的理科专业，毕业后的出路就像流体力学考卷上的试题答案一样遥遥不可预知。不过，"毕业"这个词对现在的陈俊杰来说更加遥远，因为他在某个不幸的晚上多喝了点黄酒，后劲犯上来后觉得自己就是正义的化身。

偏巧那天晚上几个外国留学生开着大功率摩托车在学生社区里嬉闹，喇叭和引擎的噪音惹毛了其他学生，纷纷跑下来阻止他们。没想到外语学院那帮学生代表的不卑不亢和义正词严并没有取得世界和平的美好效果，反而被人家推了两把。就在大家互相推搡的时候，本来混在人群里看热闹的陈俊杰一声大喝，酒精作用下的拳头准头出奇的好，两拳正中一个留学生的鼻子，对方登时就像根木头一样地倒了下去。

那一夜男生宿舍区出奇的混乱。陈俊杰本来是被几个留学生拽住的，好在几个男生拼命把他抢了回来，往大后方的人群外面推。陈俊杰此时也酒醒了，一身冷汗之余急忙逃走，也没敢回宿舍，跑到了学校外面，一掏兜发现手机在混乱中掉了。俩钟头之后他又兜回到学校门口，赫然发现两辆警车闪着警灯停在那里，于是再也没敢回学校。

乌小纯很天真地说是他们动手在先，你怕什么？

陈俊杰叹口气道你知道什么？我们学校篮球队队长都拿过学校的奖学金，后来还不是因为打了一个留学生给开除咯？你想想，我们四年才给学校五万，他们一年就能给学校七八万，你说学校帮谁？

乌小纯说那倒也是，我们家每年给学校赞助三万块，我连值日生都不用做。

标价五万的陈俊杰在外面风餐露宿了一天两夜，在身上只剩下一块钱的时候遇到了被人围攻的乌小纯。

围攻的那群人是这块有名的混混孙辣手的弟兄，他们知道乌小纯中午从来不在学校食堂吃饭，总是去餐馆，所以就在一条乌小纯一直经过的小弄堂里面成功伏击了他。要不是陈俊杰路过的时候拔刀相助，乌小纯给打个半死不是没可能。

陈俊杰很疑惑：他们一群混混和你一个高中生哪来的那么大的仇？

乌小纯眼睛看着别处，说，呵……孙辣手妹妹怀孕了，怀疑是我干的——喂，你别把眼睛瞪那么大，又不一定是我的孩子。

陈俊杰把眼睛瞪得更大了。

乌小纯懊恼地说别这么看着我，是多了个人，又不是杀了个人。

陈俊杰看看乌小纯脸上的乌青，说，我看快了——你就不能报警么？

乌小纯挠挠头，道，本来我还以为可以拿钱解决的，没想到孙辣手他不要钱，就是要我的命，他宁可进拘留所也铁了心的就是要狠狠揍我一顿。

陈俊杰说这年头还有不见钱眼开的，你小子"走运"了。

2

乌小纯家住在鲁迅公园边上的一块老式洋房社区里面，再往南走一百米就是四川北路商业街，属于典型的闹中取静。

陈俊杰啧啧舌头，说，你们家真有钱，这地段不便宜。

乌小纯说我爸妈当年都是吃了改革开放螃蟹的人。

陈俊杰别有意味地看看他说，对，对，爹妈改革，儿女开放。

乌小纯白了他一眼。

社区门口的小马路上古树参天，却无法完全隐藏住在小区门口和马路上徘徊的几个年轻人的身影。

乌小纯从路口拐角缩回脑袋，跟陈俊杰再交代了一遍：三栋 12 号 301室，大号钥匙开防盗门，小号钥匙开房门，现金就放在房间衣橱最下面那层抽屉里，存折则在笔记本电脑包夹层里面。

发现马路上那个把头发染的灰一片白一片的混混根本没在意自己，陈俊杰就悄悄加快步伐，终于走进小区。里面异常静谧，第二个小混混不再站在小区门口，而是坐在里面的长石凳上抽烟。乌小纯说过这两个人都是孙辣手最末流的小弟，打架什么的都不行，只能派来蹲点报信什么的，所以他们不是前面那伙人里面的，没见过陈俊杰。

陈俊杰皱起眉头说你还真了解他们。

乌小纯两肩一耸，说，好歹我以前也是他妹妹的男朋友。

陈俊杰停止回想，略微抬起头，忽然发现那个人正一动不动地看着自己，血压陡然生高。

那人忽然又笑了一下，陈俊杰汗毛都竖起来了，正犹豫着是不是要扔掉报纸冲上去，对方又把头一扭，接着抽起烟来。

陈俊杰像死过一回一样脸色灰白地走进12号楼门，双手合拢报纸，才发现最外面的报纸版面上有个丰胸广告，穿着内衣的女郎很性感地随时准备面对大千世界的男性目光——想来前面的那哥们儿就是在看她。

陈俊杰狠狠地骂了句破报纸，不知不觉地就走到了三楼，看看上下楼梯都没什么人，连忙把钥匙掏了出来。

乌小纯说他妈前两天飞去外地出差了，他爸不在了，所以家里没人。陈俊杰既然救过他一次，自然要报答他。乌小纯现在也没别的，只有钱了。陈俊杰只要把钱带出来，就五五开，陈俊杰拿了钱就离开这个鬼城市回老家，乌小纯拿了钱躲起来，等他妈回来再说。

防盗门很顺利地被打开了，陈俊杰心里一阵喜悦，觉得离自己的胜利大逃亡结束不远了，便又换了那把小号钥匙，可还没把钥匙插进去，就愣住了。

乌小纯在外面等得很心急，他的手机在前面被围攻的时候被人一脚踩碎了，因为他本来想拿出来报警的，所以现在无法和陈俊杰取得联系。当然现在就算有手机也没用，陈俊杰也没有手机。对现代人来说手机简直比太阳还重要，没了它就像没了阳光，被孤立于这个世界，眼前一片黑暗。

正想着，忽然听到有人大喊"跑！跑！跑！"，便探出脑袋看了看。只见陈俊杰面部肌肉抽筋一样绷着脸，甩开手脚拼命朝路口跑来，一边冲乌小纯的位置挥手。几乎与此同时，小区里面冲出一只小小的哈士奇，站在社区门口朝陈俊杰乱吠。

跑！跑！跑！

陈俊杰还是这么大喊，乌小纯像部忽然启动的马达，也不管三七二十一，撒开腿就往身后跑去。

马路上那个混混则一脸莫名其妙地看着这一幕，直到最后从小区门口跑出来个老太太，老人家跑得上气不接下气，挥着手像在空气里揉面团，过了许久才换上一口气，用居委会大妈特有的那种嗓门憋足劲大叫了一句：

抓小偷啊！！

3

十分钟后乌小纯和陈俊杰躲在鲁迅公园北门这里的小山上面喘粗气。陈俊杰坐在一块石头上，脸色一阵红一阵白地讲述自己的奇遇：

我打开你们家防盗门，结果发现你们家的房门没有锁，就推开进去看了，里面是一屋子乱七八糟，跟日本鬼子洗劫过一样，地板上全是东西，那个衣橱都被翻得底朝天了，现金都不见了。

乌小纯犹如被雷轰了一下，又问，那存折呢？小偷拿了存折也没用，应该还留着。

陈俊杰没好气地拍了山石一下：你还好意思说，把存折放那种地方——那小偷还真沉得住气——你的笔记本早就被人家放进电脑包给一锅端了！

乌小纯犹如被雷轰了第二下，像微波炉里的爆米花一样一下子跳起来了：我的钱！我的电脑！天哪……

陈俊杰说你吼什么啊，我还没吼呢！我在你们家客厅正犹豫是不是要报警，那条狗就窜进屋了，朝我乱叫，跟着那邻居老太太进来找狗，看到你们家那样儿，把我当小偷了……还好我跑得快，你说城市里面养什么狗啊，尽祸害人！现在爽了，我钱没拿到，被人家当成盗窃嫌疑犯了……

136

两个逃犯在山上愁眉苦脸地干坐了许久，太阳快要值完一天班，将近走人。陈俊杰看看渐渐黑下来的山林，终于打破凝重的气氛，说算了，现在想这个也没用，关键是想办法弄点钱，我一天没吃饭了，胃里跟灌了硫酸一样什么都能消化。

乌小纯说别的办法是有，我昨晚上收到短信，我初中同桌今天过生日，在人民广场的好乐迪 KTV 请客，我们要是能赶过去的话就有救了，问题是现在没钱坐车，我们走过去即使不累死他们也该散了。

陈俊杰说我这里有一块钱，打个公用电话给他。

乌小纯耸耸肩：他的号码也在我手机里面……

陈俊杰骂了句娘：现在怎么离了手机什么也做不成。说着站起身活动了一下胳膊和腿，透过树林的缝隙看到公园外马路对面的一家游戏机房，被一阵暖风吹过脑袋，忽然就有了主意，说跟我来。

乌小纯不晓得他葫芦里面是什么药，但还是跟着陈俊杰沿着山路下去，途中偶尔还能看到一对对的中学生情侣。走着走着，乌小纯忽然哈哈大笑起来，陈俊杰不解地回头问，你笑什么？

乌小纯指着半山腰上一对搂在一起接吻的学生情侣两身干净体面的校服，再指指自己，说，跟他们比起来，咱们真的跟从山上下来的一样。

陈俊杰看看乌小纯那件破了洞的衣服，再看看自己被狗咬破了的裤脚管，骂了句娘，也跟着笑起来，丝毫不理会那对学生投来的鄙夷目光。

乌小纯笑完，对着那对不满的情侣道，看什么看？我又不是没啃过！

半钟头之后两个人已经坐在开往人民广场的 18 路公交车上。

陈俊杰从公园出来后进了那家游戏机房，在乌小纯极度质疑的表情下拿仅存的一块钱买了两块游戏硬币，跑到街机区晃了一圈，然后在一个打拳皇97打得几乎出神入化的人边上坐下，道，朋友，跟你玩一局怎么样？谁输了谁给对方两块游戏币。

那人显然是在机房长期修炼的，看看陈俊杰，点点头。然后在不到十分钟的时间里面陈俊杰就赢到了四块硬币。那个男的很不甘心，本来还想再来一盘。陈俊杰看着自己手里面那四块牌子，笑笑：下次吧。

用这四块硬币冒充一元钱自动投币，两个人才坐上了开往人民广场的公交车。

乌小纯很折服地看着陈俊杰那双手，说，你可以啊大哥！我看那家伙是个高手。"

陈俊杰说那算什么？谁叫你们这代出生晚，上来就是玩电脑游戏，没赶上当年游戏机房红火的时候呢，那时候中学的男孩子都逃课打游戏去了，当时我们那一条街上混机房的男生都认识我，管我叫"陈快手"。

乌小纯说其实你的腿也蛮快的。

陈俊杰白了他一眼，扭头看车窗外四川北路的景物缓缓滑过。

乌小纯似乎头一次意识到眼前这个狼狈地带着他四处跑的人是个大学生，便忽然来了好奇心，问，中学打游戏机，那你在大学里面经常干点什么啊？

陈俊杰咳了一下，缓缓道，睡觉，打游戏，泡论坛骂人，看电影。

乌小纯追问还有呢？

陈俊杰努力想了想，说，没了。

乌小纯"哦"了一声，终于恍然大悟：原来大学是个网吧……

4

公交车抵达人民广场的时候天完全黑了，但放眼望去仍旧是密密匝匝的人脑袋。

在人流量最密集的路口等过马路的时候，有个乞丐在人群里不依不饶地要饭，人们要么避之不见，要么无动于衷。当乞丐走到陈俊杰他俩面前时，乌小纯摇摇脑袋，说，我们是真的没钱。

乞丐似乎不相信，又在他面前摇了摇饭碗，才终于走开。乌小纯扭头对陈俊杰说我还是第一次面对乞丐这么坦然，大概是因为我现在真的身无分文。

陈俊杰指指乌小纯破了洞眼的校服，道，咱们现在跟他差不多，我们这不也是问人要钱去的么？

乌小纯连忙脱下那身校服扎在腰间，说，那不一样，我们是有借有还，再说当初在初中，向来都是我借钱给他。

陈俊杰说那等会儿我们回来再遇到乞丐就给他们点钱。

乌小纯说我们出来就直接打的了，谁还坐公交车？

陈俊杰叹口气：果然多少钱说多少话。

过了马路，走到南京东路前半段第一栋高楼，那家KTV就在二层。乌小纯熟门熟路地走到前台问有没有姓乔的客人订房间，小姐查了一下说在512。两个人便跟着服务生上了旋转楼梯，路过厕所的时候陈俊杰终于憋不住了，说我肚子疼，去解决一下。

乌小纯说行，512，你好了来找我们。

陈俊杰没来得及点头就进了厕所。

事实证明陈俊杰的这次大解行为在很多方面都是卓有成效的。

十分钟后陈俊杰走进512小包厢，里面有个男生正唱着周杰伦的《牛仔很忙》，而乌小纯的确正忙着拼命往嘴里塞水果片和膨化食品，身边那几个老同学就围坐在他边上。

乌小纯看见陈俊杰进来了，说大哥你快坐，好多吃的。因为嘴巴里的东西也没咽下去，所以说话含糊不清。

陈俊杰没接话，表情古怪，问，能不能给我个话筒？

乌小纯的同学有些莫名其妙。乌小纯说我大哥要唱歌，给他给他。于是有个话筒便传到了他手里。陈俊杰拿了话筒却不唱歌，而是走到墙边上把线拔了下来，接着到了乌小纯边上，忽然一下子把话筒敲在乌小纯一个同学头上，还没等那人眼冒金星地反应过来，边上几个男生也是一人一下，场面顿时一片混乱。

乌小纯嘴巴里的食物都被吓得呛在了喉咙里面，紧接着右手被陈俊杰用力一拉，从茶几后面跌了出来，又被朝门口一推，看见陈俊杰对着几个男生一阵乱敲，然后拉着他冲出包厢，飞快关上门，用手中的话筒线在门把手上快速缠了一圈，另一端缠在了对面那个包厢的门把手上，然后一把拽住乌小纯的衣领往出口处走。

走到第一个拐角的时候乌小纯终于能说话了，一边挣脱一边骂娘道：你神经病啊？干什么啊？！

陈俊杰没看他，而是没头没脑地问，前面你们那个包厢是不是有个老同学出去上厕所？

乌小纯说对啊怎么啦？

陈俊杰不说话，却不知从哪里拿出一部手机，脚步没有丝毫停歇，一边摁亮了显示屏给对方看。

那是通话记录，显示两分钟前刚和"辣手哥"通话过。

乌小纯一下愣住了，停止了挣扎。

与此同时一个带着耳机的服务生与他们擦肩而过往 512 方向走去。陈俊杰让乌小纯别回头，一边继续道，我查过手机的短信记录，孙辣手给你的几个老同学都下了悬赏令，你知道么你现在很值钱。

说着陈俊杰带着他快步下了回旋楼梯，正巧 KTV 大厅的那部电梯上了来，一拨客人正要下去，陈俊杰拽着乌小纯插队挤进了电梯，按下关门按钮，根本不去理会后面几个人的抱怨。

电梯门合上的同时，可以看到又有两个服务生快步朝楼上跑去。

5

南京路隔壁的来福士广场门口的那个十字路口可能是全上海最令人匪夷所思也是最复杂的中心地带。它的对面是全上海的政治枢纽市政府，边上是全上海最热闹的购物街，斜对面是全上海最拥挤的隧道口，背后是全上海最大的书城，地下是全上海最大的地铁换乘枢纽。

它没有静安寺那样的闹中取静，没有淮海路那样的小资情调，没有外滩那种岩石般的沉稳古典，没有徐家汇那种单纯的奢靡，不像浦东陆家嘴那样满大街都是身着西服套装的金融领域人士，也不像北火车站那样到处是风尘仆仆一路奔波的城市过客。

它谁都不像，但却什么味道都有点。

你可以在这里看到最酷炫的学生和最时尚的白领，还有最低调的小偷和最不辞辛劳的乞丐。

当然，还有隐藏在茫茫人海浩浩人流中的陈俊杰跟乌小纯。

那个老外朝乌小纯走来的时候乌小纯还深陷在一片思维的混乱之中，他正在慢慢接受自己的老朋友背叛和出卖自己的事实，只是显得有些艰辛，蹲在地上的膝盖隐隐有些发凉，以及这种蹲姿引来的一些不屑的目光，他也都一无所知。

所以当他抬起头来的时候，那个山一样的肉体发出的声音显得有些突兀：Excuse me（很抱歉打扰了）……

乌小纯隐约听明白了他是在问路，但是那个地名他没有听清楚，只好摊开双手，用生硬的英语回答我不知道。

老外有些失望地瞪大了他的蓝眼睛，耸耸肩，道了声谢，便走开了。

乌小纯看着那个山一样巨大的身躯从自己的视线里面移开，不禁有些悲观地想，这老外明显来这座城市没多久，但至少他知道自己要去哪里；而我乌小纯比他待在这里的时间久远不知道多少倍，对自己的明天和目的地却一片迷茫。

差不多这时候陈俊杰也回来了。

乌小纯见他一脸的沮丧，问，怎么了？

陈俊杰叹了口气，蹲到乌小纯的边上，表情像吃了一瓶防腐剂。

五分钟前他在门口另一角拿着那个抢来的手机打电话。先是拨了114，问了自己学校学院的电话，三转两转转到了自己系的辅导员手上，然后粗着嗓子变更自己的声音，问，请问是陆老师么？

陆老师说我就是，你哪位？

陈俊杰说我是东方早报的记者，听说你们学校的学生最近发生了一起斗殴事件，我们想了解一下情况。

陆老师不改声调地说不好意思你们肯定是误听了谣言，我们从来就没有得到这样的消息，你是从哪里听来的？

陈俊杰说不会啊，有人向我们提供消息说是这件事情中有一个是你们系的学生，叫陈俊杰。

陆老师"哦"了一下，说你等等，我去查一下。过了一会儿他回来了，说，我们是有这么个学生。

陈俊杰还没继续开口，陆老师又说：但是三周前他就因为考试作弊和违章使用电热棒被我们学院开除了，已经不是我们学校的学生了，所以即使他做了什么违法乱纪的事情，也和我们学校无关了。

很少去考试、连电热棒长什么样子都没见过的陈俊杰倒吸一口凉气，问，啊？真的？！

陆老师说对啊，如果你需要的话，我们可以出具给你们看对他的开除通知和相关手续证明。

乌小纯听完，半天感慨了一句：你们学院的手比你更快。

陈俊杰用手指尖挠着头皮和发根，吸着气说，这下子彻底单飞了……

乌小纯没好气地说，要单飞也要有翅膀啊，我看我们现在身无分文，跟烧烤铁板上的鸡翅膀一样，卖相可以，飞走没门儿。

陈俊杰皱起眉头，看着眼前来往的人流，懊丧地发现行走的人有时候其实比奔跑的人还要目的明确。不过人群里不时出现的女郎的超短裙终于又让他找回一点世界美好的理由，叹了口气，道，算了，我拿这部手机给我老家的父母打个电话，就把它卖给手机店吧，好歹也能有点钱了。

说着便去摸上衣的左口袋，忽然脸色一变，连忙去摸其他口袋，也没有摸出什么名堂。

乌小纯见他脸色不对，声音有些颤抖地问，不会吧……

陈俊杰瞪大眼睛继续自摸，一边恶狠狠地看着身边来来往往的一张张面孔，最后再度蹲了下来，大声骂了句娘，说，这东西，来得快去得更快。

乌小纯用手捂住脸，透过手指缝看到不远处那个公交车站上的一块大广告牌上写着这么句话：

这个世界无时无刻不在发生着日新月异的变化。

6

一直到了流星网吧，乌小纯的情绪也没好起来。

老葛说，小伙子，来盘 CS，打几梭子发泄一下，就好了。

陈俊杰说让他去吧，来，咱们继续喝酒。

流星网吧属于那种看上去比较破，其实里面也真的很破的网吧，机器配置不好，地方也不算很大，也没有坐落在市口，生意不怎么好，只能靠着违规接纳未成年顾客来养活自己，所以最里面那几排坐着的往往是初中生。

陈俊杰和乌小纯走得腿快断了才来到这里，路上还捡到了一块钱，艰辛地要价还价之后才买了个巴掌大的烤白薯暂时解决了肚子的问题。

老葛说你看你，早点来找我不就得了，一点也没把我当老同学。

陈俊杰说你从老家大老远来上海闯荡不容易，一直撑着这个网吧，也没赚多少钱，怎么能老是来找你。

老葛说我管你吃顿饭睡个觉还是没问题的，今晚我把我的办公室腾出来给你们吧。

陈俊杰摆摆手说用不着，以前在网吧通宵早就在座位上睡习惯了，哪用得着睡办公室？让这小子睡吧。

乌小纯说我也不用，他睡哪儿我就能睡哪儿。

老葛点点头道，好小子，有种气，不过还是睡沙发舒服——来，眯口。

陈俊杰拦下那白酒杯，说，他才多大啊就让他喝这个。

老葛说你这话讲的——高中那会儿学农，我们四个在小树林子里干掉了两瓶烧酒，还让教导主任抓了个现行，一人一张处分，你自己那时候才多大？

跟老葛喝完酒，陈俊杰和乌小纯各自上机，不约而同地先上了 QQ，乌小纯说大哥你加一下我，于是陈俊杰就出现在乌小纯的好友列表里了。乌小纯看到陈俊杰在 QQ 上面还叫"俊杰"，便忍不住笑了。

陈俊杰说你笑什么？

乌小纯说你这个名字起得也真是，全中国叫俊杰的特别多，我们年级我就知道四五个俊杰，张俊杰刘俊杰王俊杰丁俊杰。

陈俊杰不忘尖锐本色，说，那我也没看到几个和你关系不错的人，关键时刻他们也不帮你。

乌小纯十个指头在键盘上同时拍了一下，久久没说话。

陈俊杰知道自己过火了，连忙岔开话题道，其实我们家其他名字都很俗——我太爷爷叫陈小米，爷爷叫陈卫民，大叔叫陈建国，二叔叫陈援朝，我爸叫陈跃进，四叔叫陈红兵，我们这辈堂姐叫陈雯婷，堂哥叫陈英豪……总之我们家代表了最普遍的中国人民起名标准。

见乌小纯没反应，陈俊杰说其实我连我儿子名字也起好了，就叫陈牛市！

高中生乐了，追问道那要是生个女儿呢？

陈俊杰想了想，回答：陈房子……

乌小纯"哈"了一声，展开的笑容忽然又不见了，过了一会儿说，其实，我的同学都不大喜欢我。

陈俊杰问为什么呀？

乌小纯说因为我本来该在一所普通中学念书，是家里出钱让我去重点学校念书，那些凭分数进来的同学都不喜欢我，老师表面上偏袒我，连逃课也不管我，其实也就是因为家里招呼过他们——就这么换了三四所学校，我一直都跟他们处不好，只有孙辣手他妹妹看我和别人不一样……

陈俊杰"噢"了一下，说，别太难过，我以前也不讨人喜欢——甚至包括现在……

二人聊天之后各自又打了会游戏，终于都累了，决定睡觉。陈俊杰和老葛去办公室拿了两条毯子，回来的时候发现乌小纯已经在自己的座位上睡着了。

陈俊杰摇着脑袋给乌小纯盖了条毯子，老葛在一旁看着，说，咱们当年离家出走的时候，也差不多他这个年纪吧？你后爹差点打死你。

陈俊杰无所谓地耸耸肩，说我都忘了我为什么离家出走了。

老葛说还不是因为那次咱俩整了个汉奸头被全校通报批评。

陈俊杰承认自己彻底记忆模糊了：汉奸头？

老葛说就是那时候刚开始流行韩国明星，你想模仿HOT里面那个主唱的中分头，拿肥皂水抹脑袋上拗造型，还叫上了我，结果弄得不伦不类，跟汉奸似的，最后咱俩被校长当众逼着去男厕所洗头，你觉得这是奇耻大辱，就离家出走再也不去学校念书了。

陈俊杰被爆料得无地自容，只好说，那是年少轻狂，年少轻狂。

老葛叹气道，是啊，年少，我们现在真的就老了，现在的小孩都不喜欢HOT，喜欢什么东方神起。看着那群小丫头追星那么起劲跟小疯子似的，你还真就明白了，原来当年咱爹妈那伙人就是这么看咱们的。

陈俊杰打了个酒嗝，看了眼熟睡中的乌小纯，说，说这个还有什么用？这已经不是属于我们狂的时代了。

7

第二天晚上乌小纯回到流星网吧的时候正好是五点半，属于很多人赶着回家买菜做饭的时段。

网吧的生意还是那样不温不火，平均每两个半机子上有一个顾客。他也不知道陈俊杰现在在干吗，估计又在和老葛躲在办公室里面喝酒。

后来他才知道，当时的情形绝对不是这样。

那天下午陈俊杰是在快两点的时候醒过来的，发现自己正睡在老葛办公室的沙发上面。不过办公室里面不止他一个人。

三四个脸相不善的陌生青年男子站在不大的办公室里，显得有些拥挤。陈俊杰慢慢地坐起来，一直坐在办公桌后面的那个人定定地看着他，发话了：你醒了。

陈俊杰喉咙有些发紧，预感不妙，问，你是？

那人十指交叉，手肘架在桌面上，眼神像冬天的晨雾：我姓孙，别人喜欢叫我孙辣手。

陈俊杰坐在沙发上愣了一会儿，看看他，像在思索，问，我不记得这个名字，我们认识么？

那人嘴角往上牵了一下，像在笑，声音还是不温不火地，让陈俊杰由里到外觉得毛骨悚然：陈老弟不必装傻了，沙发上这件破校服就是乌小纯的，我的小兄弟也已经指认过你就是那个在弄堂里救走乌小纯的大学生，去过他们家，还打了一个给我报信的人。

陈俊杰被揭破真面目，顿时觉得手脚冰凉，正要猛地跳起来打倒离自己最近的人，那人突然又说，你先别发急，我们还没找到那小子。

见陈俊杰怔住，那人给了小弟一个眼色，门打开，老葛就进来了。见陈俊杰正看着自己，老葛面有愧色道，兄弟，你别怪我，我也不知道他们是怎么找到我这里来的，不过孙老板很和气，他跟我说了，只要找到你那小朋友，他就给我们一万块钱，还答应对你之前的事情都既往不咎。

陈俊杰倒吸口凉气，寒意从双腿达遍全身，问，小纯呢？小纯呢？

孙辣手接过话道，葛老板说那小子中午出去的，问他借了二十块钱，还说过差不多下午三四点钟就会回来，所以，你暂时不必担心他——在他回来之前，你会一直待在这个房间里面，外面的客人里面也有我的小兄弟，所以你一定要很乖，不然，大家都会很不开心。

陈俊杰气得鼻孔都变大了，看着老葛说不出话来。

老葛说兄弟你别这么看着我，我也没办法，网吧生意不好，我的积蓄炒股票都赔了，就等着这一万块钱救急，你就当帮兄弟这把，何况那小子跟你非亲非故……

陈俊杰吼了一声：他还是个孩子！

孙辣手不紧不慢地反驳他说，不错，他是个孩子，可他都让我妹妹有孩子了。

陈俊杰的话被噎了一下，孙辣手说，现在，我们大家就一起等，等他回来。

所以说乌小纯第二次踏进流星网吧大门的时候，其实就是进了一只危险的大口袋。

然而接下来的事情一下子发生了翻天覆地的变化，因为就在他走向老葛的办公室的时候，忽然门被"咚"的从里面撞开来，窜出一个人影，乌小纯认出那是陈俊杰，陈俊杰显然也看到了他，却表情古怪，然后眼神一闪，以一种高昂的声音尖叫了一声：

教导主任来抓人啦！

话音刚落，坐在网吧最靠里面那几排的二十多个初中生纷纷像被惊吓到的野兽一样蹿了起来，一窝蜂地朝后门逃走，这就导致了当时的场面极度混乱，因为在那些初中生往外逃的同时，有几个人和他们方向相反地跑来，乌小纯恍惚中觉得有一个人的脸很熟悉，当他发现那个人是孙辣手的小兄弟之一时，陈俊杰的手已经拽住了他：

跑！

8

事后乌小纯才知道当自己离网吧门口还有五十米时，坐在办公室里面的陈俊杰也不晓得哪里来的第六感，忽然问坐在桌子后面的孙辣手说，我有件事情一直没想明白，你不认识老葛，也没跟踪我们，你是怎么找到我们的？

孙辣手并没有很得意，依旧用不急不缓的语气道，昨晚那小子上过QQ，被我一个同样上网的朋友发现了，他用的是能显示对方IP地址的珊瑚虫版本，就知道了是在这个网吧。但当时他还不知道我正在找他，今天上午他刚知道，便立刻告诉了我他的位置，我们就赶过来了。

陈俊杰这才想起来昨晚自己和乌小纯上QQ的事情，乌小纯还用那种陈俊杰看不大明白的火星文和人聊天，乌小纯为此嘲笑过他一番。

陈俊杰呆呆地"噢"了一声，又说道，那我还想知道——话音未落，

151

右手便卷起乌小纯的那件校服以迅雷不及掩耳之势扑向离自己最近的一个孙辣手的小弟，一拉一绕就把校服蒙在了那人脑袋上，再往肚子上给了一拳，便立刻打开门冲出去。

陈俊杰本想冲出网吧再说，结果一眼就看到了正往这里走过来的乌小纯，而外面那几个孙的小弟都已经悄悄起身离开座位朝他背后走来了。

回顾这段惊心动魄的历史的时候陈俊杰和乌小纯正坐在天知道哪所中学操场一角的小树丛里，因为他们两个是翻墙头爬进来避难的。中学里面大部分学生都放学了，所以没人看到这两个在地上大口喘气的逃亡者是怎么进来的。而孙辣手的人应该正在四处寻找他们。

乌小纯艰难地咽下一口粗气，讲，你又救了我一次。

陈俊杰摆摆手，闭上眼睛道，别提了，我们两个都被好朋友出卖了，现在都不知道往哪儿逃了。

乌小纯点点头，若有所思地看着操场上的足球球门一会儿，从怀里拿出一个信壳放在陈俊杰肚子上。

陈俊杰看看他，打开信封，是一叠钱。

数数，两千块钱。他说。

陈俊杰没数，也没说话，只是看着乌小纯。乌小纯解释说，是我爸给我的。

陈俊杰汗毛林立：你不是说你爸死掉了么？

乌小纯讪笑一下，讲，骗你的，其实他没死，只不过和我妈离婚了，我恨他，所以就跟外人说他死掉了。

陈俊杰怔了半晌，说，你今天就是去找他的？

乌小纯点点头：他也很有钱，而且一直没机会讨好我，所以我今天去找他，他很爽快地给了我很多钱。

陈俊杰又打开信封看了看那叠诱人的粉红色，小心收好，问，不会是为了我吧？

乌小纯吸吸鼻子，耸耸肩帮说，谁知道呢？你需要钱，我也需要钱……我本来也想过不回来的，躲进一家宾馆等我妈回来，或者让我爸找公安局的人……我不知道……可你救过我那么多趟，我很欠你。

陈俊杰叹口气，摆摆手讲，看来我们是要分道扬镳了。

乌小纯挠挠头，忽然说，其实，我父母当年也是奉子成婚，所以他们的感情根本不好，结果离了。

陈俊杰看看他，再看看天，道，我说怎么坟头没好草，原来这坟头本身有妖气。

乌小纯没生气，"嗯"了一声，说，无论如何……谢谢你。

陈俊杰笑了一下，拍了拍乌小纯的脑袋：我先走了。

说完起身，一拍屁股，却忽然发现裤子上黏了什么东西，拿下来一看，居然是个用过的安全套——很显然天黑后翻墙头爬进来的人不止他们两个。

陈俊杰奋力地骂了句娘，把它扔到地上，乌小纯看在眼里乐得咯咯大笑。

陈俊杰说你笑什么笑，我看你就缺这个。

9

在坐上开回学校的公车之前，陈俊杰走进了一家邮局。

填写汇款单的时候，陈俊杰叹了口气。

半小时前在操场上，他把那个堪称人类史上最伟大的发明之一扔在了地上。乌小纯忽然不笑了，咬了下嘴唇，看着陈俊杰的鞋子，讲，其实，那次，她三个月那个没来居然都不告诉我，我当时跟她说那还不如把孩子生下来之后再找我算了。

陈俊杰没笑，也不晓得说什么好。

乌小纯抬起头，讲，昨晚我做梦梦到她了，我们还是说了这段话，可我忽然发现在这方面她是那么单纯……其实我知道一定是我，一直都知道。

陈俊杰手插在裤子口袋里面，转身看看这座操场，居然还是黑煤渣的跑道，简陋朴素得一如自己当年的住宿制学校。

他自己第一次梦见一个女孩是什么时候？

陈俊杰忘了，真的忘了。

那时候他曾经犯着傻劲，跟着一个自己暗恋的女孩每天早上来晨跑，在这样的黑煤渣跑道上一跑就是两个春天和一个秋天，最终练就了两条快腿。

多年后的陈俊杰此时懊恼地发现，自己这辈子没追上过谁，倒是逃跑了无数次。

他终于转过身，没让和自己当年差不多大小的乌小纯看到自己的眼神，生硬地问，你要回去找她？

乌小纯耸耸肩：很有可能，我不能逃一辈子，你讲呢？

听完那番话的陈俊杰站在那里，然后头次以一个 21 岁处男看一个 17 岁非处男的那种复杂眼神，细细打量乌小纯一遍，像是在行最后的注目礼，没说再见，转身走开。

乌小纯其实并没有欠他太多，他早就还了，只是他自己并不知道。

昨天下午，在乌小纯那"前有来者"导致一片狼藉的房间里，陈俊杰的的确确从衣橱下面找到了三十多张百元大钞。只犹豫了十几秒钟，他就把钱通通塞进了后腰的内裤里。结果等他刚走到客厅，那条该死的狗就冲进来了。

跑出社区大门的时候没有跑对方向，还是往乌小纯那边跑，的确是撞邪了。

接着只能陪小鬼去 KTV 找他同学，然后借口肚子疼上厕所，在格间里面脱了长裤，把藏起来的钞票拿出来数点了一遍，用卫生纸包好——这些钱足够他回老家。

然而正准备穿上裤子溜之大吉，就听到隔壁再隔壁进来个人，没有蹲下，而是开始说话了。那人声音压得很低，陈俊杰没有听完整，但是却听到了两个很关键的句子：

"乔让我出来给你们报信……"和"……我们会拖住他……"

陈俊杰攥着那团卫生纸，心里面电光火石地斗争了一会儿，忽然听到那人打开格间的门，自己也不知道怎么回事，脑子里一片轰鸣，便跟着打开门跳了出来，几步就蹿到了那人身后……

陈俊杰皱皱眉头停止回忆，在收款地址和收款人一栏分别写下了流星网吧跟老葛的名字，然后走到窗口，连同那三十多张大钞一起给了工作人员。

这次真的谁也不欠谁的了。

出了邮局朝公交车站走，路边有一小群人在围观什么。

陈俊杰的目光穿越过人大腿组成的围栏，看到地上用粉笔写着几个大字，大意是钱包丢失，请赞助八元来吃饭和坐车回家。

粉笔字的后面坐着一个学生模样的女孩，胳膊抱着膝盖，头低垂，刘海遮住脸和表情。

时光倒退三四年，那个自己老跟在她屁股后头跑的女孩也有这样的刘海。只是后来，她和她喜欢的人一起离开家乡，考去了北京，再后来双双出国，据说头发染了颜色烫了卷，再也没了那土气但是亲切的刘海——而他自己呢，出于赌气考到了大上海，与之南北相隔，也算离开了那段不伦不类的尴尬回忆。

看来这辈子到目前为止一直都在逃跑。

陈俊杰学着乌小纯的样子挠挠头，终于长吁一口气，从口袋里面掏出前面汇款时付邮政费找下来的一张十块钱，挤进人群，弯腰把十元钱轻轻放在那些粉笔字上面。

潜逃在外的好心人没有等着看那女孩的反应，迅速起身转身正欲离去时，听见围观的人里面有人嘀咕一句：弄不好是骗子呢？

陈俊杰漫不经心地瞟了那人一眼，把手插在口袋里面，走出了小声议论的人群。

谁也没有听到他转身离开的那一瞬间，嘴唇轻轻嚅动，仿佛是在对看不见的听众们轻轻呢喃：

回家，比什么都重要。

泡面男爵

男　爵

经常吃泡面的男生，都可以被称作"泡面男"。

但唯独他，称号后面多了个"爵"字。

他顿顿吃泡面不是因为懒，不是因为喜欢，而是因为生存所迫。

刚进大学时，他的饮食习惯镇住了各位室友，大家觉得以后男爵就算死了一千年，尸骨还是会因为防腐剂而栩栩如生。但没多久后，他们看到新闻里纸做的包子、化学药品做的鸡蛋、避孕药催生的鳗鱼、用粪便发酵的臭豆腐、成分可疑的牛奶和奶粉之后，猛然发现泡面男的饮食才是最明智的——起码，他知道自己吃下去的东西到底都添加了些什么玩意儿。

时间一长，大家再也不叫他的本名，只称呼他为"泡面男爵"。并且觉得将来要是男爵奋发图强出人头地了，对比起现在天天吃泡面的日子，写成奋斗回忆录一定很畅销，大家连书名都想好了，就叫《爵迹·三分钟的温暖》。三分钟，就是开水泡面的时间。

后来泡面男爵挂掉的时候，除了吃泡面最多，他还留下了四项纪录，迄今在学校里无人可破：

1. 没有手机；

2. 在食堂勤工俭学负责收碗，每小时将近收一万只；

3. 用一百把桶面里的塑料叉子做成剑龙骨架模型；

4. 学校里捡到硬币最多的人。

最后这点必须补充一下，因为它对泡面男爵来说是福也是祸。

大学校园里，最容易捡到硬币的地方不是小卖部和澡堂，也不是宿舍，而是——草丛。

那些热爱大自然和户外运动的学生情侣在月黑风高夜钻进树影茂密的草丛时，口袋里总会装着硬币、钥匙或者可疑的橡胶制品。小情人们在幽暗的草丛深处兴奋，紧张，喘息，疑神疑鬼，却很少关心自己的裤子口袋。

等到翌日天亮，泡面男爵就会走进草丛深处，收获色情男女们遗留下来的战利品。学校里这样的草丛有好几处，所以平均一天下来可以收获两三块钱。

这个办法听起来猥琐，但却行之有效。

谢天，谢地，谢荷尔蒙。

捡来的硬币和七零八碎的东西，男爵都存放在一个玻璃广口瓶里，摆在自己的书桌上。结果大一某日，系里的辅导员来男生宿舍体察民情，看到了男爵的这个瓶子。他不知道男爵的这个副业，只是忽然指着里面的一把钥匙，诧异道：这不是我办公室的邮箱钥匙么？怎么在你这里？我找了好久！

的确，那把钥匙连着的塑料牌上写着"419"，正是这个辅导员的办公室房间号。

男爵和他的同学们站在那里足足有半分钟不敢说话，最后男爵讲：是我在食堂收碗时捡到的。

本以为这件事情就那么搪塞过去，但辅导员夜半三更钻草丛的消息还是在系里传播开来，很快就回传到了男主角的耳朵里，同时还知道了自己的新外号："钥匙君"。

那之后，泡面男爵申请的学校贫困生补助一直没有批下来。

直到有路哥出现。

有路哥

遇到泡面男爵之前，有路哥的生活很安逸：开车上学，穿量身定做的白衬衫，喝星巴克的咖啡，用苹果电脑和 iPhone4，曾经有过两个女朋友，非处男。

有路哥的外号源自他开的丰田车，该公司著名的广告语就是"车到山前必有路，有路就有丰田车"。

有路哥确实很有路子，跟系里的几个辅导员混得很好，定期陪他们打篮球、搓麻将，有时开车送辅导员们出去开会，其亲密程度足以羞煞学生会那帮部长。因为这，有路哥也能拿到学校的贫困补助金，每月八百，正好用作汽油钱。

没人敢去提意见。

他会去插手泡面男爵的事情，纯粹是巧合。那时临近冬季，草丛捡硬币的收成不大好，因为天冷没什么情侣有心情在野外幽会。男爵只好天天晚上在学校北门外头的洗车摊打工，从晚八点做到半夜十二点，每次回宿舍都要宿管阿姨帮他留门。洗一辆私家车要十五块，男爵分两块，洗出租车四块，他只能分五毛。

那晚有路哥平时常去的摊子没摆出来，就去了另一家，结果发现上来服务的男孩居然就是和自己住同一层楼的学弟泡面男爵，心里唏嘘不已。开车的拿着贫困补助，洗车的却什么也没有，这似乎有点说不过去。

而且，更早些时候，有路哥曾经问泡面男爵借过一包面。男爵的床底下塞了足足两大箱各类方便面，楼层里有谁懒得出去买夜宵，都可以问他借，来者不拒，只要末了记得还一包就行。谁知他拿了一包面刚走，男爵就从后面追了出来，说拿错了。原来男爵的库存里，有一部分是学校超市贱价出售的快过期的面，这种面都是他自己吃，不借给别人。

有路哥不是那种同情心泛滥的人，不收养无家可归的猫狗，不给乞丐零钱，也从来不慈善捐款。但洗完车子那晚，他终于决定要帮男爵做点什么。但即便他和辅导员关系密切，也不敢出面为男爵说话，因为钥匙君的为人他很清楚，天蝎座，记仇。

只能走迂回路线。

一星期后，一段名为《神速！×工大食堂勤工俭学生两分钟收20000只碗！》的视频红遍全国。视频拍的是用餐高峰期的食堂，站在收碗窗口后面的泡面男爵双手飞速，餐盘、碗、筷、勺以惊人的速度被他分门别类地放好。

天天找社会新闻素材的记者们很快就去采访了男爵。男爵说高峰期有三四千个学生用餐，每餐要收三四千个盘子，每个盘子里有4个碗，2个小时左右他要把近20000个碗盘分门别类，相当于平均每秒2个。

"而且，碗里有残渣，手会经常被鱼刺、骨头等扎到。"记者在新闻解说稿里写道，"他的双手因收碗留下了淤血和小伤口。"

报道一出，泡面男爵在学校里也火了，专门有学生跑去那个食堂边吃饭边观摩。不过还好，收碗这个工作本来就是低头看碗不看人的，男爵没什么不好意思。对于一个进大学两年多都没手机、鞋子只有一双破回力的人来说，这点围观不算什么。

新闻报道一播，学校领导也很重视，跟学院里问起男爵的情况，被告知该生家里条件很差，母亲在他小时候离家出走，父亲在他高中时病逝，后来一直被伯父收养。平时的经济来源就是四处打零工，因为食堂的勤工俭学是只管饭的，而且人多岗位少，男爵一周也就上岗三次。

最后那个被有路哥买通的年轻老师对领导说出重点里的重点：这孩子一直没有领到贫困补助——不过媒体记者们暂时还没采访到这个细节。

不到一礼拜，男爵的补助就发下来了，院领导直接特批的，每月八百。

真金白银到手后，泡面男爵就找到当初策划那段视频的有路哥，说要请他吃饭谢恩。有路哥说不必了不必了，你也不容易，自己多补补营养吧——这件事情一定要保密，不能让钥匙君知道。

学校的宿舍安排向来杂乱无章，有路哥和男爵虽然住一层楼，但比他大一届，临近大四，好的企业实习岗位需要辅导员推荐，所以不能被钥匙君知道那段视频的真相，不然多年来的公关工作前功尽弃。

尽管表面上不能报答，但那年有路哥生日，还是收到了一个很特别的礼物。当时周五，他开车回家，照老样子从学校东门出去，就被在马路上久候的男爵招手拦了下来，原来是要给他礼物，一只热水瓶大小的白色剑龙骨架模型，但都是用桶装泡面里附赠的塑料叉子为材料制作的。

"叉子我洗得很干净，你别嫌弃……"这是男爵的唯一一句补充说明。

后来有路哥生日那天请客，没叫男爵。但当晚，有路哥破天荒买了很多价格昂贵的拿破仑蛋糕，这个楼层的近百名男生人手一大块。有人说有钱人到底不一样，快要毕业，就来个大手笔。

那是男爵这辈子吃到过的最好吃的蛋糕。

但是后来事情又起了转折性的变化，有路哥和男爵闹翻了。

鉴于本来两个人的友谊就很私密，所以为何起了矛盾其他人也不得而知。唯一的目击者也仅仅是在学校给学生私家车主造的停车场里看到，泡面男爵恶狠狠地推搡了有路哥一把。

但一个大学前两年经常吃泡面的人不会健壮到哪里去，所以这一把没有将对方推倒。男爵还想冲上去揍两拳，有路哥却轻易地一把推倒了他，然后上车走人。

此时有路哥已经大四，常年不在学校，而是跑去一家很有名的外资企业实习，所以两个人也渐渐没了接触。后来大四毕业，聚餐喝酒，有路哥没开车，就喝高了，口齿不清地跟边上人说，你们都小看了泡面男爵了，他呀，其实不简单……知道他的大学学费怎么来的么？是他开面条店的老头子活着的时候，拿了人家客人落下的包，里头有两万多块钱……他老子不还，人家说理不成就去砸场子，结果老头子当场就心脏病发了……

边上人问真的假的，有路哥说那还有假？他亲口告诉我的，我和他喝过酒，他酒量不行……人家又问那你们怎么后来吵架了呢？有路哥这时候就不再回忆往事了，而是嚷嚷着给我酒，酒，酒！

鉴于那晚喝醉的人很多，有路哥这段爆料也就成了无数半真半假的醉话语录之一。反正泡面男爵那时已经不在了，无人对证。

钥匙君

学院里贫困生的津贴发放名额有限，具体到各个系，这点芝麻大的权力就在各位辅导员手里。泡面男爵他们系的辅导员钥匙君并不是坏到骨子里的人，不杀人，不放火，但他就是能卡住你的经济血管。

没办法，谁叫男爵捡硬币捡出了钥匙君的丑闻呢。

那时候，普通学生里，只有有路哥清楚他的来历：这厮是小山村里出来的，他们村那年唯一的大学生。他成绩好，进学生会，给老师当助理，又会巴结上头，所以毕业以后留校做行政，同时研究生在读。此人的大学本科学费是他们村十几个文盲半文盲的大叔大伯一起凑出来的，有两个还去卖血。

十几个叔伯如此齐心协力的后果就是，钥匙君今天可以坐在行政楼的空调间里打打电话玩玩蜘蛛纸牌，下班和学生会部长搓搓麻将，晚上偷偷和女生逛逛草丛，顺便把自己的钥匙插到别人的锁孔里。

他已经忘记掉自己当年苦哈哈地在大学里倒卖方便面赚取生活费的日子了。

所以对泡面男爵这种令人倍感亲切的学生来说，他是苛刻严格的。套用《笑傲江湖》里岳不群老师的一句话说，"江湖风浪吹打得了别人，为何就不能吹打一下他泡面男爵？"

可惜，尽管他百般卡死，泡面男爵还是像只蟑螂一样从夹缝中顽强地存活了下来，而且也不知道借用了谁的关系，录制了一段在食堂收碗的视频，居然一下子火了。学院领导得知他这么贫困却还没领到补助，亲自批示下来要补，大补，大补特补，不然媒体记者发现了，那就很难堪了。

更可恨的是，因为男爵的津贴是学院特批，钥匙君无法拿回扣。学校的贫困生补助共分四等，三级补助每月三百，二级每月五百，一级八百，特级一千二。二、三级的补助，系辅导员就可以批；一级的，要辅导员呈报给学院领导过目；特级只有学校领导才有权批准。那些通过钥匙君的路子拿到津贴的学生，每月都要给回扣，三级的给一百，二级两百，一级给三百。

这不叫打劫，叫江湖规矩。

搞到后来，他管理的系，就有路哥和泡面男爵两人不给回扣。前者情况特殊，属于自己人；后者，因为是当时的红人，不敢乱扣，万一他告到院领导那里，钥匙君就惨了。

但钥匙君不会轻易放过可以为难泡面男爵的机会。

大二年末，机会终于到来。泡面男爵有个和他关系不怎么融洽的室友丢了一百块钱，怀疑是男爵所为，便趁他去上体育课的时候翻找了男爵的书柜、衣橱和抽屉。赃款没找到，却意外翻出了一张证书，大意是男爵在一年前的大地震时捐款两千元，特此颁予荣誉证明。

后来那个室友的钱倒是意外地在自己的脏衣服里找到了，但歪打正着找出来的这张证书却引起了钥匙君的高度怀疑。一年前，也就是男爵大一，那时候这小子穷得叮当响，据说寝室里的人在外面吃饭都会习惯性地打包一点菜肴回来给男爵做泡面的添菜。

就这样，还能一下子捐出两千块钱？

在钥匙君看来，一个人会捐两千块，口袋里肯定还有五千块，而不可能只剩下五块。所以那段时间他就想方设法要证明泡面男爵其实是有钱的，大家都被他的贫穷表面给迷惑了。

但怎么看都是真穷。钥匙君在男爵身边安插的耳朵汇报说，他的一切花销都在那八百块钱范围里，也没有买手机和新鞋子，只是买了一部很破旧的二手自行车，剩下的钱都去买各种参考书了。更要命的是，食堂的收盘子和北门的洗车摊，他依旧还在打零工。

钥匙君心想你这是装逼装到底啊，还是你真的是雷锋叔叔再世，当初宁可捐钱到灾区也不给自己改善伙食？

他不信这个邪。

可也没办法。

后来，有路哥在毕业聚餐上的那番酒后真言，让当初知道捐款证书事件的学生才多多少少觉得可以解释那两千块钱的来历了。想来，应当是男爵刚进大学时，始终觉得自己的大学学费其实是属于不义之财，心里总是充满不安。此时恰逢西南部大地震，他拿出两千元捐了出去，算是为自己寻求一点心安理得。

可惜，真相大白的时候，不要说当事人泡面男爵不在了，钥匙君也已经调去了别的校区工作。但就算他当时在场，知道不知道这个真相也已经全然无所谓，因为就在男爵大三的时候，钥匙君终于找到了报复的机会。

那是上半学年的期末大考，大三有一门比较难的必修课程，每个班的通过率只有变态的37%，此课不过就无法毕业，所以不少重修的大四学生会花钱找人代考。结果那次被抓到的枪手里就有泡面男爵，据说价格是一千块。

花钱代考，是学校里不能触碰的几大天条之一。尽管男爵是进考场时因为学生证照片不像被抓到，而非考到一半被发现的（可以抵赖说走错考场），但钥匙君还是在辅导员讨论会上坚持开除的惩罚，不然学校的学习风气无法有好转。

钥匙君还说，泡面男爵这个人虽然是贫困生，成绩也不错，但和同学之间的关系很差，有一次和室友起了口角，顺手把手里的一碗方便面扣到了人家头上，事后还拒不道歉。

"拿着学校的贫困津贴，却还收钱代人考试，目无学校纪律，这样的学生，留着干吗？"

钥匙君在会上慷慨激昂地发完言，末了自己也有点纳闷，想每月八百元的补助还不够这小子花的么？还要收一千块钱去代考？他平时不是没什么花销的么？

这个男爵的身上，谜团太多了。

堂　姐

泡面男爵大一时捐出去的那两千块钱根本不是从大学学费里出的，而是他堂姐给的。

男爵的堂姐就在学校北门外的那一条街上上班，工作单位的名字很搞：良佳发廊屋。

套用经典电影《卡萨布兰卡》里的一句台词，这个世界上有那么多的城市，每个城市又有那么多发廊，可泡面男爵这个做小姐的堂姐偏偏选择了在这所大学附近就业，而且来得比男爵还要早，早了足足两年。

谢天，谢地，谢荷尔蒙。

男爵当初发现这个残酷的事实时感觉天旋地转，原来当年技校退学出去闯荡江湖的堂姐闯来闯去闯成了婊姐。

婊姐的老爹就是收养他的伯父，估计身在老家的老爷子还不知道自己女儿的真实职业，因为他常年血压高，受不了这刺激。老姐倒是很开心，左右两支的亲戚里就出了男爵这么一个大学生，虽然现在大学生不值钱，但毕竟是家族的独苗，所以每个月不时硬塞给他一些钱，少则百八十，多则两三百。

有时候，男爵觉得这些钱更像是姐姐塞给自己的封口费。每次过年和放暑假回老家，男爵都只能对伯父瞒着老姐的真实职业，说她在学校附近的大卖场里上班。

还真是，大卖场。

一开始男爵不想动老姐给的钱，觉得自己天天泡面足够过活。但以堂姐的脾气，是不会把钱收回去的，所以第一笔钱，被他全部捐掉了。

捐掉之后，男爵就有点后悔了。肚子问题是可以在食堂勤工俭学和顿顿泡面，可是学费和生活费之外还有开销。比如学校的教材每两年换一个版本，让你没机会去继承学长们的旧书。除此之外还有考卷复印、课外辅导书、历届习题集、考试报名费……这所学校的学费号称全国最低价，可其实那只是起步费而已。

结果堂姐再给他钱的时候，他就只能用了。但每次给了多少钱，男爵都是秘密记账的。终有一天，他要把这笔债都还上。

堂姐也知道自己弟弟在想什么、在避讳什么，所以男爵念书这几年来，做姐姐的从来没去找过他，都是委托发廊隔壁水果店的一个关系要好的伙计去给弟弟送钱。

后来，男爵有了每月八百块的贫困补贴，堂姐的经济援助就可以断了。他不买手机，不买新鞋，依旧省吃俭用，依旧勤工俭学和打零工，就是为了能还掉欠堂姐的钱。

但天有不测风云，那天晚上他在洗车摊上班，有路哥开着丰田车又来洗车了。发现男爵还在这里打工，有路哥很诧异。

男爵解释说这里的老板人还不错，我现在每晚打工也就两小时，反正闲着也是闲着。

说完就提着橡皮水管子去给车身浇水，走到后门才发现车子后排还坐了个女人，尽管浓妆艳抹，但他还是认出了对方。

男爵的婊姐正在车里玩手机，似乎觉察到了什么，往车窗外扭头，然后也呆住了。

但这对视没有持续多久，就被老板督促速度的呵斥声打破。

男爵下意识地将手中的水管子抬高了，把水浇在车窗玻璃上。婊姐的妆容，上衣露出的乳沟，超短裙下面的大腿，还有那成分复杂的眼神，都被玻璃窗上的水流冲到模糊变形，像是被踩过的彩色相片，最后看不见真相和踪影。

有路哥在车的另一侧点着一支烟，跟老板说慢点没关系，然后笑着走过来，雪上加霜地对学弟讲：稍微洗洗就行了，我们赶时间，你懂的……

巧遇婊姐之后，男爵再也没有去洗车摊帮工。

那天他老姐始终都没有下车，算是给足了弟弟面子。第二天中午她就打电话到宿舍座机来了，问男爵不是说领了贫困补助吗，怎么又跑出去给人打工了。男爵没听她多废话就把电话线给恶狠狠地拔了。

后来他听人说，有路哥上一次失恋之后，就一直没有从阴影里走出来，有段时间成天捧了本忧伤的小说或者散文集看，像个初中小娘们似的。现在他虽然平时还是说说笑笑，但论及感情上的事，就是十年怕井绳。所以他宁可去发廊捧场，也不愿意再和谁谈恋爱。

泡面男爵长大到现在，吃饭一直是最大的问题，情情爱爱是吃饱饭才有的，所以他不懂。但他不能接受自己堂姐的顾客是有路哥，或者说，有路哥去"光顾"自己的堂姐。

他心里一直窝着无名火，但不知道怎么发出来。在楼道里遇到有路哥，还是一如既往地和他打招呼。每天闲下来时，他就拿着大学四级考试用的那种收音机插着耳机在阳台上边听广播边发呆，一发就是两小时。

终于在大三刚开学那段时间，中秋节晚上，他喝多了闷酒，晕晕乎乎去找有路哥，一直跟他到学校停车库里。后来唯一的那个目击者来得晚了，又站得很远，没有听到关键的对话——

有路哥说：我不知道那是你堂姐，很对不起，但既然已经过去了，还能怎么办，再说，只有一次而已。

男爵：对不起？对不起？你知道，不知道，我以前的高中学费，都是我姐，寄到家里来的，是我姐，出钱供我念高中的？我真要谢谢，谢谢你们啊，没你们，我还念不了高中，考不了大学，你们比我老爹，还，还要伟大啊，啊……

说完就扑了上来。

其实那时候有路哥在外资企业实习压力很大，偏巧自己父母还在因为一个年轻貌美的第三者而闹离婚，脑子也很乱很烦，被男爵这一吵，也火从心里来，一把将他推开，独自走了。只留下喝醉了的男爵躺在角落里，喃喃自语，说，姐，姐……

停车库之战以后，男爵和有路哥就很少见面。但他有一个疯狂的念头，就是自己那八百块钱的贫困津贴是有路哥给自己争取来的，也就是自己欠他的，所以一定要还掉。他愈发节约省钱，不断四处打工挣钱，就想着在大四毕业前，把这笔"债"还掉。

于是就有了代考那一幕。

后来回想一下被抓的细节，也委实可怜。男爵为了及早还掉欠堂姐和有路哥的莫须有的债务，又开始顿顿吃泡面，只不过都是背着寝室同学跑去图书馆或者自修教室冲泡面吃，原来已经有点白胖趋势的身体再度往面黄肌瘦的方向发展。人家监考老师一看这脸，再看看学生证上的，简直就是《西游记》里大师兄和二师兄的区别，嫌疑太大了。

就在男爵从考场被请到学生政教处谈话的第二天晚上，在学校附近的某所宾馆的房间里，一群警察破门而入，抓获了正在从事卖淫嫖娼活动的堂姐和一个嫖客。人赃俱在，法网难逃，按治安条例，堂姐要么拘留十五天，要么罚款五千。

婊姐在派出所里想了半天，终于咬咬牙，拿起公家的电话，拨了弟弟宿舍的固定电话号码。

别噎死斯基

"别噎死斯基"就是那个翻过泡面男爵的抽屉、发现了捐款证书的室友。

刚进大学时大家发现此人从来不吃任何零食，清心寡欲。后来才知道他那个常年上锁的抽屉里堆满各色零嘴。有一次正好被提前回宿舍的同学撞见，薯片和酸奶鼓鼓囊囊地堵在嘴里宛如一只鹈鹕，满脸通红，也不知道是堵的还是羞的。

那同学说你放心我不吃，噎死自己就划不来了。

从此以后他就有了这个外号。自从男爵每月能拿八百块之后，每月零花钱只有七百元的别噎死心里就一直不大舒服，经常在别人面前给男爵造谣，但大家都是听过拉倒。男爵也知道他的德行，但都是隐忍不发。

唯一一次正面冲突发生在男爵发现有路哥光顾婊姐生意之后的第三天。

当时男爵没心情出去吃晚饭，就在寝室里泡了一碗面，然后去了一次洗手间。别噎死斯基趁这个机会往面里吐了一口口水。不过这人将来也明显不会有大出息，因为连一点点坏事都做不好：当时宿舍里除了他，另一个室友在床上睡觉；第二，吐完口水至少把面搅拌一下或者诸如此类掩盖一下吧，他也没想到这层。

男爵泡过看过吃过的方便面何止成千上百，所以一揭开碗盖就发现了问题。他在书桌前呆坐片刻，然后端起那碗面走到别噎死的桌子前，反手就往对方头上一扣。

接下来就鸡飞狗跳了。

好在别噎死斯基也不是有胆子豁出去的人，很快就被边上的人拉住了架。只是自那之后，他的头上始终有股挥之不去的隐隐约约的康师傅香辣牛肉面味道，最后不得不把头发剃成板寸，才解决了问题。

从那以后，别噎死斯基做什么事都对泡面男爵有三分忌惮。

但是到了大三，男爵因为代考的事情让政教处的人给逮住了，恹恹了很久的别噎死斯基这才重新欢乐起来，心想你小子终于栽了。可惜逮住男爵的是监考老师，为了开除他而慷慨陈词的是钥匙君，都没别噎死斯基什么事儿，这让他感觉很遗憾。

好在，他这里还有一小瓶泻药，是上次看病时从校医院顺手牵来的，但他一直没用过。眼看泡面男爵被宣布开除就是这几天的事儿了，别噎死斯基必须抓紧时间，为当初的香辣牛肉面味道的脑袋报一箭之仇。

那正好是一个风和日丽、晴空万里的中午，考完试的学生要么出去玩了，要么收拾东西准备回家。唯独一直在听候发落的泡面男爵整日阴云密布，寝室里的人都不敢跟他说话，他也经常跑到天知道什么角落里去消磨时间，很晚才回宿舍，翌日一大早又起床不见人影。

别噎死斯基以为他是在托人上下打点关系，以前系里有人被抓住作弊时就经常这么干。但以泡面男爵的人际网络和交际技巧，能托到关系才是怪事儿。

这天中午，男爵难得在宿舍吃饭，吃的当然还是泡面，辛辣面，味道重，正好可以盖住药粉的味道——别噎死斯基一开始纳闷他怎么还吃得下东西，但既然吃了，就一定要吃得"好"一点。而且这次他学聪明了，药没有下在面里，而是直接把磨碎的药粉洒在了男爵用来泡面的热水瓶里。

男爵没有发现任何可疑。只是他这顿午饭吃得心不在焉，消灭掉了一半的面条就倒掉了。别噎死斯基在一边看得欢欣鼓舞，趁着药粉还没发作，就赶紧开溜了。

他没料到自己救了仇人一命，否则，别噎死斯基大概宁可自己吃下那碗面，外加一整瓶热水。

当时，泡面男爵其实已经连遗书都写好了。

他知道这次代考，上面不会从轻发落，因为钥匙君的那笔恩怨，他心里清楚。自己又没任何关系能去开后门求情，只有被开除这"死路"一条——现在行政命令还没下来，不过是因为考试周还没结束，政教处要等考试周结束，然后把抓到的那些代考的学生一并开除，这是学校历来的传统做法。

也不是没有好心人暗中提点他，说领导其实打个招呼就可以摆平，价钱也不贵，给系主任送个七八千块的大红包即可。

一道艰难的算术题摆在了男爵的面前。

当初他老爷子用命换来的那笔侵占钱款将近两万块，学校每年学费五千，加上伯父补助的，正好凑齐四年费用。现如今大三，他手里还剩下大四一年的学费五千块，若是加上为了还堂姐和有路哥的债而积攒下的零碎，这个大红包是勉强可以凑出来的。

但很不巧，就在他代考被抓后没多久，堂姐因为自己所从事的职业不容于党和人民而被抓了，要交五千块罚金。按理堂姐下海这么多年，本应该有点积蓄，但不幸半年前被一个小白脸骗走了大半，所以底子其实很薄。加上那一晚是突击扫黄，她的小姐妹在各个宾馆相继落网，都是落难人。她在本市唯一能紧急借钱的，也就自己弟弟了。

要么做红包，要么交罚金，二选一。他原本可以不必做艰难的选择，但是唯一能够借钱给男爵的有路哥，早就和男爵闹翻了。他自己拉不下那张脸去找有路哥帮忙。

棋陷僵局。

最后，那五千块钱还是给了派出所。

重获自由的堂姐并不知道弟弟已经身陷困境，没过几天就要被开除出门，说这五千块钱我会尽快还你，过两天到我这里吃饭吧，我来做菜。

男爵本来想说这钱不用还了，本来就是我欠你的，但生怕老姐不高兴，就点点头。临了两个人分手的时候，男爵说，姐，你以后别干这个了，成么？

堂姐很早以前就想过这个问题千百万次，无奈地对答如流：不干这个，还能干什么？我以后会小心一点的，你放心念书就是了。

老姐的最后这半句话无疑在无意中刺到了男爵心脏最薄弱的那一块区域。男爵不知道自己应该怎么跟堂姐和伯父交代，怎么和父亲的在天之灵交代。

于是想到了死。

男爵想使用的死法是最具典型性的跳楼，无需买药，无需买刀，无需买绳子，无需煤气阀，只要上楼，迈步，纵身一跳即可。真正的经济节约、迅速有效，绝无失败可能。

但这个计划却被跳楼前最后的午餐里的那些腹泻药粉给毁了。

别噎死斯基也不知道自己顺手牵来的泻药具体有多厉害，往热水瓶里洒的分量也是多多益善，男爵吃面其实味如嚼蜡，也不知道半碗里到底吃进了多少。总之，泡面男爵在接下去的五个小时里拉得天昏地暗日月无光，最后被送去了医院挂急诊。

别噎死斯基没想到会这么厉害，生怕男爵腹泻而死，立刻把热水瓶里剩下的水都倒掉然后清洗数遍。

最后学校的医生诊断是，过期泡面食物中毒，嗯，就是这样。

尾 声

男爵出院后的翌日，考试周结束，学校政教处的处分结果也紧跟着下来了：开除，限期搬出宿舍，办理退学手续。

开除，在本校男生口中也称为"挂了"，有别于考试不及格的"挂科"。

泡面男爵平静地接受了这个结果，他只有一个要求：不要通知老家的人。伯父血压高，怕他知道这个消息会发病，所以还是自己亲自站在老人家面前说比较好，这样万一有什么情况，至少他还在身边。

堂姐也不知道他被开除了。

男爵临走那天，做了两件事。第一件是把自己床底下剩下的那些泡面都四散分掉了，这个寝室给两包，那个寝室给三包，很快就没了。自己宿舍的人，他一人留了三包，各种味道，让他们自己挑。

轮到别噎死斯基拿面的时候，男爵忽然眼里有光，讲，那次的辛拉面，其实是你干的吧？

别噎死心中有鬼，脸色青如蓝莲花，但还是问：啊？什么？

男爵说我的泡面我最清楚，不可能过期中毒的，那天屋子里就你我两人，只可能是你了，不过，算了，我躺在医院里那两天，都想通了，其实是你救了我——以前拿面泼过你，实在不好意思。

说得别噎死斯基一头雾水。

男爵说完话，就开始整理最后的一点东西，别人都看得不好受，跑到隔壁宿舍待了会儿。谁想回来时，却看到男爵站在阳台的水泥扶手的平面上，好像要跳楼的样子，纷纷大骇无比，又不敢鲁莽冲上去刺激他，就说你别想不开啊。

男爵回头笑笑，说没想不开。

原来他手里拿着那个放硬币的玻璃广口瓶，里面还留了很多的硬币和钥匙之类的。男爵一手抱着瓶子，一手掏出一把把零碎硬币往天空中洒，金属制品在阳光的映照下发出闪闪光芒，就像空气中飞舞的银色小精灵，然后迅速落下，掉在水泥上，发出丁零当啷的悦耳声音。

"第一次发现，钱的声音，真好听啊。"

抛洒硬币的男孩喃喃道。

因为以前，它压得他太苦了。

一直到硬币撒光，男爵看了眼下面的空地，没有行人路过，便微微一笑，另一只手一松，广口瓶也落了下去，然后粉身碎骨，玻璃残渣四溅。

也算是，在这里死过一回了吧。他想。

结束，走人。

男爵离开之后当晚，有个女人打电话到他们宿舍，说找男爵。室友说他已经不在这里了，开除了，因为代考。电话那头沉默了一阵，然后挂了。

那之后，再也没有听到过关于泡面男爵的消息，他似乎再也没有回到过这里。

倒是别噎死斯基后来吃泡面，有个小插曲。那晚他打开一包面，就是从男爵那里继承过来的三包面之一，结果左找右找都没找到酱包和菜包，大呼怪异。

　　还真是应了网上流传的那句"买泡面没料包"的诅咒。

　　别人分到的泡面都没这样的问题。

　　但也仅此而已了。

守书人

他们说，一所没有图书馆的学校，就像个被阉割后不再完整的男人。

粗鲁的比喻，但我喜欢。

这个世界上只有在这样几个地方我们会怀着一种发自内心的敬畏和信仰而保持安静：墓地，图书馆。

而一座图书馆对我的意义，就是书的坟墓。

1

告诉我，你喜欢在图书馆读书吗？

我喜欢。

我喜欢图书馆的阅读气氛，每个人都像在做弥撒，专心致志，虔诚而安静，没有宿舍里室友玩电脑时的嘈杂，也没有自修教室里其他人进进出出的关门声和啃饼干的香味。

我们学校的新式图书馆兴建于十年前，从内涵上来说，藏书的官方数字是四百六十七万册，尽管从外表上来看，它像只缺了一大块边沿的碗。我总是坐在图书馆三楼外借部的某张桌子边，右边是一排很大的窗户，阳光和煦。每天平均有两到三个小时我就在这里度过——我坐在这里，却能知道整个世界，就像诸葛亮当年虽然是个宅男，但他们家一定能开个小型图书馆。

但我不是个普通的借书学生，我是个守书人。

守书人和守墓人听起来有点像，只不过前者喜爱它所守护的东西，而后者……你明白我的意思。但我所守护的东西，可不是这四百多万册书籍，这是图书管理员该做的事情。

我只守护八十三本书，八十三本。

这个数字没有任何玄幻或者象征意义，它很实际。而在一年前的那个下午，他坐到我面前的时候，这个数字还只是七十八。

2

一直到今天我也不敢确定他说他叫"尚书"这个名字是不是真的，他也不告诉我他的年级和专业，但这无关紧要。

关键是，他知道我偷了什么东西。

假如你去查阅一个大学生四年当中在学校图书馆的借书记录，就可以看出他是个品位怎样的人，甚至可以看出他学什么专业。不巧，我借的书很杂，觉得什么好看就去看什么，而不带有学习或者写论文的目的性。

但不是每本书都和它们一样。

那天尚书坐在我对面，什么都不说，只是推过来一张小纸条。我疑惑地看了下那字条，倒吸一口凉气，合上自己正在泛读的那本书，定定地看了他一会儿，确定我们四周没有别人，轻声道：我们认识么？

他摇摇头，说，但我们都认识同一本书，在电脑系统里面它叫《晃晃悠悠》，在书架上它叫《柏拉图之恋》，但你和我都知道，这本书其实应该叫另一个名字。

说完他用手指头敲敲那张小字条，上面写着小小的四个字：

"噢，是你呵。"

3

让我教你怎么从我们学校的图书馆里面偷一本书。

任何一个现代化图书馆的常客都会告诉你，图书馆的书和普通书有两个地方不一样：一个是扉页上有张条形码，用专门的机器扫描后可以确认借阅信息——书名、作者、价钱、类别、架位等等；另一个是磁性码，在书背部位，任何没有消磁的条码在进出外借部那道红外线探测门的时候都会响声大作——这两个措施保护着图书馆里面所有的书不被混淆和遗失。

然而，这种方式都有个严重缺陷，那就是每张条码和磁码都是在书买来后用透明胶粘上去的，虽然很难把它们撕下来，但假如用锋利刀片把它们从书上切割下来后粘在其他书本的扉页和书背上，那么就可以蒙混过关。因为在还书的时候，很少有工作人员去看电脑上显示的书目信息和手头上那本书是否相符——尤其是在每周一上午这种很多学生挤在一起还书的高峰时刻。

一言以蔽之，狸猫换太子。

这个图书馆有几百万册藏书，就是一百本书被动了手脚也不会有人被发现。而且就算发现了，每本书的借阅记录上几乎都不会少于五个人，有些甚至已经毕业，只要那些学生一口咬定，就很难追查是谁做的。

比如我。

但显然，眼前的这个男生知道我是怎么做的。因为他在我面前把上面这些东西很清晰地轻声讲了一遍。

我身子往后靠去，同时脑子在飞快地回忆，最新那版《学生手册》里规定盗窃图书馆书籍是什么处分？三十倍罚款？开除？

忽然他笑了，起身扶着椅背道：其实你不必担心，因为你并没有盗窃学校的任何财产——有些事情，不是你想的那么简单。

4

用尚书自己的话来说,他不是什么追查孔乙己的福尔摩斯,他只是这所学校三万个学生中很普通的一个,只不过正好他有个阿姨在图书馆工作,所以几年来他经常泡图书馆,而且可以进入图书管理系统,偶尔毫无恶意地查阅一下别人的借书清单。

他带着我穿过一排又一排我熟悉得不能再熟悉的书架,然后在一排书架前停下。

我很熟悉这个书架,就是在这里我找到了那本《噢,是你呵》。我说过,我看书很杂,什么样的书我都有可能拿下来翻几页,而这本书不光是翻了几页后就放回原位的待遇——我唯一奇怪的是,他是怎么发现我的。

尚书并没有提起书的事情,而是忽然转身问我:你平时喜欢写点东西么?

我点点头:以前写,现在几乎不写了,只是看。

他耸耸肩:每一个喜欢写点文字的人,心里面几乎都有一个梦想,无论他或她本身的水平如何,那就是出一本书。但不是每个人都能写一本书的,更不用提出版。中国从来不缺写文章写得好的人,但图书市场上也从来不缺那些垃圾。有的人最终会在现实中放弃那个梦想,只有极少数的人成功了。这很残酷,所以有时候我们会用另一种方法来让自己成功。

自费出版？

那是在浪费纸张和钱。他讥笑的表情转瞬消失了：让我来告诉你，你换走的《噢，是你呵》，在这个世界上，只此一本。

5

尚书说，在这座图书馆的四百多万册藏书中，有七十八本书，和《噢，是你呵》一样，都可以称之为绝版。

它们的作者名不见经传，很多人甚至连中学作文竞赛都没拿过名次，但他们是真正的作家，写自己真实的感想，不受出版商和刊物编辑的约束，不在乎读者，不在乎销量和市场，没有宣传和刻意的炒作。他们孜孜不倦地写作，投稿，枪毙，再写作，再投稿，再枪毙，直到有一天不再提笔。

然而，有一天，他们中的某个人忽然有了一个想法，那就是把自己所有写过的东西编成一本书，找专业人士排版，设计封面，请朋友写序，书上的刊号、出版序号、售价、媒体评语、条形码……一切的一切都伪造得像真的一样，但仅此一本，不做任何商业用途，只是为了纪念。

这样一本书的制作成本其实可能在他们印上去的价钱之上，但是也因为只有这么一本，所以付出的钱并不多。

当他们制作出这么一本书之后，也同时意味着他们写作生命的完结，所以你可以把这本书看作一个写作生命体的尸体。

我们会把尸体放在哪里呢？答案是墓地。

沙子的墓地是沙漠，树叶的墓地是树林——那么书的墓地呢？

自然是图书馆。

6

每个读书的人都有自己喜欢的作者，或者说，偶像。

或许，这也是激发他们从阅读转向写作的原动力之一。尽管他们知道自己很可能不会成为第二个偶像，但能让自己唯一的著作和偶像的作品放在一起，也是一种无上的荣幸。想想看，当业余侦探小说作家写的谜案放在柯南·道尔或者克里斯蒂旁边，或者武侠爱好者的最后之作被摆在金庸古龙旁边，那是怎样的感觉？

而把书弄进图书馆很简单，因为他们认识一个叫尚书的人。

我不是第一个想到那种偷天换日方法的人，也许尚书也不是第一个。总之，他把图书馆里摆在那些名家作品边上的书借出来一本，将条形码移花接木到那些人的唯一作品上，然后还掉，工作人员都是根据书背上的编号把书放回原位的，不会去看书名。

于是那些世界上独此一本的书籍安然下葬了。

而尚书呢，除了把书带来之外，还像个守墓人。他手上有一份名单：名字，作者，顶替哪些书，分别放在哪里。每个月他都会在电脑上查阅一次它们的情况，看看是否被人借走，同时巡视一遍，看看没被借走的书是不是还在原位。

然后一星期前的某天，他巡视到这排书架，发现那本《噢，是你呵》不见了，但查阅电脑发现已经被我"还"回来了，最后通过索书号发现，被掉包过一次的书又一次被掉包了。

其实当时我是欣喜多过愤怒的。尚书站在那排书架边，拿下那本被我冒名顶替的书，继续喃喃道：一个名不见经传的作者的作品，居然值得这样被人调包偷走——假如当初多点像你这样赏识的人，也许这本书真的出版了呢！

事到如今，我只能承认了：我明白了，我会把那本书还回来。

他急忙摆摆手：这不重要，关键是我找到了你，你喜欢书，就像我一样，并且你拥有一种几乎可以让你违反法律的偏执的热爱，你也能理解和同情那七十八个作者的心情和境遇。我今年已经大四了，不可能继续在这里看管那些书更不可能带进来更多的书，所以，我今天不是在找一个小偷，而是在找一个接班人。

7

一个半月后，尚书从学校毕业，而我成为继他之后的守书人。

他走的那天，特别来图书馆看我，并且给我带来了礼物。

那天我答应他接替他之后，问了他一个问题，就是我偷走的那本书《噢，是你呵》只有上半册，下半册我一直都没有找到。

他说，守书人和那些作者之间有个约定，那就是一人只能放一本书进去，字数控制在十万之内。那本小说总字数在十四万，分为上下册，只能进去一本上册。

而他离开前来看我那天带来的就是下半册，只不过不是他亲手带进来，而是通过还书的程序。

他说守书人也在这个圈子里面，所以也可以带一本书进来，但没规定带的必须是自己写的书。

尚书走之后我在书架里找到那本下册，和上册一样的封面，印刷质地也是一样的略显粗糙。

我找了个位子，安安静静地一口气读完那个故事，在翻到最后几页时，发现作者还别出心裁地留了两张白页给读者写意见。只是那上面已经被写满了，仔细一看，是一封短信，开头赫然写着我的名字。

是尚书写给我的。

8

这本书的作者其实是两个人，一个是尚书，另一个是位女生，他们当初在这座图书馆相遇。

那时他也喜欢写文章，两个人一拍即合，一起写了这部小说。

后来她的文字之路越来越顺，渐渐声名鹊起，最后终于出版了自己的书，然后去了国外深造，并且每年出版一部畅销作品——他说了她现在的笔名，的确是现在的一个著名畅销作家——而每当她离成功越近一步，就离原来这个圈子和他越远一步，最终不再联系，仿佛不曾认识他，不存在于这个圈子，也没有出过这样一部小说。

书名"噢，是你呵"，源自他们当初在图书馆认识时她对他说的第二句话。

第一句是"谢谢"，因为当时有本书放得很高，很矮的她够不到，他帮她取了下来——而在此之前，他们已经在图书馆的书架间邂逅很多次了，彼此熟悉，只是没有语言交流。

短信的末尾，尚书写的是这样一句话：

这是她的处女作，只是她永远不会承认，就像这是我的初恋，而我也不愿承认一样。

9

合上那本书，我的脑海中忽然浮现出小说开头的那段，男女主人公就是在图书馆里认识的：

书就像你的女朋友。每当你踏进图书馆的时候，寻找书的行为就像择偶。

　　有时候，你一开始就知道自己想要什么样子的书，如同脑海里有清晰的五官轮廓身高体形；有时候，你只是在里面闲逛，手指尖在那排脊背上轻轻滑过，忽然无意中看到一本自己很喜欢的书，电光火石，指尖停滞，或者称之为一见钟情。

　　那时的她，还是个单纯的文字爱好者吧。而尚书则已经是个守书人了，只是一直都没行使自己放一本书的权利。

　　可从她离开那刻起，他心目中的女主角便开始死去了，于是他放弃了写作，在这里守护着那个单纯的她的最后之作。

　　直到若干时光后，我这样一个盗墓贼偷走了他爱人的尸体。

　　我起身，走到一个书架边，把小说的下册，那第七十九本书，放到上册边上，紧紧挨着。

　　《噢，是你呵》（上）。

　　《噢，是你呵》（下）。

　　现在，他和她，都被安静地埋葬在这里了。

月光下的奥赛罗

1

凌晨两点，窗帘外，月光如银。

她却鬼魅般站在黑暗里，盯着一张熟睡的脸。

临近大四学年末，毕业生大都搬走了，这间宿舍只剩下睡东头下铺的宋寒和西头上铺的丁咚。上铺的床板距离地面大约一米六，宋寒站在床头附近，刚好能看见丁咚沉睡的头颅。所以，假如，丁咚此刻从睡梦中醒来，一定会被宋寒苍白幽怨的脸活活吓死。

两个人的脸只相距十公分，外加一层轻薄的纱帐。宋寒脸上的汗毛细孔都可以感受到对方均匀的呼吸。精巧的五官让丁咚看上去像是安睡在云彩间的天使。

究竟是怎样冷酷的心能让你睡得如此安稳？她在心里质问眼前的女人。

第二天，宋寒依旧起得很早。丁咚醒来时，屋子里已经弥漫着糯米粥的香味。

从去年起，她们就不去食堂吃早饭了，而是习惯打电话叫外卖。两人都喜欢喝粥，最常点的是星旺茶餐厅的鱼片糯米粥。半个月前这家店却忽然关门了，宋寒索性从柜子里翻出已经尘封许久的电饭锅——行将毕业，宿管阿姨已经懒得来搜查违章电器。

丁咚在卫生间洗漱好，抹完面霜出来，发现自己桌上用一次性塑料碗盛着一碗粥。宋寒拿着晒干的衣服从阳台上进来。

放心，你这碗我没放多少糖。她说。

丁咚为了保持苗条，十分在意糖分摄入。她微微一笑，道声谢，却没端起碗。

十分钟后宋寒从洗手间出来，发现室友已经出门。没来得及收回抽屉的化妆盒边，放着那碗粥。一口未动。

她终究还是怀有戒心的。

宋寒将空了的电饭锅内胆拿到水池里浸着。

这个锅子买了快四年了，是刚进大学时宿舍四人一起出钱买的。冬天火锅，夏天煲粥。那时宿舍里总是欢声笑语，四个人还是亲密无间的姐妹……

"嘟——"寝室里传来电子提示音。

手机充电完成了。

这两天宋寒都保持着 24 小时开机。

她在等一个电话，等一个回答，等一个复仇的机会。

苏现代很犹豫，他只有三天时间考虑那笔三千块的交易。

提出这笔交易的姑娘姓宋，小宋。

苏现代今年十九，一年前他中专毕业从老家来这里打工，在这所大学城，他遇见的第一个人就是宋姑娘。那时小宋刚从另一个校区搬过来，要将巨大的行李从学校西门搬到东门的宿舍区。因为正是暑假即将结束的时候，偌大的校园没几个人，更不用说雷锋叔叔。小宋没有帮手，也没有自行车，校园里又禁止机动车出入。就在她手足无措时，正在四处找工作的苏现代路过西门。皮色黝黑的他穿着很随便，宋姑娘大概把他认作附近施工队的民工，便喊住他，出了二十块钱雇他帮自己把行李扛到宿舍楼下。

这是苏现代在大学城里赚到的第一笔钱，也是他和小宋的第一笔交易。

第二次见面时，他已经是星旺茶餐厅的外卖小工，每天骑着自行车在用餐高峰期间频繁穿梭于校园。小宋是星旺的忠实顾客之一，每星期要叫四五次外卖，尤其到双休日，她这种留校的外地生懒得出门，外卖叫得更加勤。久而久之，两个人就很熟了，有时小宋在路上遇到正快马加鞭去送外卖的苏现代，也会主动打个招呼。

尽管很有缘分，尽管抬头不见低头见，尽管宋姑娘很漂亮，苏现代却从没有过不切实际的幻想。

苏现代还是在街头打架的初中生或者职校生时，也是喜欢漂亮女孩并且不吝惜做梦的。那时的他敢于朝姑娘吹口哨，骑着朋友的摩托车在马路上追赶骑自行车的姑娘。可自从来到这座大城市打工之后，苏现代变了，当年的一身肌肉还在，初生牛犊的胆气却没了。他是来打工赚钱的，不是来把妹惹事的。更何况老家有重病缠身的父亲和念初中的弟弟，苏现代逐渐有了最传统的价值观——不要奢望一步登天，无论是金钱还是爱情。

如果他真有什么卑微的奢望，那么这个奢望就住在他隔壁。

苏现代租的三室两厅里住着七个打工者，有三个是附近发廊的小姐——其中有个叫"小眉"的，跟他中学时暗恋的校花长得十分像。幸好她操着另一个省份的乡音，所以肯定不是同一个人。

一个十九岁的处男，居然对一个小姐微微心动，这是苏现代的一大悲哀。另一个悲哀是，每个月大部分工资都要寄回家里，所以连惠顾一下小姐的经济实力都没有。这种交易不能赊账，于是，就只剩下奢望。

讽刺的是，那个被他视为"天之骄子"的宋姑娘，那个比奢望还要奢望的宋姑娘，却在昨天向他提出了一个耸人听闻的要求——这事关另一笔交易，不过可不像当年那样只值二十块钱，更不像把行李搬到宿舍区那么简单光明。

丁咚又在和他打电话了。

刚把宋寒的男友抢到手时，丁咚煲电话粥时还有所顾忌，总会跑到阳台上拉起玻璃门，可没过一个月，脸皮就厚了，索性在宿舍里打，好像宋寒不存在一样。当然，打情骂俏之类的还是被规避掉的，在面子上，丁咚永远不会做得太绝。

但这对化解矛盾于事无补。

宋寒把笔记本耳机的音量开大，她正在看大二时班级排演的莎剧《奥赛罗》的DV。奥赛罗这位15世纪威尼斯公国的将军因为中小人奸计，以为自己的妻子不忠而扼死了她，在知道真相后悔恨地自尽。因为是女生节的节目，整出戏的演员都是女的。当时宋寒反串出演奥赛罗，丁咚则被分到那不幸的妻子苔丝狄蒙娜的角色。两年过去了，昔日的苔丝狄蒙娜不但活得很好，而且还成了"大赢家"。

身后的丁咚对着手机发出一阵轻笑，大概在说有趣的事情。

与此同时，屏幕上，扮演奥赛罗的宋寒正说着那句独白：

啊，魔鬼！魔鬼！要是妇人的眼泪有孳生化育的力量，她的每一滴泪，掉在地上，都会变成一条鳄鱼。

这是奥赛罗发现"奸情"的罪证——妻子的手帕时说的吧？手帕，是的，手帕，一直是个重要的道具。

宋寒还记得去年和自己的男友分手，理由是他觉得"两个人没有未来"。这位前任是比她大一届的同校学长，当时已经保送了本校的研究生，在某热门专业跟着某个颇为著名的教授导师，前途可谓一片光明。宋寒一开始只是以为这厮心气高了，决定以退为进，先让两个人冷却地思考一段时间。男友没逼她，说好吧。谁知没过几天，宋寒就在路过市区一家哈根达斯冷饮店时，通过玻璃橱窗看到里面正拿着手帕给丁咚擦嘴角的前男友。

真相大白。

后来宋寒亲自打电话逼问前任，他才承认早在两个月前就已经和丁咚暗中走得很近。

丁咚和宋寒都是系里长相名列前茅的女生，身材也是平分秋色，最后让前男友做出抉择的差异因素就是：宋寒虽然将自己作为女人最宝贵的东西给了他，却是个彻头彻尾的性冷淡，两个月才会施舍给他一次性生活，质量还很勉强；丁咚呢，却十分愿意和他共谐鱼水之欢。

宋寒这才恍然大悟，之前有好几次丁咚晚上没回宿舍睡觉，推说是高中的姐妹来本市旅游，就在宾馆陪宿。可怜宋寒当时丝毫未发现可疑，反倒第二天一早还给她买了点心，在教室里给她留了靠前排的座位。

可笑又可怜的奥赛罗。

唯一庆幸的是，丁咚的掠食行为在系里没人知道，他和她也从不在学校里明目张胆地一起出现，这给宋寒多少留了点余地。但从此两个女生之间就只剩下那层薄得几乎不能再薄的友好底线。丁咚从来都没就这件事情和宋寒说过什么，更不必说道歉，大家只是心照不宣。

愿她恶毒的灵魂每天一分一寸地糜烂。

　　也是从那时开始，每天凌晨两点，宋寒都会轻轻起身走到丁咚的床边，呆呆地凝视她许久。

　　当初刚进大学时，丁咚还是个不会化妆的女孩，别说眼影眼线，连粉底怎么涂都不知道，是宋寒手把手慢慢教会了她关于化妆和护肤的一切基本功。

　　我造就了现在的你，而你，却毁灭了我的未来。

4

　　苏现代醒来时听到隐约的哭声，来自隔壁小眉和她"姐妹"的房间。

　　这是宋姑娘给他思考抉择的第二天，他仍旧没有头绪。

　　昨天他用手机拨通了老家的号码，问了问父亲的病情，一如既往的不好；又问了问弟弟的成绩，仍旧名列前茅，上高中没问题（没有考虑学费的前提下）。母亲反过来问他过得好不好，回答还凑合。他不敢告诉她，自己的老板因为逃赌债落跑了，店也停业了，工资也发不出来，只能靠一点可怜巴巴的积蓄过活。

　　挂了电话，没心思吃晚饭，他在床上发愣到睡过去，到上午十一点钟才醒来，然后就听到小眉的哭声。这几天她一直不大正常，据同租的几个人说，小眉和大学城一个男生有着讲不清楚的暧昧。那男生是她老乡，本来只是个顾客，后来成了常客，再后来不知道怎么两个人就上升到了讲感情的境界。

苏现代想到这里就头痛欲裂，在卫生间刷牙洗脸的时候，他忽然悲哀地意识到自己其实和小眉差不大多，一样不知好歹，一样不愿意承认现实。

当初星旺的老板被债主拿着棍棒菜刀初次上门要债时，他就该想到可能的结局。无奈老板平时对他不错，就没忍心辞职和提前拿工资，而是一直坚持到了最后。结果某天深夜他在客厅看球，老板一个电话打过来说小苏我现在被人追得急先去外面躲几天，店里你先看着，你放心工资我一定会给你的，你别换号码，等我电话！……说完就挂了。

接下来的半个月里老板一直没再打电话过来，苏现代每天都要去停业关门的星旺转几次，除了遇到同样来巡逻的债主，没有任何收获……然后宋姑娘就来找他了。她知道他最近总在美食街附近出没，也知道苏现代走投无路的窘状，可她的提议还是吓了他一跳。

苏现代从水池里猛地舀了捧冷水拍在自己脸上，宋姑娘当初提出的"条件"随着凉意快速地在脑海里再度显现：报酬三千，她做内应帮他深夜潜入宿舍，目标是对面上铺的女孩；至于怎么下手，随便他，反正那女孩本来就是不自尊自爱的"贱货"（宋姑娘原话），或者单纯地吓吓她也行。

三千块，他三个月的工资。

老板的归来遥遥无期。

父亲，弟弟。

如果只是吓唬吓唬……

5

凌晨两点，宋寒呆呆地看着沉睡的丁咚。

该死的淫妇！我要为这美貌的魔鬼想出一个干脆的死法。

如果单论感情上的矛盾，以宋寒的性格还能忍。最多说明她以前爱上的不过是一个错的人而已，能离开他是自己的运气。偏偏到大四期中，考研的事情又激化了矛盾。

学校规定考研的人不能占着保研名额。按成绩排名，宋寒正好排在保研的最后一名，因为排在她之前的丁咚放弃保研，去考更好的大学的研究生。但世事无常，丁咚没能顺利考取名牌大学研究生，又回来占了一个保研名额，就把宋寒的研究生给挤掉了。谁都不知道丁咚是怎么做到的，但大家心里其实都很清楚，无非就是那丁点儿手段罢了。

如此一来，宋寒就什么都没有了。保研名额被占，考研又失败，面对外头不亚于蜂窝般的招聘现场，她一身好皮相却又不愿放下身段，临到现在快毕业，居然还一无所成。她苦闷无比，又不愿跟家里说。某个周末她到周边的风景区散心。在回程的火车上，坐她对面的一个同龄女孩正打电话，打着打着，忽然眼泪就下来了，嗓音哽咽地讲：

妈，对不起……我好没用……研究生没考上，实习单位也没留我，男朋友也分手出国了……妈……

宋寒看着女孩发红的眼角，自己的嗓子也被什么东西堵住了。她想起老家的母亲，丈夫早亡，含辛茹苦将女儿养大。宋寒是她的骄傲，是她一生的期望，可宋寒却让她失望了，所以临近大四结束一直都没敢回家。

报复丁咚的念头就是从那时冒出来的。宋寒设想过无数复仇的手段，比如下毒、谣言、裸照，诸如此类，但冷静下来后都被一一否决。她甚至梦见当初演《奥赛罗》时杀妻的那场戏，奥赛罗·宋寒扼住苔丝狄蒙娜·丁咚的脖子，说着这样的对白——

　　苔丝狄蒙娜：明天杀我，让我活过今天！

　　奥赛罗：不，要是你想挣扎！

　　苔丝狄蒙娜：给我半点钟的时间！

　　奥赛罗：已经决定了，没有挽回的余地。

　　苔丝狄蒙娜：可是让我作一次祷告吧！

　　奥赛罗：太迟了。

宋寒只恨当时没有真的将这个女人扼死，狠狠地扼死。

做了这个梦没多久，就传来了星旺餐厅停业的消息。她去美食街吃饭遇到徘徊在星旺附近的外卖小弟苏现代时，宋寒脑海中灵光一闪，有了主意——毫无疑问，那是一道黑色的灵光。她想起在其他学校听说过的民工强暴女生的消息。据说被蹂躏的女生最后会被学校给予保研的优待作为封口待遇之一。

丁咚已经得到了保研资格，现在，也该让她付出"保研"的代价了。

讽刺的是，第三天晚上苏现代终于打来电话时，还是丁咚先发现的。

当时宋寒在卫生间里，丁咚帮她把手机拿进来，坐在马桶上的女孩盯着屏幕看了十秒钟，关上门，深吸一口气，摁了通话键。

苏现代下定决心给宋姑娘打电话，因为受到了双重打击。

今天白天他去星旺转了两圈，结果却比以往更糟:那帮债主不再出现，据说是找到了老板将其痛打了一顿，但这个消息亦真亦假不可全信;接着是最后那个和他一起等老板回来的星旺服务员也失去了信心，放弃了要回工资的打算，昨天在更远的居民区休闲广场找了份新工作。

一个人等，和很多人陪你一起等，那种心态是截然不同的。大受动摇的苏现代连晚饭也没吃就回到了家里，却得知小眉的那个大学生"男友"今天专门过来找她了，两个人在房间里谈了一下午，然后小眉就开始收拾东西，离开发廊。

苏现代觉得这个世界真是疯了。他原本以为，书生和妓女，放在古代还是浪漫爱情小说故事，放到现在就是笑话。可现在他不得不承认，自己不单付不起小眉的钱，也是玩不起感情的。这就意味着，从此以后他都只能在脑海里回忆小眉小姐的音容笑貌。

苏现代忽然不知道哪来的冲动，一拳狠砸在房间的墙上。然后他拿出手机，拨通了宋姑娘留下的号码。

豁出去了。

女人毕竟心细，宋寒制定的计划相当周密。

学校宿舍楼采用电子安控大门，只有在机器上刷一下本楼学生的学生卡，玻璃大门才会打开。因为过于迷信先进科技，晚上 12 点之后阿姨们不再用粗大的环形锁从里面锁住大门把手，这就意味着只要里面的人做内应，任何人都能进出本楼（楼里没有安装探头）。

宋寒会想办法把自己的学生卡和新配的宿舍钥匙给苏现代。他潜入宿舍之后，就会用刀子逼迫丁咚下来，然后对她做他想要做的任何事。至于宋寒，按照计划，她会先把自己用绳子捆住，等苏现代进来之后将绳子扎紧，这样就能扮演一个无辜的被胁迫者。甚至，如果丁咚届时想要反抗，苏现代完全可以威胁说要是敢乱动就杀了这个被绑住的下铺，然后再宰了她——不过凭借宋寒对丁咚的了解，她是绝对不敢反抗的。

另外，宋寒会给苏现代一双又脏又旧的球鞋，这是她问一个马路上的乞丐花十块钱买来的。苏现代穿着它进宿舍办案，然后从阳台上逃离现场（她们宿舍在二楼最靠里的那间），同时要将其中一只鞋子留在阳台上。这只鞋子将为警方引导出一个错误的方向：嫌疑犯是从阳台爬上来，而不是从门外进来的。学校附近正好就有一个工地在施工，到时候可以将嫌疑重点转移到那里去。

下手之前，宋寒给了苏现代一个包裹，里面是水果刀、劳动手套、滑雪运动面罩，还有盒杜蕾斯。然后她交给苏现代一张车票，目的地是他老家，发车时间是执行计划的翌日上午，车票钱是从那三千块钱里扣的。宋寒说剩下的钱我都放在一个皮夹子里，到时候我会把它放在我的桌子上，就是右手边最靠阳台的那张。

苏现代点点头，然后讲：你真的相信我？

宋寒的眼睫毛抖了一下，看着外卖小弟那身黑黝黝的结实肌肉，讲：我已经没什么再好失去了。

苏现代咽了下口水，讲，你就不怕我连你一起……

女孩这次连眉毛抖都没抖了：只要保证能"办"掉她，其他的，我不在乎。

苏现代自然不知道，宋寒为了这三千块钱，不仅动用自己的零花钱积蓄，欺骗父母自己遭劫，还廉价卖掉了很多以前买来的中高档服装。

7

正像黑海的寒涛滚滚奔流，奔进马尔马拉海，直冲达达尼尔海峡，永远不会后退一样，我的风驰电掣的流血的思想，在复仇的目的没有充分达到以前，也决不会踟蹰回顾，化为绕指的柔情。苍天在上，我俩不能报复这奇耻大辱，誓不偷生人世！

几天来，奥赛罗的这段独白始终萦绕于她的耳边。

执行计划的当夜，宋寒终究还是很谨慎地换上了一条牛仔长裤，钻进被窝。宋寒很确定，今晚丁咚不会和男友出去过夜。因为他最近一直跟着导师做个重要项目，和导师一起住在附近的校办宾馆。这个项目没完成之前，是不能搬出来的。

十一点，阿姨象征性地查过房后离开。

十一点一刻，宋寒起床，将自己的学生卡和那双球鞋放入一个红色塑料袋，从二楼阳台东侧飞快地扔了下去。

十一点三十分，全楼拉闸熄灯，丁咚却还没回来。

黑暗中的等待让宋寒感到有些窒息，她打开应急灯，却发现自己百密一疏，忘记给应急灯充电了。去拿丁咚的那个，发现也没电了。该死。她想，她忘记把蜡烛放哪儿了。

忽然外面传来了高跟鞋的声音，清脆，富有节奏。那一刻宋寒像是溺在水里的人看到了浮木，赶紧又躺下装睡。但紧接着高跟鞋声走到了楼梯那里，然后悠悠地上楼。

宋寒听着声音消失，心也像四周的光线一样暗淡下来。

8

不知道过了多久，宋寒才意识到自己刚刚睡着了。居然睡着了！在如此紧要的关头！

她醒来后的第一件事情就是抓起手机摁亮，显示已经是凌晨一点半。她起身朝对面的上铺望过去，似乎没人。她下了床，蹑手蹑脚，从来没有这样胆战心惊地在深夜里接近丁咚的床铺。

空空如也。

宋寒的呼吸一紧，又拿着手机在书桌、其他床铺甚至卫生间里照了一圈，像是要确认这是丁咚搞的一个恶作剧。

确实没人。

她站在原地深呼吸了几下，像是在慢慢接受这个事实，然后用手机拨了丁咚的号码。铃声响了十来下之后，手机那头传来丁咚睡意蒙眬的声音：喂？

——丁咚，我宋寒啊，你在哪儿呢？这么晚还不回来，我好担心你啊，你没事吧？

——哦……你没收到短信么，大概宾馆信号不好……我舅妈这几天过来旅游，我陪着她住在天南山景区的宾馆，不回来睡了……

宋寒的血管都要冻住了。

天南山位于市郊，从那里到学校至少三十多公里。还没等她反应过来，对方已经挂断了电话，再拨，却传来手机欠费的语音提示。宋寒这下慌了。她立刻用宿舍固定电话打苏现代的手机，发现他早就关机。宋寒连忙冲到门口，却发现自己忘了这么一个事实：因为电子门的使用，楼内不会有可疑的外人进出，所以每间宿舍的房门门闩都被拆掉了，无法反锁。

　　宋寒感到前所未有的恐惧。

　　她曾经说过，自己已经没有什么可以失去的了。这话不假。为了报复丁咚，她就算自己顺带受辱也没关系。可问题是现在丁咚不在，一切的意义都成为泡影。仇人没惩罚到，自己白出了一笔钱，搞不好连自己的清白都要……再往坏处想，今晚，这钱苏现代肯定是要拿走的；色，没了丁咚，就剩下她宋寒作为替代品；宋寒又知道他的身份和户籍地址，他会不会心一横，杀人灭口……

　　她想到这里已经不敢再想下去，现在唯一能做的就只有赶紧逃离这间宿舍，到其他房间寻求避难——虽然这栋楼已经没剩下多少人了，但想起刚刚的高跟鞋声，希望还是有的。宋寒顾不上穿鞋就走向房门，还没握住把手，就听到外面的走廊上传来似有似无的脚步声。

　　她一看手机屏幕：凌晨两点，是和苏现代约定好的行动时间。

　　狼，已在门外。

9

宋寒在卫生间里醒过来的时候，外面天已大亮。

牛仔长裤还穿在她身上，上衣也还在。昨夜的一切仿佛只是一场虚惊的噩梦。

走廊上传来一大串钥匙的丁零咣啷声，是阿姨来查早房。宋寒觉得这声音就像天堂里的笛声一样美妙。她放下心出去开门，宿舍里没有其他人，阿姨只扫了一眼就走了。她返回到书桌前，发现那个皮夹子不见了，取而代之的是她交给苏现代的学生卡和备份房门钥匙。这是唯一能证明他曾经来过的证据。

昨天夜里，宋寒听着外面响起钥匙慢慢插进锁孔的声音，危急时刻突发急智，连忙闪进了卫生间。卫生间的门倒是可以反锁的。手机停机，固定电话在外面，无法报警，她只能跪在门后，双手牢牢拉住门把手，生怕自己雇佣的罪犯兽性大发破门而入。透过门下方的百叶透气孔，她看到两条腿走进宿舍，关上门。接下来便是一段长得让人要发疯的寂静。

她拼命咬着自己的舌尖，才不至于呜咽出声响。

不知道过了多久，像是夜色中的巨兽做完了狩猎场地的巡游，她隐约听到阳台的落地拉门被拉开了，接着又关上了。这是她和苏现代说好的，从宿舍门进来，从阳台下去，留下的脚印更加逼真地"证实"了嫌犯是从阳台上来的（鞋子在作案之后必须即刻扔掉）。

宋寒不知道苏现代是真的走了，还是猜到了她在卫生间里故意开关阳台门引诱她出来，所以终于还是选择在卫生间里待了一整夜。

想到这里宋寒有些头昏脑涨。一夜的担惊受怕加上没有充足的睡眠，她也不脱衣服，倒头就睡，直到晚上九点她才醒来，丁咚还没回来。宋寒看看手机，心想苏现代应该已经上火车了。

算了，那三千块姑且就当打了水漂吧。

她起来换了身衣服，去学校外面吃点东西，顺便买张手机充值卡。正当她在苏州面店点餐的时候，听到了邻桌两个学生在交谈，说两小时前学校发生了一起抢劫案，一个研究生在学校宾馆附近的林子里被人打了，据说伤势挺严重的，还被抢走了手机和钱包。那个受伤的男生说偷袭他的人当时戴着面罩看不清楚脸，但学校派出所的人在案发地附近发现了一只旧球鞋，这个是不是重要的线索，现在还很难说……

两个人正说得起劲，宋寒却猛地起身。她一路小跑回到校内，满脑子都是当初向苏现代交代任务时的情景。因为没有丁咚的照片，她是从丁咚的QQ空间下载了一些照片，里面就有丁咚和自己前男友的合影，当时她还将大致的恩怨经过告诉了苏现代。

她居然忘了，前任男友也是很喜欢吃星旺茶餐厅的东西的，也一直在研究生宿舍楼叫外卖，苏现代是认识他的，应该也有他的手机号码！

宋寒越跑越快，理顺事件的思路也越来越清晰。她回到依旧无人的宿舍，打开拉门冲上阳台。

没有球鞋。

什么也没有。

那起抢劫案一直都没破获。宋寒的前男友在医院住了两个月，期间
丁咚去看望过几次，但再后来就不去了。等他出院时，丁咚早就跟着一
个陌生男人去海南度假了。这时宋寒才明白，那天晚上她说自己和姨妈
住在天南山景区的宾馆，根本就是笑话。

至于宋寒自己，劫案发生的第二天，就换掉了手机号码。

她再也没有见过苏现代。

火花勋章

当天下午四点左右，女孩的遗体被打捞上来。

由于距离事发只有两个小时，她的五官面貌并没有多大变化，白皙的脸蛋上耷拉着几抹栗色的刘海，嘴唇发白。身材娇小的她神态安详得好像只是刚游完泳上来，然后就在岸边大意地睡着了，呼吸声轻得你不仔细就听不到。

跪在一旁的救援人员没有在她身上发现身份证和学生证之类的东西，但她的身份依旧很明显：夏粤然，L大学工商管理系二年级6班。

因为那批落水失踪的学生里，就她一个女生。

其他几个同样无法依靠自己的力量上岸来的男生则有三位，分别叫：童城，付天瑞，还有孟尤。

请记住他们的名字，这很重要。

考　考

进大学之前，考考还不是夏粤然的昵称。

夏粤然同学毕生所受家教严格，粗话脏话是不能说的，即便是在网上聊天或者发短信，这一度在中学时代给她带来了"伪淑女"的私下评价。没想到进了大学，该女子走错一步棋，误入了学生会那口染缸。学生会那些乱七八糟的事情排山倒海，以至突破了夏粤然前十八年的人生准则，于是遇到不平之事都用一句"考"来概括。

还有例如竖中指这样大逆不道的动作，本来也是不允许的，但夏粤然后来时有忍无可忍的时候，所以就用竖无名指代替。比如大一下半学期刚开始那会儿，她终于看不惯学生会的某些作风，愤而从宣传部辞职，临走前，在行政楼大厅里对着学生会副主席和指导老师远去的背影比划了一下无名指，远看上去和隔壁邻居做出的效果一模一样，也算是心意到了。

除了以上这几次偶尔出格之外，夏考考的人生都是矜持不已的。她有个当国企领导的父亲，一个中学副校长的母亲，家境和家教成合理对比。另外还有个不提也罢的前男友。

那男孩和她同系，两人大一恋爱，甜蜜蜜过了一年多，到大二刚开学，系里要选派几个人去法国做交换生交流一年，两人都在争议名额内。考考知道自己的男人虽然家境平平，此生却无限热爱法国的事物，且交流生的费用学校承担三分之二，就主动退出竞争，打算自己花钱去法国旅游，相当于分兵两路，最后还是在塞纳河畔会师。

谁知道就在她办签证的时候，"先走一步"还不到一个月的爱人就卸磨杀驴，宣布哗变，和另一个在法国做交流生的中国女孩恋爱了。

于是考考这辈子就没去法国。

而这也成了她一生中的唯一也是最后一次恋爱。

在接下来的很长一段时间里，夏粤然基本上把你能想到的一个失恋的内敛女子能做的事情都给做了，其中也包括自杀。不幸的是，新手上路，知之甚少。考考同学首先选择了在宾馆房间里一口气灌下大半瓶黑方威士忌，在醉得天旋之际割开手腕。无奈下刀不够狠，又忘记把伤口泡在热水里，等她酒精褪散一觉醒来时，那个伤口早就结住了，动一动就疼，流量倒还不如每个月的护舒宝吸得多；跳湖吧，学校没湖；想吃安眠药，没医生的证明买不着；传统项目的跳楼，却有人捷足先登，是个压力过大的研究生，死状凄惨，吓退了考考的念头。

恋爱后的自杀和恋爱本身一样，都是冲动所致，时间一拖久，那念头就开始淡了。夏粤然眼看着手腕上用镯子掩盖着的那条血痕的颜色渐渐淡去，心里反倒起了股恐慌，想以后要是留了疤痕就完蛋了。于是悄悄买了各种各样的祛疤软膏，每天趁着没人注意的时候勤快擦拭，还按照不知道哪儿搜来的偏方猛吃香蕉预防留疤，搞得室友有段时间以为她被大猩猩灵魂附体。

以上这些都发生在锦水江事件的半个月前，如果不是后来的那场灾难，我们有理由相信夏考考不久之后就能走出阴霾。

后来在报纸和新闻网站上出现了很多次的锦水江，位于 L 大所在的城市南郊，此前可谓默默无名，极为低调。它在风和日丽的时节确实是春和景明，岸芷汀兰郁郁青青，但前提是不要随便下水，尤其是秋冬季暗流湍急温度又低的时候。而出事的地段正好处于江水回流区域，水流湍急，坡陡水深，浅处有四五米，最深处达八米。

那天结伴骑车来锦水江边上的七八个 L 大的学生，都是考考班级的。因为系里要拍摄一部 DV 宣传片来迎接百年校庆，所以全系十一个班级都分配到了不同的拍摄场景。6 班的就是蓝天白云的郊外，地点就选在锦水江畔。因为整部片子是相对比较浩大的工程，辅导员顾不过来，所以当时没有老师在场。

根据事先的分工，夏考考负责拍摄现场花絮，为此她还分到一台数码相机。但她显然无心于正业，因为对一个失恋的人来说，在野外散步呼吸下新鲜空气比什么事情都要具有诱惑力。所以在他们抵达现场后不久，夏粤然就撇开大部队单独行动了——她独自漫步到锦水江边的一座木头小码头，并不时拍点风景照。

这个距离江面一米多高的小码头又脏又旧，走上去有些摇摇晃晃，是后来一切灾难的源泉。当初搭建它大约是为了临时给船靠岸，用完之后忘记拆除，"临时"就变成了"永久"。不过在小码头上她并不孤单，因为还有三名像是初中生的少年在那里打闹嬉戏——事后查明他们是逃课来到江边的。

不幸的是，这种美好平和的景象没有持续多久，灾难就发生了。谁也不知道这座破破烂烂的木头小码头到底在江边矗立了多久，也不知道是不是因为那三名少年实在太闹，向本就破旧的木质结构施加了无形的压力，总之，当时在草坪上刚刚摆开阵势要拍摄 DV 的学生们听到岸边一阵尖叫，有几个人立刻跑向那里，发现码头上的人都不见了，码头本身也只剩下小半个，余下的都落进了湍急的江水。

后来从被救的一名少年口中得知，码头忽然坍塌时，他就在那个女大学生边上。女生站在码头相对靠里的地方，掉下去时一只手下意识地抓住了码头破碎部分的一块木板，另一只手则正好拉住了他自己。两个人完全依靠那根夏粤然曾经割腕的手臂支撑着，才不至于完全掉入江流中。

但相信夏考考当时也意识到了一个致命的问题：她自幼身体较差，从小到大跑步俯卧撑之类的体育课成绩总是勉勉强强，倘若不是她那个当副校长的妈妈的保驾护航和托关系，高考前的体检之路说不准要坎坷很多。而她各项身体素质中最最差的，除了八百米长跑，就是臂力了。

所以，一手抓住落水少年的夏粤然苦苦坚持了十秒钟不到，另一只手终于没能继续抓住那块救命的木板。

于是一场梦魇在下午两点二十七分正式降临。

童　城

童城是发现有人落水之后，第一个跳入江水去营救的。

商科类学院男女比例的悬殊仅次于影视和外语学院，童城是这里面少数极富男人味的男生：个子一米八四，体重一百五，嗓音嘹亮，从小到大都是体育课代表，在考进大学之前篮排足乒羽样样都喜欢，当然还有游泳。但是进了大学之后这些东西都玩得少了，因为他除了上课，其他时间基本都用来打工作兼职。

童城家在农村，一个单名"城"字，包含了父母对他人生路途的寄寓。他也属于千千万万出身农村的大学生里最有良心的那一类：十八岁之前，还在没心没肺地热衷于拉一支队伍去球场打球；十八岁之后，当他揣着父母东拼西凑的学费来到这座城市念大学时，倒没有沉迷于花花世界。

L大属于综合类大学，人数众多，所以兼职中介不少，机会多多，虽然普遍待遇很低，但只要你肯做，一个礼拜三四份工作是可以跑下来的。所以如果赶巧了，你会在某天上午发现童城在教学楼的宣传栏贴公务员考试培训的海报，中午发现他在食堂围着围裙收脏盘子，下午他在西校门口为奶茶店发传单，晚上他又骑着老破车去给附近的小孩补数学。

这么忙碌下来，童城每个礼拜的生活费就足够了，因为他爹妈只凑得起学费。

童城刚进大学时不抽烟不喝酒，不玩电脑游戏，也没有手机，有事你只能打他们宿舍的固定电话。后来他谈了恋爱，不得已花二百多块大洋买个二手国产杂牌机。此手机比他女友还要任性，屏幕时好时坏，短信更是常常只进不出，总遭童城责骂。但骂归骂，其实很受他宝贝，睡觉都护在胸口，宛如第二心脏，也不怕辐射。

　　后来，锦水江事件的救援人员在紧接着夏粤然之后打捞出他的遗体，发现他当时连外套都没来得及脱就跳了下去，那台宝贝不已的手机还揣在兜里，已经像他的主人那样完全损坏，无力回天。

　　除了节俭，就事论事地说，童城也有不少臭毛病。比如晚上不刷牙不洗脸，五天一洗脚，十天一洗澡。这给他的宿舍生活带来了很不和谐的影响。每次他不在的时候，在气味上深受其害的下铺总是在别人面前嘀嘀咕咕说童城坏话。听的人总是点头附和，但不会添油加醋，因为童城平时待人还是很客气的，只要你不问他借钱，请他帮什么忙（尤其是体力上的）他总是爽快地答应。比如锦水江事件事发时，童城完全是来做 DV 宣传片剧组的劳动力搬道具的。

　　关于背后的坏话，终于还是有人传给了童城本人。为了避免以后继续发生矛盾，他倒是主动向辅导员申请搬到隔壁宿舍。

　　新的宿舍住了三个烟民，中外各类卷烟的味道长年集结于此切磋交流，原来的第四个人就是因为害怕毕业的时候带着肺癌一起踏入社会才逃走的。童城不洗脚的味道在终年缭绕的云雾里倒也显得不那么刺鼻。而且他后来也学会了抽烟，是那种四块钱的软壳牡丹。

童城学会抽烟也就是大二刚开学。那时候他接到母亲的长途电话，说父亲得了很不好的慢性疾病，需要花钱。父亲自己不知道这件事，更不知道治疗的费用累计起来简直是个天价，要赔进去童城未来两年的学费还多。在老爹和大学之间，童城开始面临了艰难的抉择。那时他打工慢慢有了点积蓄，四块钱的牡丹还是偶尔消费得起的。他的室友时常能看到童城独自坐在阳台上吞云吐雾，那根烟不烧到烟屁股就决不扔掉。

　　除此之外，他女友也不让人省心。那姑娘也是外省考来的，在他隔壁班，出身工薪阶层，长相平，胸部和长相一样平。当初她大约是看中了童城强健的体魄和忍辱负重的性格，觉得在茫茫大学男生中，童先生乃当之无愧的真男人也。两个人在一起的时候，很多费用都是 AA 制的，而且基本就在学校附近，勉强还能过得来。但两个人在一个问题上的意见却从未统一过，那就是童城毕业后想回老家，女友却想去上海，二人总想说服对方跟着自己走——方向问题就是原则问题，原则问题不解决总是很麻烦的。就在出事前一个礼拜，童城还和他女友为这事吵了一架，并且气不过，还出手打了她一巴掌。

　　一拍两散，大抵就是这意思。

　　出手图了个痛快之后，童城也冷静了。他苦苦思索了一夜，觉得男人打女人不像话，自己也太天真。其实他们本来就是要各奔东西的人，况且自己这个大学能不能继续念下去还是问题。在一口气抽了半盒牡丹之后，他做了个决定：既然注定要分别，那就分了吧。仔细想想，谈了半年多，自己居然一件礼物都没给女友买过，作为一个男人来讲实在是有些不堪。于是他摸出五十块钱，委托一个同学在淘宝上给女友订购了一件小礼物。

当然，他还没准备好提出分手时的说辞，所以在等快递的这些天，他一直在打着腹稿，至少几十种草稿在他肚子里尸堆成山。

但和说话艺术的精心推敲不同，在夏粤然他们落水时，童城的反应迅速无比，但又有些麻痹大意。他是会游泳，但他老家的那条河很小，水流也不急，他闭着眼睛也能游过去——而且这是好多年前的事了，去县城的高中念书之后他就没再下过江河。

可他觉得自己没问题，连衣服都没脱就跳了下去，动作熟练得一如当年下河去摸鱼捉虾。

差不多也就在这个时候，一个快递员抵达了他们宿舍楼下，将一个小包裹交给了管理员阿姨。阿姨知道童城他们班出去搞活动了，一个小时之后就该回来了。而更早之前，就在童城他们出发之后没多久，他们隔壁班的一个女孩来找过童城，错过了，留了一封信在她这里——到时候这两样东西可以一起交给他。

三公里外的锦水江畔，童城费了九牛二虎之力救上来一个落水少年。江水寒冷直刺骨髓，湍急的水流让人游起来非常吃力。当他犯着喝了江水的恶心爬上岸边时，发现又出了一件意外：和下水前比起来，现在落水的人居然只多不少。

童城用家乡方言骂了一句粗话，又一头扎了回去。

这是他在岸上说的最后一句话。

付大宝

付大宝绝对是个"坏人"。

如果没有锦水江事件，他身边的人一定会这么告诉你。

绰号"大宝"的付天瑞自从在高考后的暑假里玩上网络游戏之后，大学对他的学习意义就不复存在了。刚进大学时他还没带电脑，只好去网吧，生活作息极有规律，只不过和正常人是相反的：每天玩游戏到早晨六点才回宿舍睡觉，下午四点准时醒来直奔网吧，在那里叫一客饭，边吃边玩。所以在大学最初的三个星期里，付天瑞属于那种神龙见首不见尾的人物，他的下铺基本上没和他说过话，因为他早上起床的时候付大宝已经睡下了；等他傍晚上课回来，付大宝早就出发去网吧奋战了。反正管理学院的课平时不大点名，考试抱个佛脚或者打小抄就可以了，付大宝小聪明总是很多的。

谁知大一下半学期的时候，他连续在网吧不眠不休奋战三天后，终于昏厥过去。好在抢救及时，没有成为"上网猝死"的反面典型。打那之后，网吧里就没了付大宝的身影。

他是很惜命的。

后来买了笔记本，付大宝除了上网看碟，偶尔也玩玩单机游戏，但从不超过规定时间。

因为当年在网吧通宵苦战的经历，付天瑞同时养成了吸烟和不注重卫生的习惯，晚上不刷牙，五天一洗脚，十天一洗澡。当初童城搬到付大宝他们宿舍，顿时有种万分亲切的感觉。而且俩人在这"一五一十"的周期上是保持着精确同步的，每到那两个特殊的日子，你就能看到付天瑞和童城一人一个洗脚盆坐在那里笑侃风云，或者提着洗脸盆、穿着拖鞋，一起走在去学校澡堂的路上。

因为这个缘故，童城后来每到想抽烟又没钱的时候，付大宝总是及时递过来一根红梅、白沙或者黄鹤楼，然后童城很感恩地谢过，独自走向阳台。付大宝也不跟着他，总是默默地看看阳台上那个蹲着的背影，然后扭头去看笔记本屏幕。

如前所述，付大宝是很聪明的，也很识趣。童城的细微变化他看在眼里，基本都能猜出点什么，但他和童城始终表现得像烟酒朋友加洗澡朋友，什么实质性的敏感话题都不说。只有一次，那年的中秋节他们在学校过，中午俩人喝多了啤酒。付大宝醉醺醺地拍着对方厚实的肩膀，在吐出酒菜之前吐出了一句看似有点假的心里话：这个学校，我付天瑞谁也不佩服，就佩服你童大城！唔，唔，哇……

除了这段真情流露之外，付天瑞平时在学校就是大懒虫外加有点小愤青。比如那个上课只会念课本、放幻灯片，开大会时却能滔滔讲上两个小时的管理学院副院长，这厮居然挂了那堂课一半以上的人，还美其名曰"压力教育"——付大宝就偷偷在副院长那辆雷克萨斯车身上撒了两次尿。

最后那次在雷克萨斯上作案，正好是他们班去锦水江拍宣传片的前一天。当晚付大宝看电影看到凌晨三点，本来不打算去的。但那天他起来刷了个牙，吃了个代替早饭的午饭，迅雷正在下一部电影，距离下载完毕似乎遥遥无期，他觉得待在宿舍里无聊，外面又晴空万里，就心痒痒了，坐上童城的"老坦克"后座，想把DV拍摄活动当作一次郊游。

在锦水江畔发生紧急情况时，付天瑞还在草地上盖着外套打瞌睡，猛地醒来之后跑到江边。考考她们班来的人也就七八个左右，大部分是女生，剩下的男生里会游水的都已经跳了下去，岸上还留了五六个人。他听其他人说，落水的足足四个人，跳下去救人的也就童城和另一个男生，明显人手不足。

所以，男生再不下去一两个是不行的。

付大宝之前在学校里的游泳课只上了三节，比旱鸭子微微只潮了那么一丁点，此刻不会盲目下去。但他是那种很有小聪明的人，危急关头居然还能想起他们来的时候带着一个饮水机桶装水的空水桶，是作为拍摄道具用的。浮力的问题是解决了，可他是否能在湍急的江水里抓到人再游回来？他的眼光落了在同样是拍摄道具的一大卷黄色封箱胶带上……

现在回过头来看，抱着一个大空水桶，身上绑着一圈连到岸上的封箱带下江救人是九死一生的行为。但当时是星期三，锦水江畔人烟稀少，肉眼能看到的渔船也在很远的江面上。付天瑞找不到更好的办法了，反正，他绝不能眼睁睁看着四个人在水里挣扎，却只有两个人去救。

在此之前，付天瑞跟童城吹嘘过自己从小到大多少次大难不死：两岁的时候和父亲去澡堂，一不小心掉进了大池子，快要淹死的时候被人家捞了起来；高中时过马路，有人酒后驾车，把一个走在他前面一米处的行人撞到半天高……如果说童城过于相信自己的游泳技术，付天瑞就是拿自己的好运气来赌一把。

几十米长的封箱带被火速地全部拉展开，一头缠在岸边的栏杆上，另一头在付天瑞身上缠了好几圈，然后他就跳下了江水。

其实他下水后没多久，那根带子就断了。一个女生事后回忆说。

水里的付天瑞可能还不知道这件事，岸上的学生一开始还能看到他抱着那个空水桶往一个快要没顶的落水者那里游泅，但后来不知道怎么的，人一下子就不见了。再后来只能看到那个水桶在江面上漂，而付大宝再也没有浮出头。直到落水半小时后，他的遗体被打捞上来。

就在他从江面上失踪的同时，L大的男生宿舍里，付天瑞的笔记本电脑还开着，上面挂着QQ，初中同学群的头像一闪一闪，讨论着同学聚会的事情。而迅雷小窗则显示下载完成了78.3%。

他永远也看不到这部电影了。

后来跟付天瑞一起住了两年的室友在接受学校电视台采访的时候说，大宝这人平时一点也看不出什么英雄气概，有一次他还对着门户网站上的一条大学生抓小偷而被歹徒捅死的新闻，说这人怎么这么傻，偷就偷了吧，又没偷你的钱包，还是命要紧啊，是我的话在那里喊一嗓子最多了，然后自己赶紧跑。

当然，这段话被学校电视台的编辑在后期制作时删除了。正式播放的版本里，那个室友在画面切换后说了句让观众看不大懂的话:真没想到，真没想到……

孟　尤

孟尤就是在付天瑞绑封箱带时，负责在岸上拉住带子的人。

凑巧的是，就在高一的时候，他那个双胞胎兄弟同样为了救人，被车子轧死了，所以原本一起参加高考的兄弟两个，只剩下他一个，如愿考进弟弟本来要考的学校。

他的性格也越变越怪。

认识孟尤的人都觉得这人沉默寡言，但是其实很好说话，进了大学以来，从不和任何人争执。老师让他做吃力不讨好的男生班长，他毫无怨言。他家相对富裕，不少人问他临时借钱，少则五块多则一百，都很频繁，他也从来不会说"不"字，也不会想起来问你讨。日子一久，粗心的债务人忘了，就没还;有的人存心不还，也就成了无头债。所以大家都觉得他很好欺负，对他在工作上的事情也是经常不配合。

比如锦水江事件当天，本来他们班拍宣传片的应该有十二个，但出发时只来了七八个，说明了他这个班长毫无号召力和威信可言，很多人都没把他放在眼里。

除了付天瑞。

在懒懒散散、粗枝大叶、有点小愤青又从来不问别人借钱的付大宝看来，孟班长属于那种阴里怪气、不知道成天在想点什么的人，还有点大老爷们不该有的洁癖，宛如娘娘腔。他自然不知道孟尤那个双胞胎兄弟的事情。当初孟尤被分在他们宿舍，住了没几天就被香烟熏陶坏了，但他也不明说，某天下午四点付大宝醒来，发现对床上铺空空如也，一打听才知道孟尤已经征得老师同意，换到斜对门的宿舍去了。

最讨厌这种人了。付天瑞后来对童城说过：做事情不声不响的，最会害人。

另外，孟尤的胆小如鼠也是付天瑞笑话他的原因之一。比如此人每天晚上都要打电话给省城老家的父母报平安，告诉他们自己儿子还活着。这也就算了，关键是通话的结尾，他居然还提醒母亲"窗户关关好，煤气阀门关关好，防盗门和屋门都记得闩上"——每晚都是雷打不动这番话，从不落下。

每次付天瑞拿这个来开玩笑，童城总要为孟班长辩护几句：这叫孝顺。

就是这样一个被付天瑞嘲笑和鄙夷的班长，在锦水江事件的紧要关头，首先用手机拨打了 110 求救电话，然后又被付天瑞委以了拉绳子的重任。

我要是不行了或者抓到人了，就朝你挥手臂，你马上把我往回拉！这是付大宝最后向他交代的。

接受任务的时候，孟尤自己也是有点哆嗦。自从亲兄弟出事之后，父母对他总是格外关照爱护，当初他考上 L 大，父母都巴不得举家搬来陪读。这种教育导致他遇到大事总是没有主见，只好等着别人分派任务然后自己去完成。

然而付天瑞下水之后不久，孟尤就发现那根不堪重任的封箱带断掉了，付大宝估计是有去无回。童城救出第一个少年后上岸，发现自己的旱鸭子好兄弟居然就这么下水了，于是又回到了水里。

当时留在岸上的几个女生，有几个已经往远处跑去喊人，或者朝下游的渔船狂奔而去。当她们带着人赶来时，岸上的孟尤已经不见了。她们还以为他也是去喊人了，因为连抱着空水桶的付大宝也没挺过来，何况孟班长那体质，应该不会跳下去救人。

但她们都错了。

一直到后来，人们检查孟尤放在学校的遗物时，才在那台苹果笔记本电脑里发现了一个名为"KK"的文件夹，里面都是同一个女孩各种各样的手机照片，从角度看应该是偷拍。

夏粤然，夏考考。

这是孟尤笔记本里唯一存放的女生人物照片。而唯一的男生人物照片，则是当初他和他弟弟的合影。

其实就在事发的前两天，孟尤还在做噩梦梦到自己死了，是在火里。他特意找学校外面马路上的瞎子算命，得来的都是连猜带蒙的东西，却让他心里得到慰藉。自从家里的孩子只剩下他一个之后，他就格外害怕死亡，也格外憎恨"英雄"这两个字。当年他弟弟出事后过了一个星期，他才回到学校上课，一个同学把一张写着弟弟英雄事迹的报纸给他看，孟尤闷了几秒钟，忽然将报纸撕得粉碎，用从未有过的高亢声音喊：什么英雄！我弟弟不要做英雄！我也不要！滚！

从此再也没有人向他提起这件事，他也不对任何人说。

这也是他在弟弟死后唯——次表露了自己的情绪。

至于夏考考，也没人知道他对她到底算什么意思。两个人在一个班级，却几乎不怎么说话。孟尤是什么时候开始有这么多照片也不得而知。那个文件夹里唯一几张不是偷拍的照片，都是夏粤然放在校内网个人空间上的。锦水江事件之后，四个人的名字被广为传扬，人人网上除了童城，三个人的空间被访问了几万次。但孟尤限制了陌生人的访问，只能隐约看到，他校内网上的好友连十个都不到，其中之一就是夏考考。

他是为了得到她的照片，才去注册的么？

答案应该是肯定的。

除了苹果笔记本里的线索，人们还在孟尤的课桌立柜里发现一只养在笼子里的小仓鼠。显然这是偷偷养的，因为宿舍条例规定不能养宠物。孟尤的室友说，这是他一周前买回来的，说只是放养几天，到时候要送给一个朋友，那朋友前段时间似乎心情不大好，送这个能帮助恢复。当时他室友还很纳闷，想性格古怪的孟班长居然还有别的朋友，而且还这么上心这么体贴，真是稀奇。

现在一想，下个星期三，就是夏粤然的生日了。

当时的一个女生回忆，那次拍摄宣传片时，孟尤因为是班长，所以负责摄影，连DV机也是他的，所以从头到尾都很忙，夏考考什么时候离开了大部队，他也未必注意。可落水事发时，他倒是第一个冲到岸边的人之一，想来，其实他心里一直很清楚她在哪里的。

他是第一个到岸边的，也是最后一个跳下去的。那边千钧一发的时候，他是为了救落水的夏考考，才在犹豫了那么久之后一跃而下的？还是因为童城和付天瑞他们几个都下去了，他终于也克服了长期以来对死亡的恐惧和懦弱，要把他们几个都救回来？

这是个永远无法回答的问题。

锦水江事件发生后的第五个小时，也就是晚上七点，最后一个下水失踪的孟尤的遗体在江河下段的水草丛里被发现，而之前的三具遗体已经被运走了。

他终究没有救起想要救的人，更没有和暗恋的人躺在一块。

这场事件中唯一不遗憾的是，最早落水的三名少年，有两名被成功救起。

火　花

管理学院工商管理系 05 级 6 班最近的一次班会，由孟尤发起，当时他站在讲台上宣布主题是"畅谈理想"。其实现在的大学生似乎很少谈理想了，或者大家的理想几乎都统一了，那就是好工作、好收入、撞大运能买套房子。

时隔若干年后，锦水江事件已经成为尘封的记忆，只活在少数人的脑海里。而当年6班的大学同学在聚会时，说起他们四人当初谈到的理想，都唏嘘不已。

夏粤然的理想几个女生记得很清楚：周游世界，除了法国。

童城的理想是他嘴上说了好几次的：挣大钱，给父母养老，城里房子太贵，乡下盖个别墅就行。

付天瑞对理想就四个字：滚蛋，戒了。

孟尤呢？没人能记得他说了什么，他似乎什么也没说。

对这个纷繁的世界来说，生如鸿毛，死得重如泰山，他们都是无声无息的。

　　　　火花出现前无声无息

　　　　耀眼在刹那之间

　　　　存于记忆的光晕

　　　　只是一闪

　　　　却是永远

五等生

　　跑在前面的男生爆发力惊人，几乎是一头撞进三楼尽头的女厕所的，追在他后面的班干部也顾不得里面传来宛如合唱队女高音般的尖叫声，跟着冲了进去，却正好看到对方闪身进了空着的第一个小格间，然后是"嘭"的关门巨响。

　　追捕他的人刹车不及实实在在撞到格间门板上，里面传来门被闩上的声音，然后班干部捶着门板下最后通牒：

　　刁小肃，你给我出来!

1

　　刁小肃隶属本校初中部二年级 4 班。

　　4 班班主任当初安排座位时体现了真正的现实主义思想，根据成绩高低决定了学生到黑板讲台的距离，全班五十来号人也因此被分成四大智慧种群："进个好高中""可能进高中""不可能进高中"，以及"不愿学习人类科学的外星生物"。但刁小肃不属于"四大"，他已经跳出伦常，独自坐在教室倒数第一排，因为老师在心里给他插上的标签几乎和他念初三的表哥一模一样：

"九年制义务教育的头号敌人。"

刁小肃的表哥是学校名人，最著名的事迹就是在转学来这里不到一年就创下逃学四十七次的历史记录，而且还只是官方的记录。鉴于他父母给的借读赞助费，学校里有一大票老师每天像盼奥运会倒计时一样盼着他结束初三学业的那一天。有了这样的表哥，就不难推断会有怎样的表弟，况且刁小肃本来也不是省油的灯，作弊逃课打架上课睡觉不交作业，五项全能，只不过在初中部的江湖群雄里不是那么拔尖。刁表哥转来之后刁小肃的江湖地位大幅提升，那四十七次逃课里不下十几次也有他的份儿。

但上天有眼，在刁小肃奋不顾身冲进女厕所的那个不幸的星期四的前几天，他打篮球时扭伤了脚，虽无关节大碍，但造成短时期内的行动不便，走路一瘸一拐。刁小肃的父母可能曾经由衷地在心底里赞美那个肇事篮球，因为这样一来自己儿子在未来几天内至少能老老实实地坐在教室里听课，而不是跟着他表哥屡次上演越狱的戏码。

刁小肃每次跟表哥逃学都是翻学校西面那堵墙。此墙虽不比柏林墙那么森严巍峨，但就凭他目前的伤腿不可逾越，于是只好窝在教室听课，痛苦自不必说。更刺激他的是，星期四那天晚上有支欧洲足球豪门劲旅到上海踢商业赛，刁表哥是他们的铁杆球迷，哪怕能在现场看到劲旅乘坐的大巴也好，便决意逃课去看看，因为从这里到上海坐火车只要两小时，但走之前他有要事托付给自己表弟。

原来刁表哥今天冒着天下之大不韪带了两张色情光碟来学校，本来是要借给一个同学和他换几包烟。孰料那厮上午请了病假，表哥等不到他中午过来，就让刁小肃帮忙交接，临走前千叮咛万嘱咐，宁可没能安全交给对方，也不能弄丢这两张碟。

刁小肃自然明白被人发现带色情音像制品来学校几乎就是要掉脑袋的，何况最近外面在扫黄打非。刁小肃的五项全能不过是些小动作，真让他豁出去也不敢。不过刁表哥再三保证这事儿极其秘密，整个学校上下一千来号人就你知我知那厮知。

此时还是零二年，尚未流行"不要迷恋哥，哥只是个传说"这样的鬼话，况且事情的本质是"不要迷信哥，哥是个祸害"。然而刁小肃平日在学校很受他表哥照顾，所以这两个烫手山芋他只是犹豫了一会儿就接下了。这也许还不能怪他，因为这一年刁小肃虚岁十四，正值青春期，是干一些偷鸡摸狗而非大奸大恶之事的美妙时光。而他本人对"青春期"这个词汇最直观的认知则是他自己的身体：从预备班开始他的身高开始奋起直追，喉结慢慢出现，然后一些原本寸草不生的部位居然宛如庄稼地里的野草一样疯长，路经腋下，最后竟然在嘴唇附近也冒了出来。这时候的刁小肃还没意识到这就是成长，而且从那之后，直到死亡来临前，他生活中烦恼的事情就像这些毛发一样越来越多，越来越多，就像此刻手里的这两张碟片一样。这两张 VCD 光碟甚是大胆，一张上面印着穿"隐性服装"的女郎；另一张很简约，只印着四个字，末尾二字因为观摩次数过多都模糊不清了，只剩下打头俩字——

"激情"。

于是激情又惊心动魄的一天就这么开始了。

2

教导主任武方砦在他十七年的职业生涯里一共抓过二百六十七个作弊分子、二十九个小烟民、十四个打架闹事者、五个业余小偷和三个砸坏自己家玻璃窗的小子，学生们谈起这个无人能破的记录时总会不由自主地想到"一将功成万骨枯"那句话。

但他还从来没抓到过携带色情光碟的学生。

一个好的教导主任总是要有自己可靠的情报来源，说白了就是小报告。今天上午第三节课快上课的时候，初三 2 班忽然有人向他报告说那位全校闻名的逃课大王今天带了两张不同寻常的 VCD 光盘来学校，但现在人已不见——不用说，这小子又逃学了。按理那两张光碟很可能已经被他带走，但举报的学生说他走之前带着夹了光碟的课本去找过在初二 4 班的表弟，还一起钻进了男厕所。

形迹可疑，情节严重。

第三节课的下课铃刚响，武老头就已经站在了初二4班教室门口。

在此之前他也曾经和刁小肃打过交道，但不多，因为刁小肃的违纪行为基本上到了班主任这一层就处理掉了，极少会像他表哥那样要请到教导处。也正因为如此，刁小肃近距离面对"一将功成万骨枯"的教导主任还是极为服帖的。武方砦把他请到教导处一叙，也就是问问知不知道他表哥去哪里了。不出所料，刁小肃一问三不知，但武方砦也没继续追究，因为他这招只是调虎离山。

就在他们两人谈话的时候，初二4班的班干部已经在小心而彻底地搜查刁小肃的课桌和书包的每个角落，翻开每一本课本和练习簿——当初很多被悄悄带到学校的色情小说、漫画、香烟、匕首小刀就是这样被查获的。

但这次他们一无所获。

武方砦怔了一下，但什么也没多说，先让刁小肃回去了。他深信自己在这个小男生眼里所看到的恐慌是货真价实的，但现在居然苦无证据。他不知道自己犯的最大的错误就是来得太晚了，假如他早在第三节课上到当中时就在教室后气窗这里观察，便会发现单独坐在教室最后一排的刁小肃将两张光碟裹在一张草稿纸里，再拿手工课上用剩的透明胶带把它们悄悄粘在自己坐的椅子板底下。那个负责搜查的班干部也别出心裁地想到了这点，但只是有惊无险地在他课桌底板的背面摸了一遍而已。

刁小肃就这样因为小心谨慎逃过一次搜查，但劫难却远未结束。

第四节课一下课，班主任就进来宣布班级座位进行一下微调，团支部宣传委员从第二排暂时调到了教室最后一排和刁小肃同桌。刁小肃自然明白成绩名列班级前十五的团支宣是肩负着什么样的特殊使命不远千里来和自己同处一桌的，但对于这种赤裸裸的一对一近距离监视的安排，他无法抗议，只是越发觉得现在是坐在一枚地雷上面，边上又有狙击手虎视眈眈地瞄着自己。而且这狙击手又极为认真负责：上午最后一节是体育课，脚踝扭伤的刁小肃可以不下去，团支宣居然也不用下去，显然班主任已经和体育老师打过招呼了，就为了防止在教室没人的时候被他转移赃物。

　　看着新同桌摆放得整整齐齐的课本和学习用品，再看看自己垃圾堆一样的地盘，宛如两个世界。刁小肃这时才终于体会到什么叫作特殊待遇，什么叫铜墙铁壁。

　　以目前的情况，想要和表哥的同学接头是在做白日梦，但让光碟一直贴在屁股下面也不行，因为今天礼拜四，放学后要大扫除，所有的椅子要翻过来摆在课桌上方便扫地拖地，届时这两张碟一定会重见天日真相大白——那时候可就真的叫"见碟落网"了。

　　然而，用足球比赛解说员的话说，"幸运之神终于在第五节课上到第二十一分钟的时候向祸害军团的实力派新秀刁小肃露出了迷人的微笑"，因为团支宣一上午喝了很多水都没上过厕所。现在他体内暗流汹涌，想想肩负的使命，努力忍了许久最终还是抵挡不住，而且男厕所远在走廊另一头，他只能冒着很大的风险奔来跑去，算上办正事的时间，他统共用了五十秒钟不到。而在这火急火燎的五十秒钟里，同样火急火燎的刁小肃飞快地俯身下腰去抠那两张碟想要转移到安全地区，偏偏当初透明胶黏得死紧，居然没有全部拿下来，只掉出一张碟，还滚出老远。幸好教室里没旁人，刁小肃一瘸一拐地追着捡起来，同时听到外面走廊里的跑步声，赶紧回到座位，顺手把光碟塞进课桌上的那本新世纪外语习题书。这本书的最后那页本身附赠插着一张听力 CD，但到手第一天就被刁小肃当玩具给飞没了，现在倒正好雀占鸠巢——他刚做完这些，团支宣就进了教室，右手还在拉链上，气喘吁吁，而刁小肃心里那口气喘得不会比他缓慢多少。

一步之差。

3

这天中午一直到吃过饭刁小肃路过表哥的教室，都没看到那个接头的同学，估计这厮今天基本上是不会来了。想到这里他便分外沮丧，因为自己一上午无谓地冒了这么大风险，居然还没把这两张瘟神光碟送出去，下午还要继续想办法东躲西藏。

但这天下午第一节课还没来得及上，他手里的两张瘟神碟就减少到了一张。

当时十二点刚过十分，刁小肃去了趟厕所，团支宣无视自己的切身

236

感受愣是一路跟着他。刁小肃是办大事的人，格间门一关就不出来了，可怜团支宣在门外捏着鼻子候了许久。刁小肃自然是存心打持久战来戏弄监视者，但他在享受着复仇快感的同时却不知道灾难再度悄然降临——后来刁小肃才猛然悟到应该就是在他占着茅坑的这段时间里，他们班外语课代表奉了老师的敕令来收那本新世纪英语习题书，因为这两个人都不在，就自作主张把他们放在课桌上的书给收走了。

光碟就插在那本书的后面。

对此还一无所知的刁小肃在回来之后甚至没有注意到自己课桌上的书少了一本，而且是至关重要的一本，因为他平时就不关心交作业和功课，课桌上总是很乱。所以当他下午第一节课上到一半（或者确切地说是打瞌睡到一半），武方砦忽然打断课程要将他请到教导处时，嘴角留着口水印的刁小肃脑海还一片茫然。

但是等到武方砦将那本新世纪英语习题书放在他面前、书的扉页上上歪歪扭扭的写着"刁小肃"三个字时，刁小肃宛如从山崖上失足跌入北冰洋一般浑身寒冷刺骨，大脑一片空白，随即又被无数念头在顷刻间占满。如果换作其他学习成绩优异、能熟背文言文和化学元素表又没怎么做过坏事的书呆子，那此刻的心理防线一定会被击垮。可他是刁小肃，鬼头鬼脑的五项全能，身材瘦小全因为养分补进了大小脑。此刻他像个自闭症患儿那样坐着，目光呆滞，其实只是为了在情绪没有平静下来之前不去理会武方砦的眼神。

武老头知道他并没被吓傻，便走出第二步棋。他将书从后面打开，上面插着那张"激情××"的光碟，问：认得这是什么吧？

刁小肃摇摇头，一口咬定：不认得。

教导主任对这个反应早有预料，点点头，拿起那张光碟转身走到办公室那台平时拿来看教育记录片的 VCD 机这里，开仓，放碟，打开边上的电视机，却不急着把碟片推进去。他的每个动作都那么缓慢，那么凝重，故弄玄虚，有些做作和夸张——这一切都是演给刁小肃看的。

武方砦最后把手指点在光碟上，只消轻轻用力，碟片便会进入机器自动读取。但他却停住了，转身对男孩道：我还没看过这张碟，如果你现在能坦白问题，那我就当没有在你书里发现这张碟。

刁小肃看看那张碟和那根手指，看看教导主任的脸，再看看那张碟和那根手指，眼睛瞪得宛如电影里的 E. T. 外星人，站在三米之外的武方砦甚至觉得自己能听到这个男孩的心跳声。

过了许久，虽然喉咙发干，但刁小肃终于还是哑着嗓子用老鼠般的声音表明了自己的态度：这……不是我的碟。

计谋失败。

4

武方砦之前当然看过那张光碟。

碟片最早是初二 4 班外语老师发现的。当时那一大摞英语习题书被课代表马马虎虎地堆在办公桌上，结果也不知道是谁经过的时候碰了一下，书山垮塌，好几张听力 CD 掉了出来，其中就夹着这么一张"激情 XX"。

虽然并不清楚这张名字令人联想不断的光碟究竟出自哪本书，但武老头在教导处做了那么多年，用脚趾头都能猜得出来这大概是怎么一回事，然而当他独自在办公室用影碟机播放光碟时，却发现这是一张音乐 CD 盘，里面是些五六十年代的革命老歌。武方砦在一片蓝屏的电视机前面愣了好久，然后把碟退出来，看着上面的四个大字，感叹这里面果然尽是激情岁月时期的产物。

教导主任接下来的第一反应就是自己被一个十四岁的毛孩子给耍了，但紧跟着又推翻了这个感觉。首先当初举报这事的初三学生很可靠，又是无意中发现的，所以刁小肃兄弟俩的确可疑。况且这两兄弟虽然调皮捣蛋，但绝不会主动来戏耍一个经验丰富血债累累的教导主任。鉴于这个判断，武方砦决定把刁小肃找来试探一番——他把希望寄托在刁小肃从没看过这张碟的内容上。如果这张碟真的是从刁小肃的外语书里掉出来的，那么做贼心虚，他肯定经受不住自己的虚张声势而主动招供——武方砦对自己虚张声势这一套一直是很满意的，学校里至今流传着这样一个故事：就是武老头有一次给某初中班男生代上一堂青春期卫生课，他声情并茂一脸严肃地讲解（或者说是威吓），成功地让那帮小公鸡们相信手淫最终会导致烂肾烂膀胱烂前列腺，吓得众人夜不能寐，并且帮很多母亲省去了洗床单的精力。

当然后来谣言不攻自破。

但这次武方砦遇到的不是一般的调皮小男生，刁小肃自始至终都很明智地（或者说很狡猾地）一口咬定这张碟片不是他的。教导主任知道他在撒谎，这个小鬼只是出于困兽犹斗的下意识抗辩，可他自己也没有证据。

武老头忽然微微冷笑了一下，手指一推，碟片进仓，读取，然后按照顺序播放，电视机的音箱里传来雄壮的大合唱歌声，原本脸色惨白宛如刑场就义的初中生顿时看傻眼。

祸害刁小肃无罪释放，暂时。

5

经历了教导处那一场激情歌曲的洗礼，刁小肃可谓被吓得半死。他不明白为什么那张光碟会是这样健康向上的内容，也许是表哥一开始就拿错了，或者也许这两张碟本来就都是冒牌货——不，不可能，刁表哥虽然调皮捣乱的名声在外，但江湖信誉向来很好，说话算话言出必行，比那个成天就喜欢发言吹牛的校长要靠谱得多。

刁小肃就这样一边思索一边走着 S 形回到教室继续上课，原本发懵的脑筋却在目光接触到自己同桌的一瞬间顿然清醒。他没有忘记自己的椅子底下还有一张碟，而且此碟不比彼碟，光那张赤裸裸的封面就足以让他被直接押到武方砦那里。

一天之内连着去教导处走两遭，刁小肃第一次真心实意地感到害怕了：这张碟真要是被发现了，学校的处分是跑不掉的，还损坏了表哥的江湖信誉，从此之后在表哥眼里他就是个没用的小子。更加关键的是刁小肃那个平时一本正经的老爸，如今虽然基本放弃对儿子的日常行为规范教育，但事关青春期男女方面的问题还是会高度警惕。五年级时刁小肃一度不小心到空着的女厕所逛了一圈，回家后问老爸为什么男女厕所构造不一样，得到的回答是俩耳光和不能吃晚饭。现在万一因为携带黄碟落网，被吊起来拷打三天三夜也不是没有可能……

　　总之，现在这张碟成了祸害中的祸害，是一损俱损、一荣俱荣的关键，刁小肃必须在大扫除来临之前在团支宣的眼皮子底下将祸害转移走，这可不是一件容易的事情。但危机就是一种这么奇怪的东西，它能催生软蛋，也能孵化出英雄。以刁小肃这个年龄段的男孩子来说，遇到这样的绝境无非三种情况：哭着鼻子缴械投降，血气上涌鱼死网破，或者声东击西金蝉脱壳。

　　刁小肃无疑属于后者，而他唯一的机会却来自于一千多年前的大唐诗人。

　　下午第三节是语文课，课前会有两名学生讲解一首自选的古诗，今天正好轮到了团支宣。当他走上讲台在黑板前写下诗歌、给天知道是杜牧还是杜甫大唱赞歌的时候，教室的最后一排无人盯防，刁小肃便有机可趁。他甚至都想好了另一个藏匿的地方：教室最后面的储物柜，距离他的座位只有两米多点，刁小肃将碟片取下来后放在地上只需用脚轻轻一滑就能塞进柜子下面的缝隙，除了蟑螂这类顽强而又潦倒的虫子之外常年不会有生物去关注这里。

可是不幸的事情却在下午第二节课的时候发生了，刁小肃后来每每回忆及此，总觉得之前那段时间上帝都在打瞌睡，现在他醒了，发现了世间某些污浊的罪行，所以指派天使下凡来执行正义。

这个天使的化身就是他的同班同学朱大公。

朱大公坐在刁小肃侧前方，属于"不愿学习人类科学的外星生物"的那一族。尽管他很少在学校违纪违规，但班级里却一直流传着关于他的动人传说，那就是他们家有一整箱成人录像带，平时如果闲来无事，他和他那个人老心不老的爷爷一起观摩这些非法的藏品——当然，和所有学校里的流言蜚语那样，这一切只停留在口诵相传阶段，谁也没去他们家见识过那个神奇的箱子，只是大家都愚昧而且坚定不移地以这个故事为乐。

充满传奇色彩的朱大公当时其实也没做什么惊天地泣鬼神的事情，只不过他在把玩的一块橡皮掉地上了，并且朝后弹出好远。朱大公弯下腰找了许久才发现橡皮，忽然觉得哪里不对劲，眼一抬，就发现刁小肃的椅子板底下黏着一张用白纸包着的光碟，透过被撕破的白纸边缘，朱大公看到了光碟封面上的那位女士，然后不知道是出于初次邂逅的诧异还是他乡遇故知的激动，大叫一声"黄带！"紧接着抬起头来想要去看椅子的主人，却忘记掉了自己的姿势和所处的客观环境，后脑勺狠狠砸在刁小肃的课桌底板上，眼冒金星无数，而那位大功告成的天使可能也跟着这些星星离开了他的身体向上帝汇报战果去了。

朱大公这忽如其来的一声呐喊整个班级的人都听到了，起先大家都懵了一下，光碟的主人甚至还和自己的同桌对视了一眼，然后团支宣立刻反应过来伸手要去掰刁小肃的椅子底下。刁小肃也不是吃素的，坐在椅子上一脚蹬开对方，然后也不晓得哪里来的神力，一把从椅子下面撕下那张光碟，紧接着就朝教室外面冲去。团支宣这一脚吃得很实在，但他忍着痛苦爬起来追了出去。无奈平时他就属于头脑发达四肢简单的类别，居然还追不上崴了脚却爆发出惊人体力的刁小肃，然后发现对方冲进了女厕所，把其他班里面两个请假来小解的女生吓得逃出来。

很多年之后，冲进女厕所成为这个团支宣回忆初中生涯时唯一觉得可以对后人津津乐道的话题，但在当时，他已经将性别界限超然物外，脑子里唯有高度的责任感和使命感，只想着逮住刁小肃。

可惜他晚了一步。

6

刁小肃从女厕所出来后被立刻带到医务室包扎伤口。

之前在最尽头的格间里他反锁上门，也顾不得慌乱中一只脚踏进了下面的水道，只是拼死用蛮力把手里的光碟掰成菜园饼干大小的光碟碎片扔了下去。光碟碎片的锋利边缘划伤了他的掌心和手指，鲜血淋漓，他顾不得痛，立刻拉下了冲水箱的绳子。堵在外面的团支宣眼睁睁看着碎片沿排污水道穿越各个格间下方流进排污口，没有勇气伸手去捞。

刁小肃这一招是不得已而为之，但弃车保帅总比人碟两空要好。

唯一的遗憾就是连他自己都没看过那 VCD，真可惜了。

现在，所谓的色情光碟全无对证，唯一可以追究的只有他冲出课堂和闯入女厕所这两项罪名。况且他挂了彩见了红，学校无论如何都要先尽人道主义援救的责任。只是当刁小肃在医务室由着卫生老师涂红药水、上绷带的时候，教导处主任武方砦也在边上，但他不是来审问的——事到如今怎么问都是白费，那"堆"光盘已经在下水管道里和其他丑恶的事物混杂在一起永世不得翻身，刁小肃拼命抵赖即可。武老头只是以一种难得一见的落寞姿态坐在那里，违反医务室规定地抽着烟。刁小肃反倒被这种寂静无声的气氛吓住了，也是一言不发，警惕地看着老头子，生怕他忽然发威。

但武方砦什么也没做，只是在烟快抽完的时候，忽然抬头问道：你哥是去看球赛的吧？

刁小肃愣了一下，知道是毫无争议的既定事实，便乖巧地点点头。

武方砦却笑了，笑得很颓然，也很坦诚：我也是他们的球迷，半晚爬起来看比赛——可惜呵，我没你表哥的福气。

说完他掐灭香烟，见刁小肃手上的伤口已经包扎得当，正怔怔地看着自己听候发落，比如是不是要再去一次教导处。武老头摆摆手，讲你回去上课吧。他甚至起来给男孩开了门，让刁小肃倍感受宠若惊。只是当他走出医务室门口的时候，武老头一只手拍在他肩上，低声道：刁小肃，以后要当心点。说这话的时候他眼睛是盯着白色绷带的，但刁小肃很清楚这是一语双关。他知道，从今往后，自己在这个老头子的眼里有了一定的地位，因此有些嫌疑，是注定要跟着他直到初中生涯结束的。

谁叫他是个祸害呢？

此时外面已经是上课时间，刁小肃在僻静的走廊里走着走着，一摸胸口发现自己原本拿来临时包扎伤口的红领巾忘在了医务室，便转身回去拿。刚走到门口，却从虚掩着的门缝里听到武老头和卫生老师的对话——

你就这么放他走了？

还能怎么样呢？碟片都冲走了，喏，这里倒还有一张，激情歌曲，送给你吧。

给我干吗？回去给你老婆听。

她没那修养的（笑）……

刁小肃听到这里觉得奇怪，把眼睛凑上去，正好看到一只粗大的手结结实实地拍在了女卫生老师的蓝色牛仔裤屁股上，可并没有如他所想的女老师大叫抓流氓和两个耳光，而是一阵同样隐讳短暂的讪笑，然后象征性地补了一句：正经点儿，别跟青春期小男生似的。

武方砦听到这话立刻抽回了自己的手，从烟盒里抽出第二支烟的同时往门口方向看去，原本站在门外的那个不正经的青春期小男生早已不见。

和他一起消失的还有某些原本铁板钉钉的世界观。

但关于祸害的故事还没结束。

那天傍晚刁小肃像个光荣负伤退伍的战士一样回到家中，路上他已经想好了对手上绷带由来的解释。然而他刚进门喊了一声"爸我回来了"，刁老爹接待他的却是一个耳光，立时将刁小肃打得晕头转向思维发懵。但很快父亲的怒吼就让他明白发生了点什么：原来夫妻二人藏在家中私密位置的一张成人光碟不见了，思来想去，只有可能是自己儿子发现之后偷偷拿走的。

刁小肃被父亲的耳光和厉声诘问弄得眼冒金星，此时上帝似乎又派遣了一位睿智天使跟着金星进入他的大脑，让他想明白了那张光碟的奇异旅程：首先是被那个常来他们家串门的刁表哥无意发现，然后被带到学校换烟（其间错把一张 CD 也拿走了），却在刁小肃的屁股下面待了很长时间，最后和一堆排泄物躺在下水道的深处。

刁小肃这时才终于醒悟过来，表哥当初把碟交给他时千叮咛万嘱咐不能把碟片弄丢，因为他明白一旦弄丢，第一个被怀疑和倒霉的就是自己的表弟。

从逻辑角度想明白了这一切后，刁小肃看着眼前面红耳赤、暴跳如雷、不断斥责自己生了个小流氓儿子的父亲以及站在后面一脸失望和责备的母亲，无论如何也无法将这两个朝夕相处的人和那张给自己带来无数麻烦、按理遭人唾弃的光碟联系在一起。

原来自己拼死拼活想要掩盖住的祸害，就来自于原本最纯洁最踏实放心的地方。

刁小肃无疑是具有小聪明的，但就在这一天的这一刻，他的小聪明失去了效用，倒像是个全世界最笨的人最后一个明白了事情的真相，然后就被这种更大智慧的道理所侵蚀、瓦解和消化，取而代之的是忽然感到前所未有的思绪颠倒，或者说神志清醒——而这种看似荒唐却实实在在的残酷过程，便被很多人称为：成长。

七　浦

这不是一个灰姑娘的故事。

七浦这下真的退学了。

和她往日里在学校的风声不相配，七浦退学那真的是低调而突然。她没有告诉关系要好的同学，更没有什么告别仪式，甚至都没有提前给出风声，反正就是有一天没来上课，然后班主任说她以后再也不来了，就这么简单。然后留下很多传闻给那些学生去臆测。有人说她怀孕了，有人说她背着祖国的婚姻法条款跑到乡下去结婚了，有人说她爸爸出现把她接到澳门去了。

总之，没人相信她是因为迫不得已才离开的。她和别人不一样，她是七浦，学校的女生里数她最特别了。她一定是自己想要走，于是就挥洒自如地走了。

强迫七浦？哈，那是不可能的。

除非天塌了。

1

七浦的真名当然不是七浦。这座城市的千万人都知道，七浦是廉价服装和小饰品的代名词，是人头攒动熙熙攘攘的代名词，七浦路就像北京的秀水街、香港的旺角，以强大的生命力栖息在城市的血脉上。你说它像寄生植物，但没了它，这座城市的"下只角"就没了活力；你说它是奇葩，可也没有这么乱哄哄脏兮兮的奇葩。

在七浦转学之前，她就是这座学校的七浦路。七浦她爸很早就抛下妻女远走异乡生死未卜，她妈用积蓄在七浦路盘下一间店面，但经营没几年就劳累过度撒手人寰，于是七浦的单身姨妈接手到现在。迄今为止七浦的十七年人生里有十年在七浦路度过，她是听着讨价还价和破口大骂长大的，是看着五光十色琳琅满目的潮流服饰长大的，是闻着各类真假香水、风味小吃和中外香烟长大的。

而这种成长环境又注定了一种小悲剧，那就是当大家都知道了她的来历身世，都用"七浦"这个称呼取代了她原来的姓氏名讳之后，七浦身上穿什么牌子的衣服都不重要了，没人会在意，没人会"当真"。七浦路的商家什么不会仿啊，别说范思哲了，"阿迪王"都造出来过。于是七浦慢慢就明白过来了，在学校都是常年校服，平时也像个男孩子那样穿运动服。结果她姨妈也看不下去，说你好歹要帮我看店，也打扮打扮。七浦说打扮那么好干吗呀？又不是发廊里的小姐，再说了，打扮得好有屁用？这么多年了你不也没把自己销出去么？

七浦的舌头是很毒的，但姨妈也是久经沙场的角色，甚至可以说，七浦的恶毒一半就是她教出来的。在七浦路打拼的女人大多如狼似虎，这种带些恶毒的玩笑就是血亲关系的虎狼之间的啃咬，看似生疼，实则是种嬉戏。这么多年七浦就是和她姨妈这么互相嘲骂着相依为命，和谐而怪诞。

所以，这样一个女孩子，放在高中里当然是个活宝，哪怕是在全区倒数第一的公立高中。在学校里那些地下烟民聚集的私密角落，七浦毫不拘束地跟着男生一起吞云吐雾，抽双喜，抽娇子，抽中南海，抽白沙，抽云烟，抽谁谁谁从他爸那里偷出来的中华、小熊猫。男生们知道七浦的性格，不好惹，乐得和她称兄道弟，但除了抽烟也不怎么深交。女生们呢，按理应该讨厌那种成天和男生搅在一起的同性。可七浦例外。一来，天生不丽质的七浦永远像个男人似的不施粉黛化妆；二来，凭着她那犀利无比的讨价还价本领，时常会带着几个女生转战于这个城市的其他小商品市场：迪美、西宫、文庙……这些都是七浦路的化身，没有砍价的功夫休想占得大便宜。所以女生们对她有一种带着轻微功利性质的亲切，当然，这总比四周都是敌人要好得多。

七浦购物砍价是什么水平？学校里到现在还流传着那个买柿子的故事：校门口边上时常有小摊贩，其中有个卖柿子的奸商，欺负学生不懂行市。结果那天七浦嘴馋，就过去挑了三个柿子装进塑料袋，一称，三块一。

七浦说带的零钱不够，拿掉那个最大的。再一秤，剩下两个小的居然也要两块六，摆明了秤有问题。跟她一起来的同学要劝阻，七浦却开始掏钱了，奸商一脸得意地笑。谁知七浦掏出五毛钱扔给那小贩，拿了三个里最大的那个柿子就走人。小贩一下子没反应过来，转过弯来便是破口大骂。好在七浦那天心情好，没搭理他，否则估计会上演另一种语言风格版本的"气死周瑜，骂死王朗"。

和七浦吵架，那是疯了。

十年里，七浦见识过的南来北往做生意的小贩何止百人。铁打的营盘流水的兵，七浦路就是块战场，那些在生活中野蛮战斗的男女小贩们来了又走，七浦当然不记得他们的名字甚至长相，但他们骂人的风骨和特色却留了下来，像历史长河中的怒吼那般此起彼伏声声不息。熟读唐诗三百首，不会作诗也会吟。吵架也是这个道理，所以被逼急了，七浦就会用十二个省份的方言骂人，从白山黑水的东北到四季如春的云南，从湖泊含盐的青海到台风不断的福建。七浦就是在这种讨价还价和买卖不成情谊滚蛋的语言环境里生长的，吵架就像吃饭睡觉一般平常。用她自己的话说：不吵不骂就不是七浦路了，要撇情操讲素质的话，往南走几条大马路再来只小拐弯，巴黎春天百货里的营业员就是仙女。

没素质，但有腔调。这就是七浦了。所以，不要说男生女生，就是老师班主任也不敢和七浦去理论什么。初中的时候，别的学生没背出课文或单词，老师们敢惊天动地地训斥乃至用书去拍他们脑袋；换成七浦，都跟巡洋舰遇到水雷阵一样避之不及。

她和别人不一样，她是七浦。学校的女生里，数她最特别了。

但，还是有老师能治住她的。

2

不难想象，七浦这样的学生，成绩是不会好到哪里去的。她自己也从没对自己有什么奢望和要求：语文学得再好，能和人讨价还价占便宜么？数学学得再好，能算账不出错就足够了；外语倒是挺重要的，来七浦路扫货的老外都门槛精，冒充不会中文，和你打手语，其实你和其他人说什么他都明白。遇到这样的，七浦直接就操着英语上了，但翻来覆去也就那些数字为主。

主三科都这样了，其他几门就更别提了。

可就是这么一个女生，却有一门课是年级前三，就是历史。这大概也算是一种补偿性的技能，历史课本上那些时间、人物、事件、起因，七浦看一眼基本就能记住了。别人诧异，七浦却不以为然，说中学教的历史不就是一本账么？几几年的时候你攻打过我，几几年的时候他们家出了点什么事儿，什么时候这个王朝富裕了，什么时候那个朝代落败了，谁谁谁打了几场败仗把翻本的钱都给赔了……你看，一清二楚明明白白，就像七浦路上的那些店面铺子，开了关关了开，营业员来了走走了来，卖的衣服换了一款又一款，其实就那么回事儿。

七浦的这番理论在学校仅存的那么几个书呆子历史爱好者看来是大逆不道之举，但教她的历史老师施政却很喜欢，但又很无奈。这所学校规模小实力差，高三只开物理化学和政治课，历史生物地理都像后妈养的，不受待见，任课老师们自然就成了陪衬，无论是工资奖金还是职权待遇都比人家少一截。所以七浦的偏科总让施政万分矛盾，觉得是浪费人才，而自己身为人师却眼睁睁看着人才被埋没和浪费，更是罪过。

　　不过七浦并不觉得这是罪孽，在学校里居然有一门自己擅长且喜欢的科目，她已经比大多数高中生要幸运。更何况，施政作为后妈养的科目任课老师，是个极其随和的家伙，从不摆架子，也从不觉得维持校纪校规是自己的义务和责任。文科老师办公室是禁烟的，所以有时他抽烟也会跑到七浦他们这帮地下烟民那里去，大家相安无事，尽情享受尼古丁和烟焦油的迫害。小男生们看到他虽然不怕，但施政从不和他们挨得过近。一是万一被其他人发现师生其乐融融一起抽烟，问题会很严重；二来，作为一个31岁、单身没买房、又是教毫无油水的历史的中学男教师，施政抽的是很寒酸的四块钱牡丹，而学生们抽的起码也是八块五的双喜。既然相形见绌，那不如不见。

　　七浦是把这一切看在眼里的，有一次故意逗他，说施老师您过来抽吧，这里太阳好，还有新买的红塔山，您尝尝？站在对面的施政本能地悄然咽了下口水，然后很怨毒地看她一眼，以示不屑，依旧不过来。过了一会儿打上课铃了，大小烟民们往大楼走去，施政叫住走在最后面的七浦：区里的历史知识竞赛，准备得怎么样了？

这次的竞赛算是为冷门学科搞一场蛋炒饭,每所学校有两个名额,施政顶着压力把其他成绩一塌糊涂的七浦算了进去,自然是寄予厚望。七浦平时最恨的就是要用自己擅长的东西争出个高下(砍价除外),但这次她是答应参加的,竞赛的冠军有五百块奖金,是笔不小的数目,亚、季军也有封赏。

七浦见施政很在意这次比赛,笑道:我一出手,当然不会不全力以赴啦,老师你就别担心了,还是多想想怎么把许老师扛回家吧。

施政听到这话脸就红得像新鲜的猪肝,讲:快走快走,上课要迟到了。

3

七浦说的这个许老师是教高一外语的许文妍,大学毕业不到两年的新手。想来当年在师范学院那种女人扎堆的地方大概也算是个班花,如今在学校的女老师队伍里便是姿色排名前三。但另外那两个是早婚人士,估计不用一两年就要在家养孩子了,剩下许文妍同志奋斗在教育一线。

许同志虽然没有出生于富人之家,但一直到大学毕业的时候,买衣服什么都是在专卖店,甚至是父母给她买的,在砍价方面比自己的教龄还要嫩,更不必说面对如狼似虎老奸巨猾的七浦路店主们。因为对七铺路的商铺来说,顾客只分成两类:好骗的凯子和不好骗的老油条。没有上帝。

许文妍第一次慕名来逛七浦路的那个礼拜六，愣是被宰了四五刀，其中一刀就是七浦的姨妈宰下去的。许老师傻呵呵地提着购物袋前脚刚走，出去买零食的七浦就回来了，看着那个女子的背影立刻认了出来，却没追上去，而是问姨妈，知道两条裙子一件吊带衫多赚了她一百来块。七浦没说出许老师的身份，她实在太了解姨妈了。姨妈本就属于那种"七零后资深剩女"，又是在七浦路这样的地方历练多年，为生活而打拼到宛如食人花，不管是外甥女的老师还是什么人，宰了就是宰了，绝没有把嘴里的钱吐出来还给你的道理。七浦只是说零花钱不够了。对七浦，姨妈是没话说的，既是外甥女又像女儿，所以尽管骂骂咧咧现在的物价，终于还是给了钱。

　　礼拜一的时候七浦就把那一百块钱给了许文妍，还说许老师你以后来七浦路买东西告诉我一声，我陪你逛，淘到好东西又少花冤枉钱。

　　有一个铁齿铜牙且深谙行情的逛街购物伙伴，对任何年龄的女士来说都是一个致命的诱惑。何况许文妍来工作半年多，自然知道七浦的名声。对方居然这样示好，许老师很是受宠若惊。因为七浦念高二，不是她教的高一，以后也不会轮到她教，所以完全没有必要这么巴结自己。刨开这些可能性，只能解释为七浦人品好，许老师有人格魅力，于是两情相悦，有点形同姐妹的味道。

　　许老师当然万万没想到，七浦之所以对自己这么好，是因为当时学校里悄然流传她和施政在恋爱的消息。七浦想要一探真假，但自己和施政关系再好，也不能问得那么直白。许文妍呢，和她毫无交集，很是苦恼。

结果老天有眼，让她来了七浦路，还进了自己家开的店，于是七浦的机会就来了。

其实历史上，误打误撞来姨妈这里买东西的老师并非许文妍一人。当年七浦的初中班主任也跟着男友来过，七浦也在，当场相认。班主任看中一件外套，姨妈那时候尚未像现在这么六亲不认，本来打算破例给老师一个公道价，却被七浦的一个眼色弹了回去，于是脱口而出的还是七浦路风格的价钱，最后宰了班主任一百五十块。从那之后姨妈就觉得，既然外甥女的老师都可以宰，那还有谁不能宰？

但她不知道的是，七浦之所以没给优惠政策，完全是因为讨厌这个班主任。为什么讨厌呢？因为她一直有意无意地嘲笑七浦不可能考上高中，哪怕是本部的高中——说明一下，七浦的初中和高中是同一所，称为"完整中学"。班主任觉得凭着七浦的成绩，也就技校或者中专，上高中是个天大的笑话，于是愣没给她参加直升考试的资格。但七浦偏偏后来就是让笑话变成了奇迹，考上了本部高中，让班主任大跌眼镜。

而促使七浦创造奇迹的原因，就是高中部历史老师施政。

在施政出现之前，初中的七浦一直都觉得上高中是世界上最无聊的事情，巴不得早点逃离学校的苦海才好。怎料那天他们初中部的历史老师家里有人故世，施政就被校长命令从高中部空降下来顶几堂课。就是在那一堂课上，施政发现这个男孩子气息浓重的小丫头对历史有着惊人的天赋，大为赞赏。

施政当然不知道，自打七浦进了这所中学，他还是第一个上课夸她的老师。

后来七浦有一次年级大考，历史居然拿了第一名，引得文科组的老师们诧异无比，一致认定此女作弊，而且真是品位奇特，语数外不作弊，物理化学不作弊，居然历史这种冷门小课作弊。最后还是施政看不下去，替七浦说了几句公道话，然后另出一张卷子当场叫她考，还是拿了98.5分。

于是历史界的一颗新星就冉冉升起了。

后来施政问七浦说，你既然历史这么好，以前干吗不考高分？七浦的回答是：我们那个历史老师是个白痴，除了吃女生豆腐别的什么都不会。然后说，施老师我看你人挺好，正好我姨妈也单身，不如介绍你们两个认识？施政当然哭笑不得，说免了免了，我看你有潜力，要么你直升我们高中部好了，也许明年高三就要开历史课了。

其实当时直升只是一句玩笑话，施政随口说说的。他也知道七浦的成绩现状，历史考得再高也于事无补。至于传言高三要开历史课倒是确有其事，但后来被证实是学校高层开的一张空头支票。结果，这一句玩笑话七浦却当了真，最后让它成了真，成了当年初中部的一大冷门。

她和别人不一样，学校的女生里数她最特别了，她可是七浦。

4

七浦这小姑娘到底长什么样子呢？只能这么形容：黑黑的，瘦瘦的，矮矮的。尽管黑她的五官却很清秀，尽管瘦但不能阻止她砍价和骂架时的爆发力，尽管矮可她比那些身高一米七的女生还要有压人的气场。

她和别人不一样，学校的女生里数她最特别了，她是七浦。

所以，七浦是不屑于化妆的，不屑于服饰搭配的。现在流行什么？韩版？英伦？波波？混搭？日范？潮牌？七浦笑了，七浦站在七浦路上放声大笑了。错。这里最被尊重的风格是山寨，是跟风，其余的都是废话。头发呢？七浦更加胃痛了。十年里七浦看着来这里的女人们头发形状爆炸了拉直了又打卷儿了，颜色黄了黑了又棕了，留海平了斜了又分了，就像一出出笑话，就像一幕幕悲剧。

许文妍呢？她不一样。她大学里才开始学习化妆和穿衣，对一切都兴致勃勃。事实上七浦了解到，许老师小时候家教森严，大学里还是走读，结果没能谈成恋爱。偏巧她进了这个单位，发现历史老师施政和自己是同一所高中毕业的，后来也进了同一所师范，只是两人之间差了六七届。

一个二十多岁才开始正式恋爱的女人往往准头有问题，于是她看中了这个除了性格之外其他都乏善可陈的历史老师，两个人先是传绯闻，最后成为半明半暗的事实。学校里的广大人民群众基本认定虽然还没到鲜花插在牛粪上的地步，但施政老师无论如何也称不上是一块肥沃的土地。两个人有时候约好了下班一起回家，往往后面就跟了一小撮看热闹的学生。推着车的施政老师每次都气急败坏地回头朝他们甩手：看什么看看什么看？

但一点用都没有。

最后历史老师被逼急了，一咬牙，对同样脸色绯红的许文妍道：我用自行车载你去地铁站吧。许老师看看后面的观光团，羞涩地答应。骑士般的施政就载着她英勇而慌张地逃离现场，后面的坏小子们一阵欢呼便散了。

当然，如果一切只是这么单纯，那倒还好，七浦是插不上脚的。除了上课，她要么在抽烟的时候看到施政，要么在逛街的时候陪着许文妍，却从不在两个成年人同时出现的时候在场。施政也不是没有提出过要陪许老师逛街，被人家一口回绝了：女人们逛街，男人陪着只会显累赘。

于是历史老师就很幸运地免受陪逛之苦。

但七浦没想到许文妍话是这么说，做的却是另一回事——因为她陪着别的男人逛街的时候，让七浦给撞到了。

那天是个周末，阳光灿烂，临近长假，是个大闹市。

每逢闹市的光景，七浦路服装市场就像一只超级巨大的蜂窝放在地上，被人竖三刀横一刀地剖开来，每块蜂窝都成了一栋大厦，无数的马蜂、胡蜂、蜜蜂、黄蜂、细腰蜂在这里进进出出，大包小包的衣服饰品就是他们的蜜汁和蜂胶。他们各自为战却又成群结队地带着圆滚滚的黑色垃圾袋或者蛇皮袋从这块蜂窝进到那块蜂窝，你可以想象每块蜂窝里六角形巢室的繁忙程度比外表有过之而无不及。而那几道刀痕做成的马路上，犹如蚁群般的人流以缓慢的步速移动着，因为路上还有自行车、三轮车、小吃摊、摆地铺的、要饭的、卖艺的在阻挠他们的前进。所以在最热闹的时段，想要从七浦路的这头走到那头，不过几百米，却要近半小时。

后来七浦想想，当时许文妍和别的男人约会居然敢来这里，肯定是以为在这种赚钱的黄金时间，七浦这个小丫头应该正在她姨妈的店铺里忙着吧。最危险的地方也最安全。但她完全没料到，七浦那天发了低烧，上午并没有来。中午过后自说自话要来给姨妈帮忙，结果刚下66路公交车，就在人山人海里看到了许文妍的背影，边上还有一个陌生男人，帮她提着很多购物袋。

七浦当时脑子嗡嗡得不逊于真正的马蜂窝，但她还是冷静地跟着他们。显然他们是在别的地方购物完毕，正在小马路边吃小吃。七浦路的小吃摊很热闹，老鸭粉丝汤、章鱼丸、酸辣粉、烧烤鱿鱼……那个男人走到摊头前，殷勤地要给许文妍买糖炒栗子，一摸裤子后袋却发现钱包不见了，在那里骂骂咧咧好久，最后自认倒霉。七浦跟着他们一直到稍微僻静的马路，原来男人的尼桑轿车停在这里。

她没看到他们离开就先走了，不过不是去姨妈的店铺，也不是打手机给施政，而是去了马路的天桥下面，那里蹲着几个神色机警的小伙子。七浦二话不说就朝其中一个的屁股上轻轻踹了一脚：那人的钱包呢？给我看看。

被她踹的这个外号"小打桩"，职业小偷。七浦路的小偷就像牛羊身上的虱子，多不了也灭不净，而且他们是有规矩的，只偷路人和客人，绝不对七浦路的商家小贩下手。小打桩和他的同伙两年前曾被几个身高马大的路人当场捉拿住。同伴被一顿好打，小打桩腿快，躲进了蜂窝大楼，正好是被七浦她姨妈掩护了，埋在一堆刚批来的衣服里，才没像同伴那样断了条腿。但姨妈对这段也颇有微词，说明明是你没经我同意就钻了进去，我一想要是发现你在这里，动起手脚来，还得不把我这厕所间大小的店面给砸坏了，就忍了吧。

反正不管怎样，那之后小打桩是很感激姨妈的，久而久之和七浦关系也比较熟。小打桩的包干区就在卖糖炒栗子的小吃街那块地方，七浦当时眼看着他只是从尼桑男的身后经过，却没看清动作。但她知道，这帮小贼子把钱包里的现金拿走之后，皮夹子会归起来，定期贱价卖给那些卖饰品的小店。

小打桩此刻跟她装傻：什么钱包？

七浦又踹了脚：我都看见了，糖炒栗子，别赖！

小打桩连忙起身：别踢别踢，我带你去找——我这新裤子，"鼓起"的。

七浦笑骂他一句：七浦出品，GUCCI 你个头。

5

七浦现在手上攥了这么个皮夹子，就相当于是一件罪证。也许，许文妍和那个男人只是普通朋友关系，或者对方只是单方面的追求。但她是谁？七浦！舌头功夫最灵光了，两张嘴唇那么一动，一个故事就能圆满起来。到了学校满城风雨的时候，施政脾气再好，会安之若素？

但还没等到她这个用心险恶的计划开始实施，大变故就来了。

那天是周末，施政帮七浦报名的历史知识竞赛就在这天。但一直到比赛正式开始了七浦也没来，施政也打不通她的电话，最后视为弃权。后来他才知道，就在前一天傍晚，七浦她姨妈关门打烊回家的路上让一辆摩托车给撞飞了，但大难不死，只是左小腿骨折，需静养三个月，七浦路的生意她是不能管了。

更加要命的是，因为摩托车逃逸，医疗费什么的都要受害人自己付。姨妈在七浦路经营了十年，按理也该有点积蓄。你看像最早的时候隔壁铺面的几个店主，如今基本都在其他地方开分号了，混得再好点的都自创小品牌了。无奈姨妈早几年的时候曾被一个男骗子坑了一大笔钱，好不容易缓过来结果又被中国股市坑了一大笔钱，所以算下来资金永远是紧张的。现在医药费一付，财政更加雪上加霜，而且今后的生意都没法做了。

躺在床上的姨妈一失往日的泼辣，唉声叹气半天，说本来现在生意就越来越不好做，有形有款的衣服得不到赏识，楼下那些非主流风格的店铺倒是如火如荼，又说店铺的租金是雷打不动的，实在不行，把店面出让了吧。

七浦给她盖上被子，说这事儿明天再商量，你先休息。

结果翌日一早，七浦就给姨妈留了张字条，拿着铺面的钥匙去了七浦路，卷帘门一拉，椅子一坐，精神十足地支应起了生意。知道她们家情况的店主问起来，七浦就回答：从今往后，老娘就是这间店的主人了。

6

七浦退学退得干脆利落，单凭一张嘴就搞定了所有大人。

比如她们班主任，最初还表示了下挽留，可惜思路迂腐，还是老的那一套，被七浦不耐烦地呛了回去，说，其实我成绩那么差，老师您也心知肚明的，何必呢？按我这水平，就算春哥显灵最多也就考一个大专，学费是不是付得起另说，以后出来了干吗？七浦路念过大学的多了去了，隔壁家店主的女儿本科毕业，结果找不到工作，现在还不是在七浦路跟着她妈卖胸罩？你说我去大学学什么？学做人？还是学失业？都是在七浦路卖衣服，我拿个大学文凭有什么用？开价还能跟人家多开十块钱么？

把班主任说得面无血色，七浦接下去又一路势如破竹。其实只要姨妈答应了，那这件事基本就没有她搞不定的。学校的工作人员到她们家让姨妈签了字画了押，档案退到街道办事处，七浦就算自由人了。

但七浦自己的事情还没有完全处理掉，所以礼拜三和礼拜四的时候又分别来了学校。这两天都是七浦路生意的相对淡季，但她也只是待了一小会儿就走了。

七浦之所以来学校，是要见两个人。

礼拜三施政正好不在，到区里开会了，于是她就去找许文妍。许文妍当时一下子还真没认出来站在眼前的这个女孩就是昔日的七浦：她的脸化了淡妆，眼线画得很到位，头发像模像样地扎起一个花色……总之，就像一幅黑白的粗线草图，被吹去了掩盖的灰尘，然后恰到好处地上了水粉色彩，令人耳目一新。

但七浦此刻对她的态度是冰冷的，也像换了一个人，不再是那个愿意陪着她在七浦路打转的小丫头：许老师，能跟你单独谈谈么？

于是那天上午，这两个女子在一间教师休息室里谈了十来分钟。七浦出来之后直接就走了，许老师又在里面呆坐了足足半个多小时，手边的茶几上是一个男式的鳄鱼钱包。

第二天，施政是在了，但许文妍却请了病假没来。七浦这个新扮相倒没有吓他一跳，好像一切都在他的意料之中。当时已经上课，地下烟民们抽烟的角落就他们两人。施政没话找话，讲历史竞赛你没来真可惜，他们那个第一名我看了，水平没你好。七浦说拿了第一名又能怎么样呢？五百块只是小钱，我上高中到现在花了多少钱啊。

施政面有难色：这笔账不是这么算的。

七浦：那你说怎么算？要是没这两年高中，我们家该省了多少钱？要是初中一毕业就帮着我姨妈做生意，也许开分店的钱都有了。所以我还真后悔，当初怎么就听了你的历史课，怎么就五迷三道了要上高中。

历史老师沉默了半天：你恨我吧？

七浦笑了：当然，有点。我这人就这样，敢恨，不敢爱。不过你放心，咱们学校那么多人模狗样的家伙，老师我只认你一个。

她边说着边从包里拿出一盒烟，又拿出打火机，想点，却停住了，像是忽然想起了什么，扭头看看身边的男子，讲：老师，能问个问题么？

施政点点头。

女孩把玩着手里的打火机：我昨天也来过了，听许老师说，您其实平时是不抽烟的，对吧？

对方没说话。

七浦：她说，您自己说的，两年前您确诊有轻微的咽喉炎，就戒烟了，一直没再碰。后来不知道为什么，您又开始光顾学校隔壁的烟杂店，不过抽得很有规律，一天不超过三支，对烟民来说这抽了跟没抽一样——我算了算，我们以前每次在这里碰到，最多也就两三次……

男老师一声不吭地听完，看看她，讲的话却牛头不对马嘴：我们学校这么多老师，你只认我一个；可我们学校这么多学生，唯独你，我没把你当作普通学生呵。

这下轮到女生不说话了。

他叫了她一声：七浦。

——怎么？

——给我一支烟吧。

七浦最后一次对他微笑：好。

7

　　七浦退学后不到一个星期，许老师就和施政分了手。众人还在飞短流长地做着各类揣测的时候，许老师接着又调走了，调往了一所非常有名的区重点学校。再过了不到一个月，就传来了她结婚的消息，对象是区教育局某领导的侄子，也是她的初中同班同学，平时开着一辆尼桑轿车。

　　真相大白。

　　曾经老被学生藐视、欺负的老实巴交的历史老师一下子成了爱心公益事业的对象。从前他的课上总是纪律混乱，如今却安静得像个死人墓，只有他一个人在教室里讲话。同僚们也对他很温和。只是学校的地下小烟民们再也没有在聚会的角落看到过抽牡丹烟的施老师，大家都一致认定是因为这件事情给闹的，并且都觉得，如今独来独往的施老师虽然没什么本事也没什么大优点，但是，的确怪可怜的。

　　当然，再过几年，等他们这批学生毕业了，也就没人知道这件事情了。

　　至于七浦，又在七浦路经营了三四个月，后来租约到期，就消失了。据周围几家店主说，是到郊区一个新的商业圈开店了，但也不敢肯定，反正从那之后，学校里的人再也没见过她。

　　但有一点她们是肯定的，那就是即便后来七浦顶替她姨妈在这做生意的时候，还是那么不修边幅，随便穿着一件罩衫，没有化妆，也不做头发，更不戴饰品。

这小姑娘就这个德性。卖文胸的那家店的店主说：一直就这个德性。

这些如狼似虎的女店主们都不知道七浦的历史功课其实是很好的，更不知道当年她在初中的时候有一次历史课老师来不了，叫了高中部的老师来顶。那个老师姓施，他在黑板上大大地写下了名字。后来讲课的时候，讲到《战国策》，里面有一句话，他也在黑板上写了下来，叫作"士为知己者死，女为悦己者容"。

当时坐在下面的、有一个穿着打扮很男孩子气的女生，眸子发亮地看着黑板上的字。她和别人不一样，学校的女生里数她最特别了。她在学校里几乎没有名字，只有外号，叫七浦。

阵地：头发的战争

1

你知道，这事儿听起来挺不可思议的：作为学生的我们，只是付了点钱给学校，请它传授知识（或者更糟的东西），结果学校就具备了军队、监狱、少林寺才有的对每个人发型的管辖权。学校行使这个权利时如此趾高气扬，感觉理所应当天经地义，仿佛上帝在创世纪那七天里，星期一大清早就宣布了这件事。于是几乎很少有人对此提出异议，更别说抗争。

就比如说我们高中——具体名字不能透露，它可能就在你的城市，就在你们学校附近，甚至我们就是校友——学校里的人都觉得，校长先生是从古代穿越来的。从他上任的第一个星期开始，就宣布了学生发型的新规定：

"男生头发长度不过三厘米；女生齐耳短发，发尾长度不过九厘米。"

俗称，男三女九。

刘翔跑步好，因为头发短；姚明篮球好，因为头发短；林丹羽毛球好，因为头发短；相反，你看乔治·列侬，下班路上被人一枪崩了，因为头发太长；耶稣头发更长，人家看不下去，把他在钉十字架上；美国很多中学连校服都没有，反了天了，结果老在学校里被枪击。——以上，是校长的名言。

他还说，短头发的，才是男人——搞得好像头发一长，小弟弟都会变短一样。反正当时大家觉得，校长应该是黄晓明老师的脑残粉。哦不，黄晓明的鬓角太长，得剪。

至于女生规定的那个发型，需要讲解一下。它很有来头，刘海不过眉，鬓角不遮耳，发尾与脖平齐。曾经有一部国产电影，女主角就用这个发型，引领了当时全国广大女性的剪发风潮——那电影叫《女篮五号》，拍摄于1957 年。

1，9，5，7，年。人人都爱穿越。

我校女生走在马路上，从后面看来分不出男女，便是合格。校长名言 No.2，文言文翻译过去，即，安能辨我是雄雌。当然你也可以说，校方在下很大一盘棋，等着喜新厌旧、始乱终弃的时尚车轮又转回到这里，玩儿一把复古。只是当年创办了本校的那帮死人，肯定做梦也想不到，若干年后，全校女生的发型必须向那个伟大的 50 年代致敬。广大家长当然都支持学校的新政，好像自己家孩子的头发一短，荷尔蒙激素也减少了，跟被阉了似的，不会早恋逃学打游戏看动漫，而是天天想着复习功课——"天真"和"幼稚"这两个词语都会为他们这种想法感到脸红。

新发型政策开始推行之初，肯定有很多阻力。尤其是女生，谁也不想把头发弄得那么土，但是教导主任把守着校门，不剪头的不许进去。留发不留人，留人不留发，连高三的学生都不放过，可见校长决心之坚定。有个骚包爱美的男生不满发型规定,有一天来学校时,寸头倒是寸头,但给染成火红色,和樱木花道大哥一样一样的。学校让他染回去,他不干,在操场上大喊大闹说，头顶就是阵地，一根头发也不该退让，然后唱国歌，男高音独唱，起来，不愿做奴隶的人们……后来家里安排他去了美国，冒着被枪击的风险念一个对人类发展没什么贡献、但学费昂贵的冷僻专业。

半年后，无人抗争。

一年后，大家都习惯了男三女九。

两年后，救世主降临。

2

伟大的《国际歌》曾告诉我们，从来就没有什么救世主，更甭提神仙皇帝。其实，神仙是有的，不是在路边算命就是在电视里预测股市；皇帝也有，自从溥仪退位后，他们就一直以年轻貌美的形象活在网络小说里。

同理可证，救世主也是有的，但，你未必会喜欢 ta 的为人。

我们学校的救世主有个可怕的名字，叫韩国仁，也不知道当初他爸爸怎么想的。他还天生有一头金闪闪的头发，颜色介于枯草和柠檬黄之间，全天然，无污染，这下就更不知道当初他爸爸是怎么想的了。

　　韩国仁是转校生，来念高二。在很多影视剧和小说里，男的转校生必然五官帅气，眼神冷傲，刘海精致，走路鼻孔朝天，很少说话，但一开口语气就可以冻死北极熊，还得有个超能力或者不可告人但最后肯定要暴露的过去。可惜，韩国仁继承了他爸爸的五官不帅气、身材不高瘦、气质不基佬，所以即便他的确不爱说话，即便超能力就是遗传基因突变所造成的黄头发，他还是会被剥夺成为男主角的资格——但那是在别的学校、别的小说里。

　　至于不可告人的过去，我都能猜出这可怜的家伙上初中生物课时的惨景：当老师说染色体啊 X 啊 Y 啊遗传啊基因啊突变啊什么的，教材上的案例研究对象是一种叫果蝇的恶心玩意儿，但大家却不看课本，而是哄笑着看向韩国仁的脑袋，连老师也禁不住看，那种感觉大概比生吞下一只果蝇还糟糕。

　　这样的家伙，不喜欢学校生活是很正常的。但他讨厌我们学校要远胜于他原来的那所。就在金闪闪转来这里的当天中午，几个好事的同班学生用手机客户端找到了他人人网的主页（他垄断了韩国仁这个奇异的名字），仅有 22 个好友，没日志没相册没状态，拒绝非好友访问，简直像个马甲账号，但头像照片里后脑勺的那丛金发错不了。

　　丫的最新签名是 N 天前的：中，认命吧，要转去一个垃圾学校。

读到这里，斥候们的眼皮跳了跳。

我们的学校真是垃圾学校吗？好吧，这里的食堂无论煮什么样的饭菜，吃起来似乎永远都是同一个味道（尽管如此，每天中午学生们还是疯了般地冲向食堂）；教学楼的厕所肮脏到你看一眼就巴不得自己立刻患上便秘；学生会的人不开会也不招新时，便无所事事得像一群朝鲜交警；至于师资力量和管理政策……怎么说呢，若称呼这里的部分教育者为园丁，还真有点不负责任，因为金三角种鸦片的农民都比他们更精通栽培养育之道。

可是，这幅衰样的学校全中国又不是独此一家。

当你被人指责坐在垃圾堆里还安之若素时，无非两种选择：要么离开垃圾堆，要么暗示自己这不是垃圾堆，然后揍那个混蛋一顿。这就注定了金闪闪同学在新学校不会有什么好人缘。假如学校生活是他的全部人生，他必然孤独终老：独自上学放学，独自吃饭；没人借他作业抄，没人邀请他参加生日聚会；唯一能打发时间的爱好，大概就是把AKB48和姐妹组合历史上所有成员的脸和名字一一对应起来（这项艰苦卓绝的工作预计将耗费他一生的时间）；最可怕的是，他永远要独自一人穿过熙熙攘攘的走廊，去男厕所面壁唏嘘。

相比一般学生，教导处更不喜欢这个新来的小子，因为那头天生的金毛。

就像大部分男人都是射手座那样，大部分学校的管理层都患有强迫症，要是他们有那份超能力，定会统一学校里每个女生的罩杯大小和男生的弟弟长短。现在，他们发现学校里那放眼望去的海胆头中，忽然夹杂了一颗金闪闪的费列罗，就好像有看不见的小天使拿着一根金色羽毛在他们屁股尖上挠痒痒，叫人心神不宁坐立难安，必须采取一些措施，比如好意告诫说"染个黑色的头发吧，亲～"之类。

但韩国仁拒绝了，他竟然拒绝了，说：一，染发有害健康；二，校规禁止染发；三，我的头发天生就这个颜色，又没碍着谁。

除了第一条是对的，其他的都大错特错。隔壁班的班长天生白头发很多，远看就像有只迷你熊猫趴在脑袋上，初中外号叫功（夫熊）猫。他一进这所垃圾学校，尽管成绩很好头发不必剪到三厘米，但在教导主任倪禄的劝说下还是染了黑发，两个月一次，显得神采奕奕，自信放光彩——只要你满足了学校的强迫症患者，一切都不是事儿。

可是倪禄又不能对韩国仁来硬的，因为学校的头发政策里有一条，即每次年级考试，每班前五名可以不受男三女九的限制。这条规定看似是出于好意，针对女生，激励那些姐们好好学习，免受女篮五号的摧残。但仔细一想，妈的，成绩能进班级前五的女生，基本已经无所谓头发多长，不，是无所谓有没有头发了。

偏偏，韩国仁的学习成绩不错，在转来不久的那次级考里，正好是全班第五，甚至还当上了班干部。也就是说，他们连这小子的头发长度都不能掌控，何谈颜色问题？倪禄面对这样的韩国仁，真想学韩国人来一句"阿姨洗吧"。

更要命的是，金闪闪转学来的第三个星期，他们班负责执勤，区教育局领导正好来视察。倪禄深知那帮人的脾性，他们肯定不喜欢在黑压压的脑袋里发现一个金闪闪的非主流学生——跟很多人一样，倪禄把和自己打扮得不一样、想得不一样的，都称作非主流——所以前一天，他特地让班主任去关照金闪闪同学，说，你明天可以不必来，不算旷课，楼道的岗位会有人替你。

金闪闪万分诧异：为毛？

班主任说，是的，为毛。

以上的对话是我乱写的，反正大致就是这么个意思，毕竟我不是当事人，不清楚具体细节。但这件事肯定有，不然就无法解释第二天清早，倪禄和班主任看到韩国仁依旧来上学时，那种诧异又恼怒的神色——这混蛋跟其他执勤员一样，穿着学校强制购买的民工西装校服，戴着执勤胸照，顶着一头超过六厘米的金发，在教学楼的楼道里站得笔挺笔挺的，活像个他妈的为梵蒂冈主教站岗的瑞士卫队佣兵。问他为什么没有缺席，他说，学生上学，天经地义。

果不其然，这天上午，教育局的领导们几乎在十光年之外就看到了这颗金灿灿的脑袋，问身边的人，这是……

基因突变。教导主任抢先回答说：天生就这样。

哦，真少见，上次来时我可没看到……领导态度含糊地说道。倪禄从他的表情判断出，应该是也有根金色羽毛在哪个地方蠢蠢欲动。

阿，姨，洗，吧。

这点小事都摆不平，还叫学校？笑话。

3

炫耀，就是要展示别人所没有的东西，否则，浪费就是最大的犯罪。

领导视察之后没多久，身为班级人力委员的韩国仁就被抽调去纪律检查小组。该小组新成立不久，仅十多个人，来自高二各班的人力委员，由教导处管辖，职责和纪律无关，只是要每个星期去检查全校所有学生的头发长短。教导处甚至专门定制了一种很短的塑料直尺，前三厘米是粉红的，余下部分漆成土黄色，你拿着这玩意儿往男生脑袋上一戳，头发长度是否违规便一目了然。

女生则有另外一款专用器材。

看到这里，你应该就能明白倪禄那恶毒的良苦用心。他像个高明的斗牛士那样，红布一挥，把"爱出风头"的韩国仁推到了阵地的最前沿。让这小子去检查别人的头发，就跟亿万富翁去贫民窟征税一样，只能引起广大人民群众的愤懑和怨念。

韩国仁呢，不得不去，因为规定就是这样子。这也是倪禄从他身上研究出来的致命弱点：太遵守规则。

忘了曾在哪本书上看到说，在一个不怎么遵守规则的世界上，你若总是很讲规则，那就要么很可悲，要么很可怕。

韩国仁并不可怕，起码当时不可怕。他和隔壁班的女委员两人一组，负责检查高二的三个班级。每次午自修走进别班教室时，气氛都很诡异，就像生日派对上来了两个殡仪馆的人。然后男归男，女归女，分头干活。韩国仁格外仔细，每次把那玩意儿往人家头顶心上轻轻一戳后，为了让目光和尺的刻数保持水平一致（就像初中物理课教的科学平视法），必定要屈膝、翘臀，姿势实在有点不雅。头发超过三厘米的，就要记下名字，翌日复查，看他是否去了理发店。

不知道有多少人想在他的屁股上来一脚。

终于有一次，检查头发时班主任不在，有个头发超过三厘米的学生就当面顶撞韩国仁，说，你个非主流金毛神气什么？

这话一语双关，金毛可以指金毛狮王谢逊，也可以暗指百度百科里"一个均称、有力、活泼的犬种……"。说这话的学生不是盏省油的灯，当年也有过反骨，刚进高中时觉得男三女九这算什么狗屁校规，一点人权都没有，于是剃了个孟非老师的发型来学校，马上就领了一张严重处分，并被倪禄告知说，发型就像语文阅读理解题，只能按照学校给你的路子来填，不能瞎填，也不能开天窗（剃光头），懂？打那之后，向孟非乐嘉葛优致敬的脑残粉再也没出现过。

此时，倪禄的幽灵仿佛就悬在空中，露出蒙娜丽莎般的微笑。韩国仁没有被轻易激怒，只是说，数据不会骗人。

数你妈＊（此处消音，念"哔～"）！

空气凝固，韩回应：那你也考进前五吧。

碰巧又不幸，那人是该班的倒数第五。眼看对方就要挥拳，却被一个声音喝止，就是我们前面提到过的班长功猫。这是他的班级，他有义务阻止这场争吵：常老师马上要来了。

这句毫无根据的寓言比魔咒更有效，一触即发的拳击比赛立刻停止了，所有人的脑袋都转向教室的门，等了足足有半分钟，像在拍鬼片，最后发现连个鬼影子都没有。回头再看，韩国仁已经在本子上写了那厮的名字，然后拍拍屁股走人了。被记名的学生知道中了调虎离山计，对着帮凶班长恨恨道：他是你男朋友啊？

功猫：你和我都没资格说他。

学生：放屁吧，起码我不必染头发去舔谁屁股。

4

三天后，韩国仁在回家路上遇袭。

根据关于此事的十几个版本里最可靠的说法，歹徒是从背后偷袭，将其扑倒（也有说骑在身上）。金闪闪的眼睛被蒙上黑布，脑袋被死死摁在地上，紧接着，一把剪刀咔嚓咔嚓，毁掉了他半边发型，最终的结果是他的头发左长右短，看上去格外后现代主义。

这事儿发生在昏暗无人的小巷里，没有目击者，没有证据。只能肯定对方是同校学生，不止一个，因为当时有好几只手摁住了他，当然，也有可能是海豹突击队训练出来的特工八爪鱼。

手起刀落之后，那几个人就扔下他飞速逃遁了，留下金闪闪像具刚被蹂躏过的女尸，躺在地上足足五分钟，才摘掉眼罩，慢慢爬起来，僵尸般缓缓地走出巷子。

路上，行人都朝他敬注目礼。

士可杀，不可凌辱。一般人遇到这种情况，肯定恨不得飞奔进最近的发廊，不，理发店，先把头发弄好，然后回家取一把砍刀或者重机枪去找明显不过的重大嫌疑人。但韩国仁显然不属于这种正常人类，他直接回了家。也巧，这天，韩国仁的父亲出差，母亲在娘家，否则家长肯定先报警，然后把他拉去亡羊补牢。

估计那天晚上，韩国仁一夜未睡，第二天到学校，他的黑眼圈极为深重，像被人揍了两拳。当然，大家看他的眼神比熊猫眼更好玩，就算凤姐在星期一的升旗仪式领操台上跳《江南 Style》，或者外壳漆成粉色豹纹的 UFO 飞临操场上空，也无非是这个受惊程度。

What the hell？除了真凶，这是所有人的第一反应。倪禄的诧异最真诚，他知道韩国仁是个非主流，脑子"不太正常"，但不是这种风格的不正常。隐隐的，他猜到了原委，便在校门口叫住韩国仁，说，你的头发怎么回事？

答曰：没什么。

没什么怎么会这样？

就是没什么。

倪禄不再提十万个为什么，任由他去。年级前五，发型自主，这是规矩。

金闪闪和教导主任心里都明白，下黑手的人，就是想看到韩国仁逼不得已把头发剃了，长度和其他男生一样。韩国仁不想让那群猪的计划得逞，宁可自己万众瞩目，也要顶着仅存的那一半六厘米头发来学校，来回应，来宣告，来示威。

头顶就是阵地。

越来越有意思了。大概倪禄原以为，韩国仁这种死要面子活受罪的行为，只会招来更多的非议和不屑，让大家觉得这人为了出风头真是毫无下限，什么事都做得出来，从而更受孤立，最后会顶不住压力，要么转学走人，要么去把头发染黑。

但倪禄错了，大大地错了。这天是星期五，晚上他总是会去学校的百度贴吧闲逛，或者说光明正大的卧底（老师在贴吧潜水，我们学校人所共知，但吧主不是学生干部，学校干涉不了），发现议论金闪闪新发型的帖子有好几个，人气最高的帖子点击率上四百，回帖五十有余。既有说韩国仁太装逼的，也有同情的，还有不少义愤填膺的，说"金闪闪是角斗士，是救世主，为他骄傲"——最荒谬的是，有个 ID 甚至用了一张今天手机偷拍下来的韩国仁吃午饭的照片作为签名图片，配文格外小清新：

他做了什么伟大的事？不染头发

本校唯一一个既有头发也有蛋蛋的男生

这跟韩国仁刚转来学校时的舆论风向大不相同。倪禄肯定深感意外，丝毫不亚于今天早上看到那个阴阳头新发型。然而他肯定又是敏锐的，知道如果不加遏制，这将不只是头顶上几根毛的事了。

5

过了周末，一个重大消息开始在学校里四处谣传：倘若所有学生的头发颜色能统一，男三女九的政策可能微调，发型自主的范围从班级前五变成班级前三十。

前三十！相当于每个班级只有倒数十名才要剪海胆头和五号头！也不知道这个消息是从哪里传出来的，只说是学生会的谁谁谁无意中听到老师们在谈论这件事，具体这个谁谁谁究竟是谁，谁也不知道……反正，尽管有点离谱，有点不可思议，却总有人相信，甚至欣喜若狂，宛如国庆长假从七天变成了七十天一样。

全校唯一发色不黑的，就只有韩国仁。

当天晚上，学校百度贴吧最热的帖子题目是《你赢了！！！！！！！》，楼主把韩国仁夸得像个真正的下凡天使，以一己之力对抗学校的奇怪规定，终于逼得他们做出妥协。也有些大脑沟回的褶子没那么浅的学生提出质疑，说，要是学校开了个空头支票，最后抵赖呢，或者根本就是空穴来风呢？怎么办？楼主回帖说，反正就一个人染黑头发，大家没损失啊。

蹊跷的是，这个楼主是新注册的ID，以前从没出现过。

现在剩下的问题是，怎么劝说那个金灿灿的天使。韩国仁在学校没什么朋友，独来独往，人人主页像个马甲，手机号就跟国家主席的 QQ 号码一样不可告人。最关键的是，谁有那么厚的脸皮去跟他说这事儿？据说有几个爱美的高一女生写好了匿名信，打算找个机会交给救世主先生，但韩国仁自从遭袭之后，书包里总是放了半块砖头，回家也总是绕远路走人多眼杂的大马路，找不到好机会给他。

功猫是第二个天使。

这天下课，韩国仁在男厕所面壁，功猫走了过来，跟他站在同一条阵线上，对着墙壁，试探道，你也许可以功成身退了哦。

此时的韩国仁早已被父母拉去理发店剃了头发，但理完之后长度还在三厘米上下。细细一层金黄色的短毛，使他远看上去宛如古代画像中的得道高僧，脑壳周边闪烁着智慧和高洁的金色光芒。但高僧说出来的话一点也不圣洁：跟我有什么关系？

看来他的确早就知道了那个传闻。

我也觉得，这事情……不靠谱。功猫没有点出倪禄的名字：要是个陷阱，没人会怪你，甚至是感激你；但你不做，所有人都会怪你——你现在已经是半个英雄了，把好事争取做到底吧。

韩国仁打了个冷战，回答：不明白你在说什么，我不是超级英雄，只想自己的头发自己做主——他们的权利，为什么要靠我来争取？他们没手没脚么？

他边说边扎好裤带，手也没洗就离开了厕所，不过他好像一直不洗手。

当时厕所里不止他们两个人，起码格间里还有办大事的人，正好旁听到了这番对话。韩国仁他拒绝了，他竟然拒绝了。到了这天放学的时候，学校里几乎每个人都知道，他妈的，韩国仁原来真是个自私自利、丝毫不关心集体权益的混账货，一个渣渣，一个"巴斯塔德·艾斯浩"。大家更生气的是，他说话的口气让人无法接受，而且说的内容也非常准确，非常……科学。

阿，姨，洗，吧。

强迫症总是容易传染。据说当天晚上，就有很多人到人人网上申请加韩国仁为好友，只不过在申请留言里写的都是些骂人的话。三天之后，他的人人网账户注销了。参与这场围剿的人认为这是个小小的、稍感慰藉的胜利。对于倪禄来说，这也是个胜利，但事情还没完，毕竟，韩国仁的头发既没短也没黑，还欠最后一击。

半个月后，距离下一次年级大考还有一星期时间，学校忽然宣布，修改校规，原来的"班级前五、发型自主"失效，改为"年级前二十，发型自主"。

钦此。

6

我们学校的高二年级有七个班，韩国仁的班级平均成绩在全年级属于中下游，是鸡头不是凤尾。他想考进年级前二十，最保险的办法是干掉另外那十几二十个尖子生。

没有人看好他的考场表现，也没人愿意看好。学校的新新政策摆明了就是要刮他的毛，甚至不惜让另外十五个学生跟着陪葬。这个非主流当初是自己选择了自绝于人民、自绝于学校的道路，那他受到什么不公待遇都是自找的。

但百度贴吧却出现了一个帖子，大致意思是，既然学校里大部分人都无权决定自己头发的长短，那么硕果仅存的金闪闪，我们有义务去保护他，而不是落井下石，这不是犯贱的表现，而是说明我们的学生还算有救——比如，年级里的尖子生这次考试能不能适当地放点水？

下面的跟帖，骂声一片，都说见过脑残，没见过这么脑残的，楼主和非主流金闪闪真是一对绝配的妙人儿，还是说，楼主就是金闪闪本人，这个时候换个马甲求救来了。也有人以牙还牙说，韩国仁这个标本，为什么要尖子生来保护，他有手有脚，自己凭本事考进年级前二十不行吗？

话都说到这份上了，韩国仁孤军奋战直至杀身成仁的结局似已注定。

谁想到考试那天，出了一个叫人意外的插曲。

年级大考，考场座次是全部打乱的，高二的三百号人按照上次级考的成绩排名分考场，韩国仁在精英荟萃的一号考场。出事时正考英语，韩国仁的外语相对弱，是短板。听力部分的测试结束后过了约莫四十分钟，一个纸团轻轻滚到了韩国仁的脚下。韩国仁不知是福是祸，遂不动声色地踩在脚底，按兵不动。但上天无眼，一个监考老师巡游到他的桌子边上系鞋带时，发现了韩国仁脚下的异样。

一番神展开后，纸上是选择题答案。

监考老师拿着罪证，明知故问：这是什么？

不知道，滚过来的。

确定？不是你打算踢给别人的？

您什么意思？

你说呢？

此时所有人都早已停止答卷看着他们，现场气氛之紧张，用某个目击者的话说，好像下一秒钟他们就要掏出手枪对射了——我指真的手枪！不是人肉的。

但没有 BiuBiuBiu 的枪声，而是一把椅子被推开的噪音，坐在韩国仁右后方的功猫站了起来，说，倪禄老师，那张纸是我给他的。

7

每个学校都有腐女，金闪闪和功猫的考场情缘，成了最好的谈资。更多人觉得功猫班长是脑残了，搞不好，百度上那个号召尖子生放水的帖子，就是他发的。平时挺正常一人，怎么关键时刻就脑筋抽住了呢？

考场作弊，处分无疑。但功猫的严重警告处分迟迟未下。

就在英语考试结束那天的下午，学生都走得差不多了，韩国仁被倪禄请到教导处办公室。若干年后通过当时在场的老师的回忆，我们得知倪禄提出一个小小的交易，即，假如韩国仁愿意在自己的发色上进行小小的妥协，那么，功猫的处分程度也会变得，小小的。

见男生不说话，倪禄深层次解析：你知道，这可不是几根毛的事。

对，不是几根毛的事。韩国仁终于开口，却接着反问：但和我有什么关系？

我们现在都猜不到，当时倪禄脸上的表情是怎样的。倘若能时光倒流，让我们穿越回到现场亲眼看看他的脸色，很多人可能愿意用自己的五公分身高或者现任老婆来换得这个机会。

教导主任只能压住怒气，很有礼貌地叫这个男生滚蛋。

也是这天傍晚，一个陌生的号码打到了在家里被关禁闭低头思过的功猫手机上，听筒那头传来厕所面壁时他听过的声音：为什么？

没有为什么。

韩国仁没说话，也没挂电话，长久的寂静和烧话费之后，功猫终于再度开口，语速缓慢但坚决，仿佛每一个字都经过深思熟虑：个人角度而言，我一点都不喜欢你，但你的黄头发，碰巧是一个象征，既让我觉得自己是个没用、懦弱的软蛋，也在给我们一丝光明。我不是想帮你，我想帮我自己。你是个混蛋，艾斯浩，但我们需要你这样的混蛋，谢谢你。

……从来没有人谢过我。

呵呵。

功猫后来跟我们说，他说完那两个意味深长的语气词之后，就先挂了电话。到了下一个星期，功猫病假，没来上课。级考的成绩倒是按时公布，大家簇拥在榜单前，最关心的却不是自己的成绩和前三甲，而是先找到某个人的排名。

韩国仁自己倒没有来看榜单。这天早上他走进教室，发现有人在他的课桌上用铅笔写了四十六这个神秘的数字。

像是等这一天等了很久似的，中午班主任就宣布说，明天全校要开始检查头发、指甲，请大家做好准备，注意个人卫生，男生的头发不要超过三厘米。话音落，全班人的眼睛都不约而同看向金闪闪的韩国仁，就像初中生物课时那样。感觉肯定很糟糕。

这场关于头发的战争，倪禄到底还是赢了，没赢在颜色，总算在长度上击败了他。

第二天是个重要的日子。一大早，教导主任便站在校门口，领受着学生们的点头致意和问好，却显得心不在焉，像是大年三十守在电视机前百无聊赖地等着春晚歌舞节目早点过去，盼着赵本山老师早点出现。

还是在他妈十光年远的地方，他看到了那黄色的头发，在空气清朗的晨曦中金光闪闪，BlingBling。韩国仁朝着校门口每走近一步，倪禄都感觉心跳的节奏加快了半拍。但他还是努力表现出气定神闲的大将之风，伸出一只手臂拦下对方，说，你的头发怎么没剃？已经超过三厘米了。

韩国仁握着拳头，但眼中丝毫没有杀气，问，假如我染了黑发，是不是可以超过三厘米？

没料到他会问这个，倪禄怔了下。边上路过的学生虽然不多，却不由自主地微微降低声音说，可以考虑。

韩国仁笑了。教导主任看到他的双眼眼圈黑重，就像回家遇袭后的第二天。男孩道，既当裁判，又当选手，你怎么会赢不了？放心，我一定会剪头发的。

说完，原本紧握的右手举起，倪禄瞥到他握着一个小塑料瓶子，瓶颈细长。韩国仁把里面的液体飞快而用力一股脑地挤在了头顶上，与此同时，另一只手出其不意抓住教导主任的右手，往自己脑袋上狠狠按下去。

倪禄下意识要缩回手，却被男孩的两只手死命摁住，不知道的人还以为是老师揪住了学生的头发。这个表里不一的姿势足足维持了五六秒钟，韩国仁才说了一个关键词：502。然后松开手。倪禄发现他的手指和手掌被牢牢地埋葬在那蓬又黄又乱、让他费心许久的发丛里。他第一次触摸对手的头发，原来质感是这么硬，就像它们的主人。

头顶就是阵地，想要夺取，必须付出代价，这种代价就是赢得一败涂地。现在，他不能轻举妄动，假如用力，男孩的头皮搞不好都要被撕下来。倪禄不是第一天当教导主任，这种孤注一掷、鱼死网破的行为，无法让他恐惧和惶惑。

但紧接着传来的声音，却平静得让他脊背发凉。那是战败的男孩在发出邀请。

——想要我的头发，尽管来拿吧。

呵呵。

超能力有限公司

亲爱的妈妈：

　　不好意思啊得用公司的信纸给你写信，你儿子已经是个穷途末路的超级英雄了，公司网线被断了，手机停机，我唯一的员工、那个会心灵感应的家伙昨天连工资都不要就辞职了，也许明天我就会被爱看《全民超人秀》的房东赶出这栋满是老鼠的商住两用楼。

　　妈妈，我可能快撑不下去啦，辜负了您这么多年对我的希望，也顺应了爸爸多年来对我的打击和冷嘲热讽。我到现在还清楚地记得，五岁时我展现出自己的超能力才华时，您满脸欣喜的表情，好像刚跟上帝握过手。那是我的第一种能力，可以改变别人衣服上印的花纹图案，不是用蜡笔，是靠意念。

　　其实每个小孩都有某方面的才华吧，我很幸运，您既没有扼杀它，也没有根据自己的意愿请那些时薪很高的钢琴老师去改变它。您认定自己的儿子以后会成为一个超级英雄，出漫画，拍电影，跟猫女上床——而那也是我的梦想。

只有爸爸为他那件冒牌范思哲衬衫心痛不已，并且怀疑我不是他亲生的，因为你和他明明只是普通人类。

那之后，我无时无刻不在为成为超英而努力。还记得我高三那年吗？为了报考那些有超能力特长专业的学校，您带着我跟头号通缉犯似的流窜于全国各大一线城市参加专业考试，住贫民窟似的小旅馆，在寒风中目送我进考场，在二试榜单前和那群同样没有超能力的家长飚力气、挤破头。

那时候我觉得您的付出是理所应当的，谁不想有个超级英雄的儿子呢？除了我爸那样的怪人，还有邻居家那孩子的父母，丫能靠意念折断手机（不过那时他只限 iPhone5），也没让他考，现在他在诺基亚工作来着。

后来我考进了母校，千辛万苦，就是学费有点贵，只比我的一志愿霍格沃兹少了一个小零头（在收钱方面，贵族学校和民办学校不分伯仲了）。

那四年是我最他妈快乐的时光，尽管其他专业的学生觉得我们是群充满破坏欲望、不学无术、只爱出风头的家伙——可是考试还是很严的啊，因为系主任是隐身侠，那个老家伙，到现在我们都不知道丫长什么样。

唉，说起来，当初系里的兄弟姐妹，有的能预测处女将来生男生女，有的能缓慢阻止空调升温，他们毕业后过了两年都转行了，现在都不怎么联系了——您看过成绩单，应该知道，我们系最好过的那门课就是《双重身份伪装教程》，化身成"对此有网友评论说"里的那个网友，或者围观路人，就可以拿高绩点。

我呢，却像个**似的，毕业这几年一直在干本专业的事业，丝毫不在意我们这个行业最大的危机——人才过剩，供大于求。

您只要付二十块钱手续费去查查看超级英雄管理局资料库就明白了，光名字里有"雷"字的英雄就可以念上三天三夜，什么雷霆侠、雷鸣侠、雷光侠、雷电侠、猛雷侠、闪雷侠、滚雷侠、天雷侠、地雷侠、迅雷侠……

我告诉您一个行业秘密：现如今英雄那么多，反派都快不够用了。一流的科学怪人们都去了苹果公司或者做 App（人啊，没有了信念和梦想真可怕），二流的去设计网页游戏，以前一直提供他们资金的野心家们从哈佛毕业后直接去了投资银行。外星坏蛋呢，胸无大志，只想削尖脑袋在《黑衣人》系列或者《神秘博士》里当个龙套演员。

您知道么，上一次全国校园超英联合会的集体紧急动员，竟然是为了帮奶茶妹妹找回丢失的饭卡。阿西巴，他们翻遍了清华，找到了 342 张，都号称是奶茶妹妹丢失的——下次她去食堂小卖部买奶茶估计要提着一大箱子饭卡了。

大反派的另一个来源，野生怪兽呢，也越来越少，每次我们得知哪里有化学泄露啊核污染啊都兴奋半天，结果被告知那是没有的事儿，别他妈瞎传谣言。好不容易吧，日本有个核辐射，那个变异出来的小怪物才四个月大啊，四个月啊，角才刚长出来，还是软乎乎的，就被闻风赶来的三百来号超级英雄围殴了，当时场面太混乱，误伤了五十多个自己人。

结果，有人改行去养殖怪兽，你可能还记得，就是高三超考补习班那个肢体能自动再生的男同学，现在艺名叫韭菜侠，丫陆陆续续卖了四十个腰子，这才有了启动资金去搞养殖，结果第一个月被咬掉了三根手指，第二个月咬掉了小腿，第三个月被咬掉了脑袋，不过，没事儿，他平时用下半身思考居多。

唉，毕业的时候连老师都说我们这个行业前景将要走下坡，我却不肯听，毅然决然闯荡江湖，可是江湖已经不是我听说的那个江湖了，或者我听说过的江湖从来就没存在过？妈妈，为什么我才念了四年大学，就感觉世界和念中学时相比 *** 地日新月异了呢。

初中的时候，我在黑蓝之争里崇拜第三代蝙蝠侠，和超人的粉丝对骂八百回合，巴不得爆了人家的菊花；现在呢，蝙三的儿子继承父业，却张扬高调，每个月换辆超级跑车，战衣的皮带上镶满了赞助商的 Logo，什么 LV 啊 GUCCI 啊 Hermes 啊绕了整整一圈儿。这小子曾经就在我们学校念书，比我们大两届，据说上学时丫曾雇了好几个替身穿着蝙蝠战衣出去见义勇为，结果还差点穿帮了——这是超级英雄的莫大耻辱啊！

然后我倒向黑蓝之争里的另一派，超人"爷爷"，但他却特么退休了，二代接不上，孙子不成器，只想当个 gay 服装设计师；他孙女呢，OMG，我大学时整栋楼的男生都下载过她的 DIY 小电影，男主角是那个辫子粗长的蓝色的阿凡达星篮球教练……

妈妈，我现在真心理解什么叫世道变了。您年纪大看不懂，我年纪轻也看不懂。我毕业三年后开了自己的这家公司，名字很霸气，就叫超能力，结果一念全称，妈的，"超能力有限（停顿）公司"，还印了这么一大堆公司抬头的信纸……

我那时以为，只要兢兢业业诚信待人童叟无欺就可以自力更生自强不息，但大错特错。蝙蝠侠四代招安了那群当初只会在流动献血车边上兜兜转转乞食吃的小吸血鬼，一包装一运作，忽然就变成了吸血鬼的天下。他们会个屁的超能力哟，不会拯救世界只会爱来爱去传不雅视频，但他们的女粉丝多到能填满马里亚纳海沟，每个月献出的祭品够他们狂喝滥饮到下下个世纪。

难道在今天娱乐他人就是拯救世界了吗？

我的公司呢，却只有那些走楼层的人来光顾。我的朋友们尽出那些说起来容易的馊主意，什么炒作啊、包装啊、编造身世啊，可是，我是你们的儿子，不是富二代，没有外星血统，不是什么统治哪个犄角旮旯的神明的儿子，我也不需要传什么绯闻拍什么视频、更不需要整容——大禹了个伏羲啊！超级英雄本来就应该戴着面具的啊！

那些愿意资助无名超级英雄的投资商呢，更别提了，他们扔钱只想把自己的公司 Logo 印在你的战衣上，然后让你尽力去搞些劲爆视觉的"大场面"，救个跳楼的人都巴不得你把整个街区的地基给拆了。

妈妈，我的面具掉漆，几年前定做的战衣到处是破洞和抽丝，大学毕业时您送的那件名贵斗篷只有英雄年会时才穿上（我怀疑他们今年还会给我发束帖么）。我现在就像好莱坞电影里播放到四分之三进度的主角，最最最最最低谷的时候。理论上应该有个死人大师的冤魂啊、大隐于街边给手机贴膜的世外高手啊什么的来激励我，或者莫名其妙天降转机……但逛完超英论坛的前四十页帖子你就知道，这个星球上和我有同样期盼的低谷英雄可以塞满二十个足球场，我要是上帝我都不知道该帮哪个倒霉蛋。

其实我现在每天早上醒来，都发誓一定要坚持理想，再多坚持一天就好；每天晚上睡前，却赌咒要在床上把理想掐死。就这样日日夜夜，循环往复，以前有个《全民超人秀》的评委来学校讲座，我现在只记得他一句话，说，再**的事情，坚持五十年就是传奇，每个人都会敬仰地看着你。我当时哈哈大笑，想，谁会那么倒霉。原来就是我这么倒霉。

更倒霉的是，我每长大一天，就越发现自己坚持不了五十年，离传奇越来越远，倒霉不到那个份上。

上次整理东西，整出一堆老教材，我们学校的专业排名再他妈高，教的那些东西也都用不上咯，《英雄跟班人力资源管理》《获救女子心理学》《经典英雄口头禅现代文学部分》《经典英雄口头禅古典文学部分》，还有最渣的《氪星语视听说四级》，BlaBlaBla……这已经是个不讲究技巧和尊严的时代了，上次的头条新闻您看了吧，《初出校园的36D女超人裸奔震慑银行劫匪将其擒获！》，幸好那姑娘记得没把面具给摘了，也幸好那劫匪是个男，还得是直男。

说起姑娘，妈，我和我的女友正式吹了。分分合合四年，我累了，她也完全失去了信心。她虽然有这样那样的缺点，比如好高骛远，想当名媛之类，但也为我做出了牺牲。起码为了今后能在被歹徒劫持、向我呼救时能叫得整座城市都能听见，她苦练喊功——不知道下一个和她滚床单的男人能否受得了那种分贝。

我也不是没有遵照你的嘱咐去相亲，可面对朋友介绍的姑娘们，我都不好意思说自己是个超级英雄，更不好意思面对这个超级英雄的收入的提问，还有英雄的座驾是什么——我是地铁三号线侠呀，我的工作之一就是高峰时段看到谁挤不进车厢就用意念踹他们的屁股——我只能保证她们以后坐地铁不要钱……

个人问题就说这些吧，多说伤心，不说伤肾。

对了，听说我表侄子放弃了要考超能力专业的意愿，转向考 SAT？我为他又遗憾又庆幸。剥夺梦想和强加梦想都是罪过……我记得自己毕业时，第一个英雄签名就是送给他的（这几年也没送出去几个）。他那时候收藏了全套 08 版著名超级英雄的人偶玩具，现在应该用不着了吧？要是可能，让他送给我吧，我们共同的"理想"在收藏品市场上可以卖个好价钱。

不要责怪我见钱眼开，和那些真正卖掉了梦想的人相比，这已经不算什么了。起码这笔钱够我再支撑最后一口气吧……要是事业还没有转机，我就去一个高中同学的淘宝店帮忙，他专门卖 T 恤，需要有人把卖不出去的衣服换个好卖的花纹图案，比如阿蝠四旗下那些吸血鬼的俊美肖像。

也许，那也未必会是种糟糕的生活呢，呕……

妈，我昨晚做了个梦，梦到了七岁时您带我去"超级英雄纪念碑"的场景，他们在那里祭奠为了拯救他人而遇难的超级英雄们。

可我想，还有一座纪念碑是更高大也更悲壮的，不是吗？为了那些毫无机会的超级英雄，以及，所有那些死在实现梦想之路上的梦想。

就写这些吧，春节时我会回家看您，我最近在研究怎么把踢屁股挤车厢的超能力用在自己身上。

别担心我。

您的儿子　地铁三号线侠

红　双

　　这个世界上阻止未成年人吸烟的主要力量具体到生活里有这样三种：父母，教导主任，肺癌。

　　然而，对于学生来说，父母的监管力度只限于在家里；肺癌则过于遥远，远得像世界和平真正降临的那天，于是暂时忽略不计。至于教导主任，庞然觉得，他们都是傻瓜。而那些被教导主任抓住的学生，他们更是傻中之傻，简直不配享受香烟这种东西。

　　庞然抽烟，庞然未成年，但庞然未被抓住过。

　　每天庞然坐着公交路过那些职校，看见一群和自己一般大小的职校学生就在离校门口不到十五米的地方吞云吐雾地聊天，他就会想到自己学校那一小撮瘾君子窝在厕所间里点打火机的样子。

　　你看，同样是未成年，形容他们可以用"群"，而庞然他们要用"撮"——这不是数量的问题，这是意识形态高度的表现。庞然知道那群人能在校门口抽烟，是因为他们学校的校门口不会有马平川那样的老头子监视着空气当中的烟草颗粒活动状况。

马平川是庞然他们学校的教导主任。

庞然到目前为止念过三所小学两所初中和一所高中，见过八个教导主任，马平川无疑是第二厉害的（顺便提一下，第一厉害的那位以前是个侦察兵，庞然初一那年他死于肺癌），不是因为他的拳脚、智慧、观察力或者体态容貌上的威严，而是由于他的鼻子。

他们说马平川上辈子是只狗，不是一般的狗，而是警犬。假如你刚抽完一支尼古丁含量超过七以上的烟，就算你扔掉烟蒂的第二秒钟就把一根绿箭或者荷氏放进嘴里大嚼特嚼，只要经过马平川周身半径一点五米范围内，他肚肠里的警报器就会作响。庞然唯一不明白的就是，为什么自己学校总有些傻瓜在进校门前都要抽支烟，让马平川从未失去展示自己鼻子那超人天赋的机会。

金子般的未成年人抽烟法则第一条：不要在早上抽烟。

原因是：尼古丁会从早上七点沾附到你的衣服上，一直到下午三点左右才完全消散。

当然，马平川不会抓到每个抽烟的学生，因为那些学生不会什么都不做只从他身边经过。假如你这里有一千六百名学生，其中八百个男生，撇去绝对值得信任的不会接触尼古丁的那三百个（班干部、书呆子诸如此类），那么，上帝保佑，你就永远有五百个嫌疑人。

庞然就在这五百个人里面，并且安然无恙。

庞然抽的是红双喜，简称红双。

烟就像人，也分三六九等——红双是全世界普通老百姓生活水平的代表，上去是富人的熊猫中华，下去是民工的中南海大前门。未成年人抽的也大多是红双，不过不是因为消费水平，仅仅因为它是全上海最容易搞到的烟。

曾经有个笨人为了扎台型，带了包黑魔鬼来学校，抽了四口不到，那股浓烈又富有性格的味道就把马平川从楼上引了下来。

金子般的未成年人抽烟法则第二条：不要抽味道太有性格的烟。

原因是：前面已经说过案例了。

假如你想要隐蔽地抽烟，你就必须了解香烟的特性，无论是理性的，还是感性的。

庞然对于香烟这东西最早的感性认识，是在初中二年级。那年他们班有个男生在学校附近的自行车库被混混拗分，因为身上油水实在不多，那些冒着生命危险出来工作的人很不满，就拿烟头在他脸上烫了个小疤。

这个不幸的人就是后来的典卫诚。

三年之后和庞然同校不同班的典卫诚受了雄性激素分泌过于旺盛的影响，脸颊上过早地出现了胡茬，并且是很大一片。有了这么多胡子的典卫诚从来不剃，官方理由是越剃越多，但庞然的理解是他想掩饰自己左脸颊上的伤疤和昔日的耻辱。

因祸得福的是，这样的典卫诚只要不穿着校服进任何一家大型烟草酒类集团的营业点，都可以搞到他看得到和买得起的任何烟草产品，不必出示身份证。按照这个优势，典卫诚本来可以成为学校众多瘾君子的英雄，因为只要托他一下，你就能买到琳琅满目的香烟而不必担心是假的。

但是，这所学校知道典卫诚抽烟的不超过两个人。其中之一的庞然对此负有直接责任，当初他只对典卫诚说了一句话：你要是希望他们被老马抓住后把你咬出来、然后每次出事你都第一个被怀疑的话，那你就加入他们的圈子。

典卫诚不是什么老老聪明的人，但跟着庞然待久了，也就不会很笨。他明白，鼹鼠若是见了太阳，那就永远都吃不到蚯蚓了。所以，当其他烟民躲在厕所里胆战心惊地摸打火机时，这两个人却悠然地在文体楼顶楼天台抽烟。

当然，天台也不是只有他们三个人，还有其他学生，不过和他们情况不同，是情侣。天台不算很大，但小情侣们依旧故我地依偎在角落里做些半苟且半亲昵的事情。有鉴于大家做的事情都是在学校地界上明令禁止的，所以大家心照不宣，你们抽你们的，我们亲我们的，大家相安无事，谁都不会无聊到管别人的闲事。

每次两个人在上面抽烟，庞然都会带四五个橘子，不单是为了丰富内容，更重要的是，橘子皮挤压后喷出来的油性液体的强烈气味能掩盖烟草味，橘子本身的味道也可以去掉些口腔里的烟味。不过为了保险，最后都会喝上一小口装在矿泉水瓶子里的白醋漱口。至于衣服上的味道，天台的风总是很大的，相当一部分尼古丁都随风而去了。

这个方法唯一的缺点就是，别人总会以为你是山西来的。庞然的同桌孟菲思不止一次说过，你和你同学就不能中午不吃小笼生煎么？

庞然知道孟菲思怕酸，连番茄沙司都受不了。不过庞然更知道的是，孟菲思有个很老辣的舅舅，姓马，叫马平川，就在他们学校做教导主任。

庞然觉得虽然孟菲思不是马平川的亲女儿（从名字就看得出来，孟菲思是外烟的名字），但不能确定她没有遗传到一点马平川的鼻子基因，更不能确定孟菲思会不会出卖同桌，向老师或者舅舅告发自己。

全校最狡猾的烟枪就坐在教导主任外甥女的边上，就好比鼹鼠躲在狐狸爪下的泥土里，绝对是种讽刺。

换句话说，这就是命。

因为这个原因，庞然从来不把烟盒带在身边，也不放心让做事情老慢半拍的典卫诚保管。这时项璞就给他出了主意：把烟盒藏在通往天台的楼道上的红色防火箱后面。那个地方很隐蔽，平时清洁工也不会去擦，手往后面一伸就能够到，就算被发现了也不会查到他们身上。

项璞是这所学校里第二个知道庞然和典卫诚抽烟的人。他是庞然以前的邻居，今年高三，忙着考复旦。项璞虽然不抽烟，但很乐得给自己的小兄弟出主意，而且人品很好，是庞然信得过的人。橘子啊醋啊的也是他的主意，因为他在化学班，他妈又是化学老师。

当然，没有庞然的谨慎和镇静，也是不行的。

庞然和典卫诚暴露那次庞然自己也没想到。

那支红双抽到一半的时候典卫诚手笨，扔给他的橘子高了，落到天台的另一边，庞然心里骂了一句，起身到另一边去拿，一开始也没在意角落里的一对情侣，反正平时见多了，谁知弯身下去捡橘子的时候听到一声"呀"，抬起头一看，嘴里的烟立刻落了下来，在天台上被风吹出好远。

孟菲思和一个男生搂在一起的样子事后在庞然看来很好笑，她像只小兔子，只差没竖起两只长耳朵。但当时庞然的神情也不怎么好看，两只鼹鼠般的小眼睛也睁得巨大，只差没露出大龅牙（他没长）。

那天午自修的时候两个同桌了一年多的人都特别不自在，孟菲思的修正液笔帽钢皮尺小本子每过五分钟就会落下来一次。而庞然则自始至终都左手撑着脸，因为孟菲思就坐他左边，不过今天没有抱怨他嘴里的醋味。两个人一下午没说话。包括英语课的对话练习，两个人也各看一边，幸好老师没点他们起来示范。熬过下午四节课庞然要留下来做值日，看着空荡荡的同桌椅子才松了一口气。

未料他做完苦役背着书包刚提起一塑料袋垃圾要往楼下走，孟菲思不晓得就从哪里冒了出来，生硬道，庞然，我有事跟你讲。庞然也不是什么软脚虾角色，想，去就去，谁怕谁。

孟菲思在自行车停车场站了一会儿，说，今天中午的事情，你就当没看见吧，我也当我没看见。

庞然想这自然最好，点点头，道，我中午哪儿都没去，什么也没看见。

孟菲思点点脑袋，继续说，但你以后不许去天台了。

庞然咳嗽，问，为什么呀？凭什么你能去我就不能去？

孟菲思咬咬嘴唇，讲，你在那里我就是不自在。

庞然倒吸一口凉气，说，你当你在那里我就自在了？没办法，全校就这么一块地方老师不会查，忍忍吧，以后我就在天台东面，你就在西面，井水不犯河水，我走的时候吹声口哨，你别过来，这样就不会撞见了。

孟菲思想不出别的办法，也只有点头。

其实本来庞然很想问问她是怎么跟那个男生勾搭上的，因为在庞然的概念里孟菲思就应该是那种好好读书好好传闲话的女孩子，自己做作业，上学不迟到，考试不偷看别人，也不许别人偷看自己的，体育课长跑老是不及格，按时睡觉，按时吃饭，按时回家，并且一辈子按时下去：按时结婚，按时生子，甚至按时来例假——就像上海卷烟厂里生产出来的千千万万的红双喜烟卷儿那样，统一规格，统一长度，统一价格，统一外表，统一内容，统一焦油量，只不过点燃的时间不同，抽完后火光熄灭的时间不同，仅此而已。

但庞然终于没有问。

男人的嘴嘛，吃饭是主要，抽烟是次要，亲吻是次次要，有时候说话反而是不必要的。

十七岁时的庞然就是这么想的。

庞然最后一次从马平川眼皮子底下溜过，是那天中午，他和典卫诚在学校附近的一家餐馆吃饭，抽了两支烟，刚收起烟盒和打火机，忽然毫无预兆的，马平川进来了。这家餐馆东西不错，所以，教导主任也偶尔会光顾一下，点一碗面或者几笼生煎。

庞然不喜欢"偶尔"这个单词，它往往意味着表象的揭穿和不幸的开始，尤其是偶尔到自己头上的时候。庞然的第一个动作就是把烟头压在鞋底下，左手拿起桌子上的醋壶倒了一些醋在自己的空碗里，像喝汤一样自然地喝了一口。那家餐馆用的是镇江醋，再好不过。坐在对面的典卫诚动作比他晚了三秒钟，等他用醋漱完口再咽下去时，马平川刚买好东西坐到他们边上。

老师好。庞然拘谨地说了声，典卫诚也跟着点了下头。

马平川看看他们校服上的校徽，也只是点个头，开始埋头吃东西。庞然和典卫诚不失时机地离开那家餐馆。走到街拐角，典卫诚松了一大口气，庞然却拿出一块湿的餐巾纸递给他，道，用这个擦手，仔细擦，还有袖子这里。

典卫诚一看，纸巾上浸着的还是醋，不知道庞然是什么时候弄的。典卫诚说真是吓死我了，我还以为他是冲着我们来的呢。庞然嘴上说怎么可能，心里却也在怀疑，不会是孟菲思这丫头出卖自己吧。不过仔细一想也不对，一来孟菲思知道万一自己被抓住了，肯定会把她的事情抖出来，那绝对是发疯的行为，孟菲思应该只会祈求上苍保佑庞然依旧安然；二来真要抓他们，马平川不会挑这个时候，学校天台不是更容易下手么？

多虑了。

吃完饭典卫诚他们班级搞班会，只剩下庞然一个人去天台抽烟。大概因为就一个人，庞然这烟抽得不惬意，刚扔了一个烟头，就听见有脚步声传来。典卫诚的脚步声庞然是听得出来的，没有这么轻，项璞也不会那么有空，所以很警觉地盯着拐角。

出现在庞然面前的是孟菲思，面色死灰的孟菲思。

庞然当时脑子里有十万个为什么在旋转，想从这女孩脸上看出什么玄机来，手悄悄伸向那个装醋的瓶子，万一马平川出现在她身后的话也好立即行动消灭罪证。但孟菲思只是盯着他看了一会儿，讲，你，能给我一支烟么？

庞然原本准备拿瓶子的手抽了一下。

金子般的未成年人抽烟法则第三条：不要让小姑娘在你面前抽第一口烟。

原因是：她们会咳嗽流眼泪抱怨，总之很烦，关键还在于，她们可能会浪费你一根好烟。尤其假如她是教导主任的外甥女的话，如果哪天被主任知道了，你会死得比任何地下烟民都难看。

不过庞然还是给了她那支烟，年轻人总是会做些疯狂的事情。出乎意料，孟菲思很熟练地点上烟，吸了口，然后让烟她从鼻孔喷出去，又老练地把烟叼在嘴角——一旁的庞然看得下巴都要落下来了。

很奇怪吗？孟菲思看看他的下巴，问道，我抽烟肯定比你早，你信不信？

庞然收起下巴，点点头，下巴再度落下来。

孟菲思又抽了口，讲，我爸是个老烟枪，一天两包，我小学三年级就偷偷抽了第一口烟。

后，来呢?

被他发现了，然后狠狠地打了我一顿。

庞然耸耸肩，说，那你就不怕今天回家被他……

孟菲思抖落烟灰，打断庞然说，他死了，肺癌。

庞然怔了许久，忽然道：以后还想抽烟的话，烟盒就在楼梯拐角的防火箱后面，抽完了记得放回去。

不问我为什么抽烟?

猜都能猜到，今天就你一个人，失恋了呗。

孟菲思勉强笑笑，掐灭那根红双：他是坏人，比抽烟的人还要坏的坏人。

谢谢。庞然给自己点了一根。

不客气——走了。孟菲思起身，往出口走去。

庞然忽然想起来，回头朝她喊道：来点橘子皮和白醋吧!

孟菲思没转身，凭空挥挥手，开门下楼。

庞然看着距离很近的天空，忽然觉得很没意思，掐掉抽了一半的烟，也早早地离开文体楼。

当天下午典卫诚就被抓了。

庞然不清楚典卫诚被抓的细节，因为典卫诚在教导处办公室里待了足足有两个小时。庞然当时在上体锻课，正在操场上打篮球，事情是一个刚去过教导处办事的学生干部告诉他的。庞然的第一个反应本来是要冲去班级的，但还是先冷静下来，去了文体楼一趟，没有在防火箱后面找到烟盒。

庞然跑到教导处办公室门口，当时门口已经有不少学生在等着看热闹。过了一会儿门"吱呀"的开了，首先出来的是年级组长，然后是脸色发白的典卫诚，跟在后面的就是马平川，以及另外一个中年男子——如果庞然没记错，那是典卫诚的爸爸。

典卫诚走向教学楼大门的途中看到了站在人群里的庞然，他看了他两秒钟，原本煞白的脸色忽然变得通红。年级组长驱散围观的学生，庞然跟着散开的学生离开，听见两个显然是典卫诚班级的学生交头接耳，说典胡子好好的居然就在厕所间被抓了，马平川够神，不过看样子没有交代什么，嘴够硬，看不出来。

等两个人转过拐角，身后的庞然已然不在。

当时孟菲思在教室里，几个不愿意上体锻课的女生都在教室里看书写功课。孟菲思则是因为心情不好。庞然忽然猛地拉开她身边的椅子的时候孟菲思吓了一大跳，皱着眉头莫名地看着一脸杀气的庞然。

是你说的吧？典卫诚，还有防火箱。

你说什么啊？！孟菲思发觉教室里的人都诧异地看着他们。

是你说的吧？和他分了，就不用顾及了——为什么不把我也说出来？

不相信典卫诚会不说？还是给同桌一个面子？

莫名其妙。孟菲思不理他，埋头写东西。

庞然一把扯过她写的东西，"唰"的撕成两半，右手食指指着孟菲思，许久，转身，走出教室，直奔教务处。

庞然没看见自己身后逐渐远去的孟菲思落下无声的眼泪。

庞然从教务处出来的时候是个明天将被宣布领受口头警告处分的人，却一身轻松。

当然也有人不会轻松了，比如孟菲思。

庞然回到教室整理书包的时候班级里的人走得差不多了，但他桌子的另一头，什么东西都还没理，都摊在桌子上。

有人出来，有人进去。

庞然闻闻自己的手掌，淡淡的橘子味，已经弱到很难察觉。他把孟菲思的东西往桌子另一端推了推，把书包放到桌面上，忽然有人敲门板，一看，是项璞。

来，来。项璞见教室里还有几个人，便朝他招招手，

庞然放下手头的东西，跟着他去了男厕所。项璞确保每个格间都没有人，才从衣袋里拿出一盒红双喜塞到庞然手里，讲，快藏好，今天中午抽光了你们藏的烟，这是我刚买的，还你。

庞然脑子"咯噔"一下，讷讷问，我们的烟，是你拿的？

项璞点点头，道，最近压力实在太大，就想抽几根烟，你们那里的

烟不多，一不当心就剩一根了，我不好意思留一根给你们，就都拿走了，自修下得晚，所以刚从小烟摊买来，本来想放老地方，但听说小胡子被抓了，就没敢放，直接找你来了——对了，你可要当心啊，马平川也不是那么好对付的。

庞然呼吸不协调，看了他许久，问，典卫诚的事情你也知道了？

项璞看看门口，讲，那是，学校都传遍了，怪典卫诚运气不好，今天中午我在天台遇到他，一起抽烟，结果他的烟头不小心烧到了胡子，我们都没在意，嘿，马平川这老贼，那个老辣……喂，你小子去哪儿？！

庞然第一次在教学楼里跑那么快。

教务处，门紧锁。庞然眼见四下无人，深吸一口气，奋力一跳，双手攀上气窗窗台，像做引体向上一样把脸举到气窗口。里面没有要找的人，只有一个老师边看报纸边值班。

同学，你在干吗？！

庞然跳回地面，恍惚看见是一个老师模样的人站在那里，却根本不理睬他，向自己教室方向跑去，后面的老师大叫：喂，大楼里不许奔跑！！

去你妈的！！庞然不回头，却响亮地回应了他一句。

这一句值一张严重警告处分。

庞然不知道那个人是校长。

庞然就算知道了，也照骂。

那天精神和肉体遭殃的人有很多，比方说有个男生和新交到的外校女生逛街，命不好，选了条不幸的线路，在一条弄堂口偶然遇到一个人。那个人盯着他的脸看了一会儿，上来问他要不要香烟。

男生说对不起，我不抽烟。说完觉得对方面熟，加上也穿着校服，估计是学校里认识的。

那人像是没有听到，重复说，朋友，买包烟吧。

男生有点懊恼，眼前这个人不是神经病就是在开玩笑——可惜这个玩笑不好笑。

我再说一遍，我不抽烟，琳，我们走，别理这个人。说完正要走，对方却拉住他的胳膊，说，你不抽烟，但你一定会收下这种烟。

男生觉得好笑，甩开他的手，问，你倒说说，什么烟我一定会要？话刚说完他身边的女生便尖叫了一下，因为她的新男友被那个人打倒在地。

这一拳虽然力道不大，但打得很准，正中下颚，男生软软地瘫在了地上。

庞然说，这种烟，叫孟菲思，味道可能有点烈，你要小心。

天越来越冷了。

庞然站在傍晚的车站，双手插在衣袋里，轻轻左右摇摆着自己的身体。

车子许久没有来，等车的人有很多，未必挤得上。

庞然的右手口袋里攥着两张纸，上面有他熟悉的字迹，每次考试的时候他都迫不及待地想要看清，但字迹的主人每次都不轻易给他看到。

那两张纸是放在他之前未理完的书包里的，是专门写给他的，可惜，没有写完。

其实那两张纸原本是一张，但是被一个坏人撕成了两半。

写信的人，她的心，应该也像这张纸一样吧。

庞然决定不等车，他要走着回家。

庞然今年十七，庞然抽烟，庞然未成年，庞然从未被抓住，但庞然是个笨蛋。

庞然回忆着在那两张纸上看到的每一个字，如此美丽，第一次。

他路过一个专卖外烟的小烟摊，烟贩子不管他身上那身校服，很期盼地看着他，等着他插在衣袋里的手伸出来，拿出一张十块钱，指着自己面前的木板上琳琅满目的外烟，发话。

令人失望的是，男孩什么都没做。

在庞然发愣的时候，两个外地人来买烟。烟贩暂时忘却庞然，忙着生意。等他将钱收进自己的腰包，再抬起头来时，庞然已经不见。但他却发现自己的木板上不知何时多了一包烟。

那烟肯定不是他自己的，因为他只卖外烟和雪茄。

但那种烟他却再熟悉不过，因为全上海都能看见这种烟，八块钱一盒，叫作红双喜。

简称，红双。

天　籁

在某段短暂的时间里，她的声音曾是一个小小的传奇。

本部校区的两万多号学生，将近一半人能在广播里认出这个嗓音，用听众的话描述是"悦耳无比，透过电波干扰不小的播音喇叭放出来，居然还透着磁性，能把人的耳朵和魂魄牢牢吸引"。

她每天晚上用这种令人难忘的嗓音主持音乐和闲谈节目，直到十一点半的熄灯号响起，学校宿舍陷入一片黑暗为止。不少人曾试图知道这个声音的来源，却一无所获，哪怕她的真名。在广播里，她只是自我介绍叫"蝉歌"。

但更多的学生和倾慕者则在私底下毫不吝啬地称她为——天籁。

1

　　十一岁的时候，坐我后面的男孩在我背上贴了张纸条，我背着它毫无感觉，直到老师要我上黑板解题，才发现，那上面写了五个字：下巴在这里。

　　我的确是没有下巴的女孩，但我有着好听的嗓音。十年后，我二十一岁，某天有个男人蹒跚着走来跟我说，你的嗓音不是声音，是天籁。

　　他是第一个这么说我的人，因为他是盲人。

——《蝉·纪》第 7 页

　　到傍晚时分，陈一鸣指间夹着烟卷倚在二楼西屋的窗沿，总能看到那个身影默默地从学校朝这里走来。

　　陈一鸣在嘉定校区待了快两年，她租的这套两室一厅的老公房地段极好，窗下的马路对面就是学校北门，走过去两分钟都不用，从她这里能轻易望见种满参天梧桐的校内马路。此刻那个身影就变幻于梧桐树的缝隙里，时隐时现，手里还抱着课本和一袋子从学校超市买来的水果——那又是她的晚饭。陈一鸣心想。

　　走在树影里的女孩是她的新房客。

陈一鸣隔壁的东屋被她租下来转租给别人赚差价，而她对房客的要求向来简单而睿智：和自己同校的女生，最好是单人——学生情侣想都别想，她可不想半夜听到摇床声。然而她未预料到来看房子的人里会有此人。签合同的时候陈一鸣看到她的身份证和学生证，上面写着她的身份是商学院三年级学生，姓名余音。

　　当时陈一鸣拿着这两张证件，原本低下的头抬起来凝视这个新房客许久，不单是再度仔细端详她的外表，更是在回味她之前跟自己说过的每个音节。

　　原来不过尔尔。她想：不如别人说的那样，和天籁差得远了。

　　陈一鸣这所人口庞杂的学校共三个校区，嘉定的最边远，只有她们数码和环化两个常驻学院，本部却有十三个学院，人口密度和地盘大小的差距可想而知，校区广播台之间的落差亦然。陈一鸣她们嘉定台只有三个主播，而本部却有七个，其中公认嗓音最好、知名度最高的，当属艺名"蝉歌"的女主播。

　　陈一鸣没实地听过蝉歌的声音，也不信"天籁"这个邪，她只是偷偷从圈内人士的台长那里得知过蝉歌的真名，叫余音。

　　此时此刻，余音就站在她面前，但外表和描述中的境界浑然不相干，而且有个致命的缺陷，就是下巴太短——假如她的脸是张数学考卷，那么平凡的五官就是做得差强人意的填空题和选择题，而过短的下巴就是开了天窗的应用题，其总分可想而知。

余音捕捉到她的目光，问有什么问题么。陈一鸣摇摇头，弯腰签了合同，然后把水笔递给对方，道：你的名字很好听，余音绕梁。

对方笑了笑，却因为容貌限制显得并不好看：你的也是呵，一鸣惊人。

于是，她们便同处一屋檐下。

尽管说话的声音并非天籁，"蝉歌"余音却是优秀的房客，博得陈一鸣的极度好感：安静，行动规律，上课时才出门，从不晚归，更不把任何人带进来，这便有点奇怪。因为商院学生到了大三就搬到嘉定，已是惯例，可她却像不曾有什么好友，每次看她下课离校，身边都没人陪伴。

真是孤零零的人呵。抽烟的女子叹气，她想起关于蝉歌天籁的传说。可现在呢？如此孤寂，连在房间里走路都是静悄悄的。

签了租房合同第三天，台长说蝉歌已转到这个校区，这下嘉定的学生有聆听天籁的耳福了。然而却始终未见蝉歌在广播台露面，台长也只能苦笑说没办法，人家也多少算是号角儿。

和陈一鸣搭档的那个男主播有很强的校区沙文主义味道，以为对方不屑他们校区小，私下嘀咕说摆谱就摆谱吧，不稀罕，什么天籁，不就一知了么。

陈一鸣不动声色，她不想告诉大家这只蝉就住自己隔壁，引来参观。她甚至有些感激余音的高傲，使得自己在台里的首席女主播地位被保住。

事实上不光嘉定，即便在本部，蝉歌也从不出席广播之外的活动，电台的人也口径一致不对外透露任何与她有关的实际信息。

她似乎是玄幻传说里的音魅，只有夜幕降临后才能听到那磁性的天籁声线。人们无从表达对她的喜爱，于是她在广播台网站上的电子邮箱便会不定期涌入听众们的邮件，同时承载了他们的溢美之词和好奇之心。

可是，终究没多少人知道她的真名、年龄和长相，就像他们一定忘却了两年前那场校园歌手大赛，某个下巴过短的商学院一年级女生由于过度紧张，那首歌清唱了不到三句便怅然下台，自然未通过海选般的初赛。

但当时的观众里有一个人独具慧眼，立刻离开赛场赶上那个孤独离去的背影，告诉女生说她的嗓音很好听，问她愿不愿意来广播电台试试看。女孩并不担心对方是花花公子或者色狼（她明白自己的相貌绝不会招来这些动物），何况她对广播电台充满好奇，便跟他走了。

三天后，一个自称蝉歌的嗓音开始回响在校园夜深时，悦如天籁，余音绕梁，连最后一片梧桐叶落地的声响也不能比它更为轻扬。

余音这一绕，便是一年半。

2

每星期，西屋的M都会和男友通越洋长途，我问她问什么不用网络，她说，那样他就听不到她的歌声。

她说，有的人，只要声音还在耳边萦绕，就好像人站在面前了。所以跑得再远，也能用声音把魂勾回来。

她说，你信不信，你就是这样的人。

我说，我信，可我不想。

——《蝉·纪》第 31 页

陈一鸣的男友在英国，她总在固定的时间打电话过去，并且在话筒里为他唱一支歌。

国际长途价格不菲，故而这首歌就像诗里说的"一音一符值千金"。但她总唱得毫不心急，只为唯一听众的完整欣赏——陈一鸣打电话的时候余音总是尽可能地躲在东屋里不出来，但依旧能隔着墙壁听到她的歌声。

论相貌，陈一鸣不及汤晓敬；论嗓音，又不及蝉歌余音；但她却综合了两者的大部分优势。可她终究是考到嘉定的学院，注定舞台不会再大，最远，也只能抵达大洋彼岸某人的耳朵里。

但真正展露她歌喉的，是每个周末，本地学生几乎尽数回家，留下小批外地学生，其中那批家境一般或者比较老实的学生不知何处消遣，便去听陈一鸣在小礼堂的演唱。因不售门票，观众从不稀少，却也不会太多，与其说欣赏女主播的歌喉，不如说消磨时光更准确。

余音住在远郊，并非每周回家，所以便应邀去听过几次。小舞台上灯光昏暗，陈一鸣坐在那里悠悠吟唱，独自沉醉，哪怕有观众中途离场，亦不在意。她的曲目皆为自定，多以爵士为主，有专门的好友在旁负责播放背景乐。

蝉歌余音虽然去的次数不多，但每次总是安静地听到最后。结束后她们并不会一起回去，因为歌者自有安排。

陈一鸣的男友在她大一快结束时出国，那之后她便独居一室，但这并不表明她就不能和别的男孩出去玩。嘉定校区虽小，却地处城中心，附近的酒铺小街和小片古镇都是可玩赏之地。

陈一鸣是那种含烟茹笑的女子，能将暧昧关系的分寸把握得游刃有余。她有时会很晚回来，身上散发着微微的酒气，凉鞋或者靴子踩在老式木地板上发出吱嘎声。那时余音往往未睡而在看书，所以不必担心吵醒她，甚至会过去跟她闲聊几句。

终于有一次，她喝得微醺，腮红眼媚地倚在东屋门口，讲，你今天又走得那么急。

余音抿抿嘴：听歌而已，不敢多打搅。

陈一鸣明白话里的含义，怔怔看了她一会儿，忽然问：是不是觉得我很不好？

对方摇摇头，继续低头看书。陈一鸣此时酒意已消，那股首席主播的傲气却尚在，点破她的身份道：真想听听你的天籁呵，蝉歌。

言罢，悠然转身回了西屋，留下对方愣在那里，长时间内书本上的白纸黑字一个也看不进去。许久，女孩嘴唇嚅动，终于呢喃了一句没有听众的回答：我很久不能唱了呵。

她上次说这话，还是在本部。

那时"蝉歌"之名已经开始被人熟悉，很多人好奇来自广播台的新声音。然而保密工作极其恰当，因为发掘她的人和她一样深信，只有余音躲在众人看不到的录音话筒之后，躲在播音间的水泥墙之后，她那种漂亮的天籁之音才能毫无阻碍地发挥到极致，因为此刻没人在乎她的外表、她的自卑，这时她才是"蝉歌"。

但走出播音间之后，她却再度恢复到那个短下巴的余音。秋天的时候，她便迫不及待裹上围巾，遮住那个难看的下巴。秋冬历来是她情绪的旺季，因为这样走在路上，她终于能达到姿色评价的及格线。没有人被她的嗓音征服，但也没有人因她的缺陷而诧异。

除此之外，她的另一个欣慰源泉就是那个当初在赛场外追上她的男生，当时的男主播之一。他的嗓音也许并不算特别突出，但听觉却极好。正是他听出余音的嗓音属于那种乍听平凡，但经过话筒和播音器后就会焕发独特魅力的类型，而那堆听众的电子邮件就是他慧眼识珠的最好证明。

更重要的是，及至周末，本部也是空旷人少。他们两人会事先约好不回家，然后安心地牵手漫步于偌大的校园内。

他是她的伯乐，更是她的秘密恋人，连台里都很少知道他们的关系。原因很简单：她怕他因为自己的相貌而受到别人的嘲笑——至于她自己，这么多年来已经习惯和学会保护自己的自尊，所以很多东西可以不在乎。

他被她的这种周到所感动，于是那天把她的手轻轻裹住，轻声道：为

318

我唱支歌吧，就像你第一次在我面前唱的那首。

于是她唱了，音色圆满，就像从未遭受过那种挫败，宛如夏天飞舞的蝉。

然而这只蝉不知道，不久后很多东西即将覆灭，无论是歌者的神秘身份，还是听众的忠贞。

3

你记得么？那天广播台结伴郊游，车子上你问我借MP3，然后发现我们都喜欢伊娃·卡西迪的歌声。

你知道么？那是第一次有男生问我借东西。

你后悔么？那天的最后，你轻轻吻了我。

——《蝉·纪》第16页

天开始彻底转凉的时候，陈一鸣依旧和不同的男孩子出去喝酒、晚归，终于引发了身体上的疾恙。那个周六中午她一觉醒来，发现嗓子嘶哑如黑铁摩挲石墙。这样的声音去吼吼摇滚大概可以，却无论如何也不能对付晚上的低吟浅唱。

眼看原定计划就要泡汤，东屋的女子却提出可以代她演唱。

陈一鸣不知道对方葫芦里卖的什么药，疑惑万分，倒不是怀疑她的水平，而是在想她如何敢在大庭广众下露面。余音却已经想好主意：舞台的灯光总是极暗，而且角度自上而下，她只消一顶小礼帽和一块方巾，便可巧妙掩盖自己的面目。只是，当晚的歌曲皆来自她自己的MP3。

按常理，嘉定首席女播音的自尊不会允许这种情况，她宁可空出这一场——但她的好奇心战胜了这种无谓的自尊，欣然答应，当晚便坐在了观众中。幸而这次的学生不多，仅十余。余音侧对观众而坐，双腿交叠，以灰暗光线为掩护，拿起话筒道："陈同学忽然生病，所以今晚由我替她来为大家献唱。"

只这一句话，陈一鸣忽然感到胸口裂开，仿佛黑暗中数朵白荷花瞬间发芽，然后绽开于众人的心窝。

单凭这一句话，陈一鸣就知道，此刻坐在台上的女子不再是余音，而是那个传说中的"蝉歌"。

那晚值得很多人久久回忆，现场无一人中途离开。台上女子一气唱了六支歌，皆是众人从未耳闻之曲，在她口中传唱，的确宛如天籁。而压轴曲目，却是以前陈一鸣的拿手曲《If I can't be yours》，只是更为千回百转，袅袅绕梁。

事后很多人都向陈一鸣打听那个女孩，后者却表示一无所知，女孩也再未出现于任何表演场合，那晚的声音只能犹如昙花般存留于脑海的深处。

然而在余音演唱的当夜，陈一鸣难得没有和男生出去，而是陪着她回到房间。路上明月当空，树影静止，只有两个女子的身影缓慢穿梭其间。陈一鸣问起前面唱的那几首歌，是不是女歌手伊娃·卡西迪所唱。

余音点点头，然后讲了一句让她倍感莫名的话：你知道么，伊娃其实是只蝉。

就和她自己一样。

蝉歌暴露在大二的那个秋天。

那时她上一门商务课程，课堂内容之一是分成小组制作幻灯片演讲。轮到她们组那天，原定的主讲人生病没来，其他人都胆子极小，最后把余音推选上去做替补。她无奈上台，从老师手里拿过俗称小蜜蜂的微型话筒讲解PPT。

当她开始讲第一个汉字时，死气沉沉的一百二十人教室里好些趴着的脑袋就闻声抬起，因为他们都觉得声音耳熟而富有磁性。

这种骚动，敏感的余音自然也察觉了，却只能硬着头皮继续，但每说一个字，简直是变身后的人鱼公主在陆地每走一步，恐惧和紧张像魔法的痛楚一样升腾膨胀。

越来越多的人开始看她，甚或交头接耳。她不得不努力缩短讲解内容，只盼快些结束，然而当此时刻，敞开的教室后门忽然冲进来一个偶然路过的人，可能是她最不希望见到的人之一。

那个男生叫苏卫。假如说这所人口浩荡的学校里有谁算是小名人的话，他便是一个——不是因为他人高马大、声音洪亮如钟，而是由于他专门倒卖二手摩托车，而且喜欢打架。

不幸的是，苏卫也是"蝉歌"的忠实听众。在那批来信读者中他最为执着，虽然每次来信的内容只是寥寥数语，内容也仅是自说自话地诉说自己近况，却持久不断。他还去广播台找蝉歌，自然一无所获，有一次甚至和正在跟同伴讲话的余音擦肩而过，却浑然不知。

不过，现在他知道了，并且眼中充满失望。

讲台上那个下巴很短、长相平凡的女生，原来竟是天籁的真相。

4

　　我住在金山，这座城市最靠海的地区之一。每次去嘉定，坐公车要两个半小时，当中有段路可以看到海，晴时苍蓝，阴时灰白。我算了算这段距离，大约有四五分钟的样子，正好是你我初次合作时，我们一起沉默的时间。

——《蝉·纪》第28页

学校的歌手大赛决赛总在本部举行，陈一鸣和一个关系暧昧的男生在那里看完比赛坐校车回嘉定，又吃了夜宵，到家已经是子夜了，东屋的灯居然还亮着。

陈一鸣回来时给她带了点心，便敲门进去，看见余音坐在床头把玩一个玻璃瓶子。瓶子很小，里面似乎装了一只昆虫。陈一鸣顿觉恶心，却还是忍住，过去将夜宵放在她桌上，问，这么晚了你还不睡？

余音没有答她的话，却反问说你去看歌手大赛了？

陈一鸣点点头，始终不敢去看对方手里的瓶子。余音说选手里有个叫汤晓敬的，她得奖了么？陈一鸣说三等奖，你认识？余音又不答话，再度问道：今晚的男主持，是不是个子高高，戴着黑框眼镜，习惯拿左手握话筒？

陈一鸣见她神态不对，语气迟疑片刻，这才注意到瓶子里的虫子原来是枚蝉蜕。

多年后陈一鸣才知道，这枚蝉蜕不是来自普通的种类。

这种蝉在还是幼虫时必须在地下生活足足十七年，暗无天日。十七年后，它们方能破土而出爬上树干，蜕化成长为有翅膀的成虫。但那一刻很短暂，它们只有三天光阴，所以拼命歌唱、飞翔、交配。

三天后，所有的蝉一起死亡，而它们的虫卵则埋入地下，等到下一个十七年之后的到来。所以这种蝉就叫作十七年蝉，而它们的歌声，则成为生命的天籁。

然而当时她对此一无所知，只是对余音坦白道：不错。

床上的女子双手握紧玻璃瓶，忽然对她挤出一丝笑容，说谢谢你，我想睡了。陈一鸣看到她眼眶里的湿润，明白自己不该多问什么，悄然退出东屋。在关上房门的瞬间，透过最后的缝隙她看到余音把头埋在拱起的膝盖里。

那是在哭吧。她想。

余音上次这样哭泣的时候，也是在她一个人租住的房间里，只不过是在本部边上。

当时她的秘密恋人刚提出分手，周末不再牵着她的手在校园里并肩行走，而分手的原因就是汤晓敬。那时候的汤晓敬不过大一小女生尔，姿色不错，嗓音却不出众。一年后她成为歌唱比赛季军，前者的因素显然大于后者。而在当时两女一男的博弈之战中，也是女子的长相战胜了另一个女子的嗓音——谁也说不清这悲哀应该属于男人还是女人。

然而熟悉汤晓敬的人都知道她的爱好乏味而庸俗，仿佛这个世界上除了逛百货大楼和看日剧，就没有任何物质或精神上的东西值得她去关注。但她却也极度善良，尤其是天真地认为，余音这种相貌的女孩，根本不可能和自己的男友发生过任何情感上的火花，所以她并不知道自己是赢家。

蝉歌余音自然想过挽回，但无济于事。她甚至陷入一种平静而危险的偏执与狂热，为了等到他的短信或者电话，即便期中考试时手机也不关或者调成静音——这种做法可能带来的唯一后果就是处分。幸而他的愧疚或者冷血没有让她遭受此类处罚，那部手机自始至终平静如死去的蝉。

那之后，她明白大势已去，周末时不敢再留在学校，生怕那空旷的回音激起不堪的回忆，只能在漫长的公交车途中安抚沉睡。

更可悲的是，很多台面上的戏依旧要演。余音依旧要在话筒后面变成蝉歌，因为这已然成为她生命里唯一能找回自信的迷药。而他则愧于这一切，升为副台长之后便不再做主播。

她换掉搭档那晚，声音像控制不住的碎弦，醇厚和磁性分崩离析，一些听众还以为今晚是天籁蝉歌找了个不怎么成功的替"声"，而广播台的人则以为她是生病所致。

她未回答这些关心，有些元神出窍地做完节目，独自走回寝室。路上她被校内的马路沿子绊了一跤，扭伤了脚，脏了牛仔裤，没有力气起身继续行走，便索性坐在路沿上。

她的力，已经在试图挽回他时用尽；她的气，已经在那间播音室里彻底生完。

一个骑车夜归的学生路过此地，好心地停下来，问同学你没事吧？

她抬起头看到一脸稚嫩，忽然觉得好笑，便真的笑了起来，然后摆摆手。对方被她弄得莫名，半信半疑地离开，骑出十来米开外下意识地回头，望到女孩仍坐在那里，似哭似叹的笑声在夜空里断断续续蔓延。

那是蝉的笑声。

5

好几次的冬夜，我在操场上练长跑，你坐在一边看，却老穿我的外套，说你自己的没它暖和，为此我总嘲笑你，说嫌你脏。后来我一个人了，每晚在嘉定操场跑步后穿上外衣，总感觉冰凉，才明白，你那是为了把我的外套捂暖。

——《蝉·纪》第 35 页

天气开始转暖的某天，陈一鸣在广播台录音结束，走到校门时，正好看到一辆校车缓缓驶进嘉定校区。校车定期游走于三大校区之间，供老师和学生跨地域上课，所以来来往往的多是老面孔。

可那天从车上下来的一个男生显然第一次来嘉定，对地形有些无措，便走向最近的一个女生，问她商学院二号楼在哪里。陈一鸣告诉他说篮球场南边的灰色六层楼即是。

他道过谢便轻轻走了。她看着他离去的背影，终于想起他就是那天歌唱比赛的左撇子男主持。陈一鸣发现他有好看的眼睫毛，两片嘴唇极其漂亮——这都是站在舞台上看不出来的，只有在面对面讲话时才能发现。可他方才的神色居然微微腼腆如女孩，和那个嗓音自信、挥洒自如的晚会男主持判若两人。

她回头想再去看他一眼，未料他已经在篮球场的拐角处转弯，显然心情急切。

但没过两小时，她就再度看到了他。

那已是傍晚时分，陈一鸣和一个男生从一家餐厅出来后看到的一幕终于证实了她的猜测：蝉歌余音和那个男主持并肩走在学校外面的一条小马路上，只不过两人之间保持足足一米的距离，并且步伐缓慢。

陈一鸣看着他们以这种不伦不类的距离进行着速度尴尬的行走，不能不联想到昨天晚上余音古怪而反常的举止：不吃晚饭，不上课，像只不安的豹子一般在东屋里走来走去，脚踩木地板的吱嘎声徘徊到深夜。陈一鸣打完国际长途后发现隔壁的动静未消，就在这种声响里睡着。翌日她起来，发现对方双眼下面好似附了层青灰色的膜，但目光还是宛如受惊的动物，小心翼翼地又在房间里待了一个上午。

陈一鸣还记得在蝉歌代替她演唱的那个晚上，余音曾简短地说过一个关于她"朋友"的小故事，里面有一个因为相貌缘故而被劈腿的女生，以及离开她的搭档兼男友。

现在，她全明白了。

那天晚上陈一鸣第一次拒绝了和关系暧昧的男生去酒吧喝酒的邀请，而是在西屋的窗沿边坐了许久，就像她时常做的那样，边抽烟边看着下面的来来往往熙熙攘攘，等待那个叫作蝉歌的女子回来——她明知道余音不会有任何危险，但却抑制不住地担忧。

她总觉得，那将是个悲伤的结局。

在此之前，余音没有料到自己会和苏卫有任何结局，因为在她看来他们的故事从未开始。

那是换掉主持搭档之后第三天，她脚上的扭伤仍未痊愈，本该安生疗养。但这天有重要的考试，余音终究起身，裹上围巾。她的自行车开学一周就被盗，未再买，只能一瘸一拐地往教学楼走去。那时已临近开考，路上人车稀少，每个人都赶着让自己不迟到，所以没有人照顾病残，直到一阵马达的轰鸣及至她身旁。

骑在小摩托上的是苏卫。

自从那天观得蝉歌真面目后，苏卫的电子邮件就像断流的溪水，再也没有发来。余音对此倒觉得理所应当，只是这次再度邂逅的场面却很突兀：他一身棕色的皮风衣，脸皮被风刮得绷紧，眉头虎皱。而且显然此人皮本来就够厚，因为他毫无礼节，直接对女孩大声讲了四个字：上车，送你。

她居然未假思索或者多犹豫一秒钟，只是目测了一下后座的高度，便跨坐了上去。苏卫一捏车把，加足马力朝商学院的教学楼驰去，路上还在说话。他的嗓音洪亮，在大风吹袭中也能让后面的女孩听明白：你后来没再去上那堂课啊！为了面子，连分数也不要了么？

女孩没有回答，只是蜷缩起身子在他背后，那根遮住她缺陷的围巾尾巴在风里几乎拉成水平直线。

风驰电掣抵达目的地，女孩下车，想要道谢，苏卫却先开了口：我要离开这所学校了。

她愣在那里，不知道该说什么，甚至还没完全反应过来。车上的男子继续讲，我把你送到这里，你该怎么谢我？

余音终于元神归窍，带着极度的反感问你想我怎么谢。苏卫说好办，把你的围巾拉下来一些，让我再看看你的脸。

余音咬咬嘴唇，她觉得自己可能永远也想不明白这个粗犷放荡的男孩在想什么，但只是给他看一瞬间，对方手里也没数码相机或者手机，问题应该不大，便照做了。

她没料到在自己把围巾往下拉的那一刻，苏卫的右手忽然揪住围巾的一头，一圈一绕，就把她脖子上的整根围巾给摘了下来，紧接着另一只手一捏油门，就蹿了出去。

女孩被这突如其来的举动惊了一下，等反应过来要去抢，苏卫早已在十几米开外。他右手高举使得围巾被风吹起来，他自己的头发也被风吹起来。阳光下，浅棕色的皮风衣闪着黄金的光泽，而那个骑士的洪亮嗓音则竭尽全力地将骄傲和倔强化作一句呐喊：

"蝉——歌——！"

最后那个字的音节被他拖得极长，却穿透力极强，久久地在空气中回荡，连马达引擎亦不能遮掩。他就那样高举着她自尊的遮羞布，宛如高扬的旗帜——这是他的全力一击，想把很多东西打得粉碎。

这是他唯一能为身后僵站的女孩所做的，以他自己的方式。

6

我第一次在广播台犯错误的时候，你帮我，说我们是搭档。

我最后一次在广播台犯错，你只是沉默。

其实我不会让你再帮我，不是因为我们不再是搭档，而因为我们不再只是搭档。

——《蝉·纪》第 26 页

这是陈一鸣第一次看到"蝉歌"余音发火，也是最后一次。

起因是他。

那天的晚上，从嘉定开往本部的最后一班校车泊在校内车站，他坐在靠窗的位置，隔着那层钢化玻璃看着下面的余音。

那时乍暖还寒，女孩可以理所当然地裹着围巾，露出一个鼻子和两只眼睛，而车厢内的男孩脸庞因为热气显得略微模糊。他们便这样只专注于旁人测不透的对视，直到车子启动，也没有做任何动作。而这一切都被特地从家里跑来找她的陈一鸣看到。

翌日中午，嘉定广播台开始午间节目，放的第一首歌是陈奕迅的《白玫瑰》，女主播陈一鸣说这首歌专门送给商学院的余音同学——至于谁点的歌、为什么点给她，全然没有提到。

而这首歌便成了蝉歌爆发的导火索。

那天下午陈一鸣回到家，发现东屋的女子正在收拾东西，好生诧异。余音讲想换个地方，所以不租了。陈一鸣看到对方脸色青冷，以为是因为那个男生的缘故，劝讲你说过不想用声音勾住别人，那又何苦？

余音没回头，手上整理的动作也不停：对，但我想我对你说的太多了。

陈一鸣这才意识到态势不对，想了想，问你是不是怪我今天中午的事情。对方没答话，陈一鸣得不到回答，也赖着不走。直到余音理完所有的衣服，东屋的住客才直起腰，看着窗户外面的苍翠，缓声道：我以前做主播的时候，每次把歌曲送给不开心的人，都隐隐有种居高临下的怜悯心，现在我不是了，反而沦到被怜悯，所以你给我的歌，就像最厉害的子弹——说到这里她骤然顿顿，问：今天中午广播的时候，你有那种隐隐的感觉么？

嘉定校区广播台首席女主播没说话。

静默了片刻，余音讲本来房子我就租到下个月，多出来的钱，还不还都随你，我现在去新房子签合同，晚上就来把东西搬走……话音未落，她身后的女子就已经走回西屋，关门时特别用劲，宛如手榴弹爆炸——那一瞬间蝉歌余音颤了一下，像骨子里某种东西彻底崩裂。

六个小时后，跟男生出去喝酒的陈一鸣，回来发现她临走时摆在客厅桌子上的退还房租已被拿走，取而代之的是一串房门钥匙。东屋终于又暂时性地回到了无人居住的状态，只是木质的老式地板上落满了很多布片，如天女散花，被她捡起五六片后才终于辨认出来。

那是好几条围巾所剪成的碎片。

抢走余音围巾的苏卫确实离开了，他是被开除的，因为涉嫌"暴力伤害"，说白了就是狠揍了一个男生。因为在此之前，这个被他伤害的对象让苏卫的好友两次怀孕两次堕胎最后还抛弃了她。

所以到底谁的伤害比较厉害，真的很难说。

余音从可靠渠道获知这个消息的当天，是个比较特殊的日子——学校第一大院商学院的院长五十岁生日。广播台虽然不至于要做一期特别节目，但把晚间节目的第一首歌曲送给他老人家还是力所能及的。

可是万没料到正是这天夜里出了大纰漏：向来发挥稳定、为人可靠、业务纯熟、深受喜爱的女主播蝉歌在节目开始前反锁了录音间的门，把其他人关在门外，然后按照平日里她向导播和控音师所学习的那样，独自一人开启了晚间广播节目，并把第一支歌曲送给了"被学校开除的苏卫同学"，并简单说了说他被开除的前因后果。当然播出的歌曲也不是商学院长在卡拉OK里最常点的《莫斯科郊外的晚上》，而是五月天的《倔强》。

那一晚，听众被这天籁之音所诉说的话语搞得举校哗然，据说广播台指导老师的脸都气绿了。

两日后，经过内部讨论和举手表决，那个叫"蝉歌"的天籁之音永远消失在了这所学校的无线电广播喇叭里，哪怕学生的电子邮件挤爆了广播台的邮箱。据说表决的时候，已经成为副台长的他投了弃权票，但这已无关紧要——余音明白，自己终究是要走的，所以走之前，要把能做的做了。

和苏卫一样，她也有自己的方式。

7

> M问我金山看得到海么？她来到这座城市居然从未见过大海。我说，看得到，那里的海岸线绵延二十公里，可惜，没有你想象的那样好，所以，别去。
>
> 很多未知的风景，只有在心里时才最美丽，就像自欺欺人的谎言那样。
>
> ——《蝉·纪》第33页

余音搬走后，陈一鸣再也没有打过越洋电话，或者确切地说，她从未打过。

她一直都在骗人。

高三那年她拼死拼活跟着那个男生考来这座城市的这所大学的这个校区，然后租到他的隔壁。他并不喜欢她，并且负责任的没有任何过界行为，后来毫无挂念地出国，留下一间空的东屋，和住在西屋的她。从那之后每过几晚，她都会拿起电话机，对着拨号音自言自语，然后唱歌给听不到的人听。

她没有疯，只是在寂寞中自娱自乐而已。在现实中她和不同的男生进行有节制的约会，也不过是依靠暧昧来点缀孤寂，却不知道最后报复了谁。

所以，余音临走前对陈一鸣的斥责恰恰相反——她自己也需要怜悯。

就在余音搬出东屋后第三天夜里，她再度拿起电话机，对着拨号音那头踌躇许久，讲，我们分手吧，再见。说完放下话筒，将线拔掉，电话机被扔进了柜子，然后点上一支烟，以示纪念。

可惜，那个叫蝉歌的女孩不会知道这个真相了。

那年夏季初至时，学年即快结束。此时本部校区的扩建已经完成，嘉定的商学院将悉数回到本部，今后也不再搬来。商院学生彻底搬空后，本就不大的嘉定校区愈显静谧空落。

那时余音已经搬出陈一鸣的东屋有三个多月，因为新房子租在南门，正好岔开，两人几乎没见到面。然而陈一鸣没有料到那个六月初始的下午，余音会来广播台找她。当时偏巧她去楼上的老师办公室办事情，回来后发现播音间的音控台上摆了一只玻璃小瓶子。

她还没来得及看究竟，嘉定台长就从外面进来了，略带激动地讲你怎么手机没信号？蝉歌来找过你知道么！陈一鸣这才明白余音来过。台长见只剩她一人，讲真可惜她走掉了……对了原来你们认识啊？！

陈一鸣却没答话，而是拿起那个玻璃小瓶，里面装的正是那个当初让她感到恶心的蝉蜕，但现在在阳光下看来居然并不可怕，倒像枚浅棕色的琥珀雕刻。

这算是临别礼物么？她想：原来她还记得我。

台长见她出神，然后看到了那个小瓶子，眼生诧异，说呵，她居然把这个都送给你了？陈一鸣好奇，问这个东西有何含义。台长往门口看看确定没别人，回过头说这枚十七年蝉的蝉蜕是她以前的搭档、现在的本部台长送给她的，每次蝉歌进播音间录音都要把它摆在身边的桌上，就像幸运符一样。

陈一鸣顿时感悟到这具昆虫躯壳的重要意义，在手心里轻轻攥紧，问：你怎么知道得这么多？

台长：送她蝉蜕的人，是我高中时的广播台搭档。

女孩的瞳孔瞬时睁大。

陈一鸣除了高中的最后一次五十米测验，再也没有像现在这样跑得这么快。从广播台所在的五号楼到靠近北门的校车站大约四百多米的距离，参天梧桐投下的斑驳树影在她身上飞速滑过，就像汉字排列所组成的故事被凡俗者所叙说，或者谎言被崇高者所编织。

五分钟前在播音室里，她所听到的真相是，余音的那个"他"，从高中时期就和汤晓敬是恋人，并且同一年考进这所大学。所以汤晓敬不是后来者居上，她和余音的前后顺序应该反一反，主次关系也该反过来。

在台长的叙述版本里，也没有谁抛弃谁的事情，因为他的高中搭档从未和汤晓敬分开过。

两个故事相差得太大，总有一个人在说谎——或者两个都是。

这就是陈一鸣要去追她的原因。

然而此刻，校车站上一片空荡，树影华盖，蝉声四伏，唯有一个欺骗了别人欺骗了自己同时又被别人欺骗的女孩站在那里剧烈喘息。她微微扭曲的五官在片刻后终于恢复正常，然后拿出手机播了余音的号码。

手机里传来那个女子的彩铃声，居然是陈一鸣每周末小演唱会时的压轴曲——《If I can't be yours》。

If I can't be yours ……

余音的手机震动时，校车正开往高速公路的收费口。她独自坐在车尾最角落的位置，这样便无人能看到她的下巴。

这将是她最后一次乘坐校车，就像那天他回去的时候，也是最后一次乘坐校车那样。那天他们就那样保持距离地绕着学校走了一整圈。嘉定和本部相比委实太小，很快就兜完了。但在送他上车前，她忽然还是问了一个许久想问的问题——她搬到嘉定后闲来无事，某天突发奇想，将当初听众写给她的电子邮件翻出来——写回信，却发现最早来信的那二十个听众皆无反应。

余音说完这个怪现象，顿了顿，问：那些信都是你写的么？

男生不知如何回答，只是微微把头侧过去。余音没有等到答案，喃喃道：如果没有你，我的生活会比现在更寂寞吧……谢谢。

说完她低下眉毛，没有去看对方的表情，只听到他在转身登车说的唯一一句话：

"对我来说，你是天籁，这已足够。"

回忆到这里，余音才意识到自己包里的手机在震动。

女孩盯着屏幕上的来电人姓名看了很久，轻咬了咬下嘴唇，将翻盖合上挂了电话，然后将电池板取了出来。

她应该看到那样东西了吧？她用天籁之音说了一个弥天大谎，为了骗别人，更为了骗自己。假如那个女孩知道事情的真相，会不会讨厌自己呢？

余音不再去想。

此时车已上高速公路，正在离开嘉定区境，车窗外景物如飞，断断续续的绿色抽成了一条链子。这让她想到那天早上坐在那个男子的助动车后座上，两边景物也是如此飞快退后，气流凶猛，但苏卫还能用他洪钟般的声音问了这么一句话：我到现在还不知道，你的真名到底叫什么？一鸣？天籁？

当时坐在后面的女孩自然没有理他。

一年多后，在这个阳光充沛的下午，在这辆飞驰巴士的最角落里，女孩头靠窗户，在微微的倦意中感到前所未有的安全和卑微。在坠入神志恍惚的前一刻，她忽然想到了这个问话，然后嘴角微抿，答案在脑海中轻快滑过，之后静静睡去。

是的，她叫余音。

不是蝉歌，亦非天籁。

为无人能听懂的寂寞，浅唱。

——《蝉·纪》扉页

黑，你好吗？

　　我有个朋友叫曹沃，大概在八九年前，和某人发生了一场短暂但极其犀利的争论：金庸和某言情女作家哪个更牛掰。

　　曹老师支持前者，对方则巨爱言情。假如这事只是发生在两个网友之间，那一切都很好办，吵，大吵特吵，接近暴走，无人可挡，最后大不了关电脑。

　　不幸的是，那人是他女朋友。

　　更不幸的是，曹沃他不但有个很受的姓名，还是枚屌丝，而女友条件不错，性格优缺点对半开。曹老师面临着艰难抉择：想要做自己，就坚持金庸；想要女朋友，就承认是言情作家。

　　要说明的是，那时候曹沃和他女友还在念高中，年轻气盛，傲娇冲动，所以他做了一个不失男人血性的决定：自己当然要女朋友。

　　忘说一句，这女朋友长得挺好看的，但曹老师一再重申这种小细节无关紧要。

那段时间，每天在学校，好看的女友都会像白雪公主的后妈那样，直呼男友名字两遍，问，谁是世界上最牛掰的作家啊？

曹老师就在心里把自己名字倒过来念两遍，讲，当然是那个某某某。

多年之后，曹沃矢志不渝地坚守在处男岗位上，而他的前女友已经在孕育第二胎。

但曹沃的高尚之处在于，尽管被迫说违心话，最后还鸡飞蛋打，但他一生中从没黑过那个女作家。对此，用曹的话说，黑别人只是娱乐自己，俺的娱乐方式志不在此。

掌声经久不息。

每一掌都拍在曹老师脸上。

事实是，在这种装逼言论的背后，曹沃是个黑人无数的黑超特工。

我不知道你们身边是否有这样的朋友，只要亲眼逮着某个名人，就会想尽办法上去要签名并自称脑残粉（其实压根没仔细鉴赏过对方的电影、书、音乐、比赛甚至性爱自拍），反正这种人挺好玩的。

而曹沃，就是他们的对立面，自从大学里和前女友分手后，他就开始代表了这个世界的恶意，酷爱黑遍每一个来得及黑的对象。

黑人的毛病偏偏又是女朋友传染给他的。

作为草根，我们每个人都可能偶尔黑一下明星红人，微博上转发一个段子，或者在饭桌上拿出来分享，以表示对那个名人的不成敬意。但曹沃的女友比我们都高级得多，比"最右→ →"还"最右→ →"，她就是专门发段子的那个人。

比如，前女友早在初中时就特讨厌某 C 姓女艺人，每次上计算机课去机房，她都要登录百度贴吧发帖骂人，从唱片价格应该为负数到女艺人的绯闻对象没眼光。而对那些她喜欢的歌手，则怀着如传教士般的热情积极推销，班里一半以上的女生在她的口碑营销下买过那谁谁谁、谁谁谁和谁谁谁的各种专辑。

和这样的女朋友谈上四年，累积安全接吻超过二十个小时，摸过三十次胸脯，任谁也会被她带上黑人不归路。

原本构成曹沃世界观的那条阴阳太极鱼，像是和一条红内裤一起被扔进了洗衣机，再拿出来时就是非粉即黑的状态。因为娱乐圈比江湖还江湖，你爱的人越多，讨厌的人也越多，恩恩怨怨，纠缠不断，八竿子打不到的两界明星，也可以参加个活动或者上个综艺节目增加仇恨率。

最常见的情况是，周末他在上网玩游戏，或者和别的姑娘暧昧，或者在撸管，忽然前女友在短信上找他，说快来 *** 贴吧/论坛，和她们干了！

于是曹沃只好背负着骂名撤出游戏，或者和姑娘伪装开玩笑说我去撸管，或者收起管子穿上裤子，开 N 种浏览器，登录 N 个马甲披挂上阵，和那些初次见面请多关照的人进行口舌大作战。

换成任何一个正常男人，这种日子总是很难长期维持的，但曹沃挺下来了，这才是真爱。

有一回，前女友和他说年级里一姑娘的奇事：花钱雇人把自己和一个小牌韩国男星的照片 PS 到一起（还真 P 得很天衣无缝），逢人便说这是自己新交的男友，还以为大家认不出来似的。前女友说到这里哈哈大笑，说你说她是不是傻叉。

曹沃面带微笑，心中呵呵。

过了两个月，一个大牌韩星来上海，前女友和众将组团去机场围追堵截，大家太激动，现场发生拥挤踩踏，前女友脚下一滑，葬身牦牛群，小腿骨给踩骨折了。

接到她的电话，曹沃头一次绷不住了：你说你是不是傻叉啊！！！

差点翻脸分手。

但时间总是抚平创伤的良药，光阴荏苒，时光似箭，过了一天，曹沃主动认错。

和绝大多数第一次提分手的情侣一样，他们没分成。

那之后两个人变本加厉，黑完高中，黑进大学。那些年，曹老师的大百科知识突飞猛进，从韩国兵役制度到唱片上市如何花钱打榜，再到如何冒充初中生打入敌方粉丝团的 QQ 群内部，可谓大开眼界，技能拔群。

黑人的语言攻势也耗尽了他在粗话方面所有的想象力，为此还要研究祖国各地的方言。直至今日，曹老师随时可以端杯茶水坐在那里，像背诵元素周期表那样背诵长江黄河白山黑水长城内外岭南漠北海峡两岸之间的骂人方言。你若问他这 TM 是怎么做到的，他会告诉你，是因为：爱。

后来，大学里的某一天，那个不幸的日子，前女友某个溺爱的明星的粉丝和曹老师时常混迹的理工屌丝贴吧之间爆发了大战。

曹老师爱吧如家，前女友爱明星如家人，两边贴吧都召唤他参战——这大概就是我们剖析严肃文学时动不动常说的：大时代背景下小人物命运浮沉的悲剧。

更悲剧的是，当某个韩国男神眯着小眼睛幸福又无辜地吃着年糕火锅的时候，千里之外一大拨小丫头正在为他而战，另一大拨男人们则放弃了窝窝、倒塌的宝贵时间，只因为大家都觉得世界上没有比这更重要的事情。

曹老师最后还是开 N 个浏览器，登录 N 个马甲，其中 N 为双数，然后兵分两路，上演左右互搏的戏码。结果忙中出错，被他督战队一样的前女友发觉了。

当时那种情况，就像老港片里，黑老大满眼诧异地看着好兄弟拿枪对着自己说"哥是卧底"，只不过卧底没开枪，而老大手里的平底锅直接抢了过来。

那场大战，姑娘们这方输了，前女友把所有的失望、挫败、哀怨和怒气都归咎于曹沃一个人身上，好像一群理科普遍比较差的女中学生在网络上败于一群大学技术宅，是因为曹沃一个人的错。

这下变成了小时代背景下大傻逼命运浮沉的悲剧。

那年他们念大二，从统计学上讲正是分手高峰期。

你要是问起这个统计数据怎么来的，答案是我胡诌的，怕你不信曹沃和他女友竟然有这么 2B 的分手理由。

反正，也只是个理由。

分手之后，就是老生常谈的那一套流程：抽烟，喝酒，抱树哭，尝试去发廊，到人人网逛了圈发现几个长得还可以的老同学都已经有男人，当年暧昧过的女网友已在大美利坚，曹沃这才终于接受了失恋的现实，然后继续喝酒，口头禅在"你能相信吗？""她根本就是脑残""我也是脑残""她才是真脑残"之间循环往复。

我们当时都以为，曹老师结束死循环后，一定会防守反攻，大黑特黑自己的前女友。

但我们错了，曹沃从最后一次宿醉里缓过来之后，狠狠心抛弃了他的网游和网游里的基友，也对我们闭口不谈当年的美好回忆，专心致志开黑那些前女友曾经支持过的明星，而且系统全面升级，卸载了粗话程序，达到了骂人不带脏字的境界。

一黑就是好多年。

这好多年里，因曹老师由爱生恨而无辜中枪的各路名人可以挤满一列春运火车，为了黑人他得在贴吧上开 N 个马甲，以备被吧主封号；我们随便拿出点数据就知道在这方面曹沃是有多努力：J 某某，34 个小号；L 某某，27 个小号；Z 某某，19 个小号；G 某某，16 个小号……

有时候你也分不清他是为黑而黑，还是只为了变相向女友宣战。曹沃还经常一脸痴汉状地跟我们说，去年隐退的几个明星，我还真挺想念他们，因为他们黑点实在太多了。

我们都知道，其实他在本质上是一个好人，之后几年里总是有女孩发他好人卡作为资格认证。他热爱生活，拿东京热片头曲当手机铃声，坐地铁从未碰过女乘客的屁股，也没碰过男人的，祖国某地发生地震时总会主动捐款。

但我们渐渐开始疏远他，原因有二：

一是他黑出了瘾头，不再只针对女友喜欢的明星偶像，好像我们谈论的任何名人都会被他毁一下，无论生死美丑攻受。有次我们几个吃饭时说到《赫本啊赫本》这本书，曹老师忽然冒出来一句：你们能想象她做爱时的场景吗？

全场鸦雀无声，大家心里都不约而同地在倒念曹沃的名字。

打那之后，几乎没人愿意找他出来玩，因为每个人多多少少都有自己欣赏的名人偶像。大家只有在网上和人吵架吵到想杀人的时候才想起曹沃这厮来，那感觉就像把手指放在核武器发射按钮上。

原因二是，曹沃会经常在 QQ 上敲你一句"在吗？"，特屌丝的口吻。你一搭理他，立刻就等着被祥林叔烦死：

1. 今天用新马甲加她人人，还是没通过，我觉得我已经伪装得很完美了，为毛还是不行？

2. 我找到她微博了，打算弄个账号冒充僵尸粉，哎，你说起什么名字才能让她在 236 个粉丝里一眼发现我可能是"我"？

3. 我用 QQ 小号冒充她一个初中同学，前天加上她，但她好友印象里除了"卡哇伊""漂亮""大气完美"之外，还有人写了一个"爽"……中！这算什么意思！我一直在纠结，好几晚没睡好了……

Blablablablabla……

我是曹沃众基友中少数的友情幸存者之一，可能是因为我欣赏的明星已经被很多人黑过无数次了。我有次开玩笑说，曹，要是你前女友和别人结婚了咋办?

曹沃冷冷回答:切碎,凉拌。

第二天他前女友就在微博上宣布:老娘要结婚啦!人造人计划启动!

我和我的小伙伴们在第一时间向曹老师致以深切哀悼,只不过是在内心里——我们没一个人敢主动去和他聊起这件事。

奇怪的是,那段时间里,曹沃反倒开始保持沉默,QQ上不找我们,常用的微博大号"黑你好吗"也没了动静,人人和几个主要百度账号都长时间没登录。我们先是为他的人身安全担心,当从他父母那里得知曹老师还活着时,不禁又为前女友和新郎官的安全担心起来。

尽管曹沃黑过我们深爱的奥黛丽赫本高圆圆桂纶镁斯嘉丽约翰逊和杨幂,但他前女友结婚当天傍晚,我们还是把曹沃约了出来,在桌游店消磨时间,防止他想不开或者狂饮无度酿成悲剧。

坐在沙发上的曹老师眼圈深黑,一看就是距离崩溃边缘不远的迹象。

自始至终,他一手三国杀,一手HTC,就没停过刷微信朋友圈,那是几星期前通过QQ账号加上前女友的,此刻,前女友在微信里上传婚宴照片和感恩词句。

我们深信,曹沃多日来的按兵不动,还把前女友的对话框置顶,就是为了找准时机绝地反击,报当年泪海深仇。凭其多年来黑人的功底,那必然是一次由N个20秒20秒组成的语音大串联。

那晚的婚宴,前前后后持续了两三个小时,曹沃拿着手机刷了两三个小时,期间看到微博上前女友的高中闺蜜们在现场直播,便一会儿看微信，一会儿刷微博，一会儿看微信，一会儿刷微博。

HTC 手机的电池从 67% 被他玩到只剩 11%，我们都以为电量跌破 10 个百分点时，男猪脚最终要大爆发了。我们也做好了随时冲上去夺手机然后把歇斯底里地他牢牢摁住的打算。

结果，他始终只滑动屏幕，没有摁下语音键说一句话，也没打字，最后忽然轻叹一口气，关了手机。

那是一个神奇的夜晚。

我们玩得毫不尽兴，但很高兴没出乱子，便打车送曹沃回家。第二天中午，我们起床、开机、上网、扯皮，发现曹沃的人人、微博、百度账号都注销了。我在 QQ 上主动敲他，问，怎么回事？

曹沃没打字，给我发来一张手机截屏。那是他前女友在朋友圈发的最后一张婚宴照，身穿红旗袍的新娘对着手机镜头淡淡微笑，配文是：

"黑，××，你好吗？金庸是最棒的。谢谢你。对不起。"

×× 就是曹老师冒充的那个初中同学的名字，她其实早就知道那人是谁。

照片下面还显示，×× 点了个赞。

曹沃后来跟我说，玩微博微信以来，那是他唯一一次点赞。他以前从没想过自己会点赞给谁，就像他以前从没想过自己会和前女友分手。

"黑，你好吗？谢谢你。对不起。"

曹沃此时的 QQ 签名是：我好了。再见。

那之后过了两天，曹沃在微信和 QQ 里删除了前女友。

那之后的很多年，他都没再去刻意黑谁。

他终于和前女友分手了。

普罗米修斯的手机号

那是 2001 年，我高一，即便我们学校最新潮的老师，比如那个作风很斯巴达的英语老头，腰间也只是别着一个俗称 BP 机的玩意儿。当寻呼台来信息时，这群老少爷们便停止讲课，一手撩开外套衣角，看一眼腰上静音震动的小机器，像读密码一样辨认来电号码属于谁。

但在台下的学生看来，这老师就像是讲着讲着忽然讲不下去了，便撩开衣服，看看自己裆部，沉思片刻，恍然大悟，然后盖上衣服，继续讲课。

那种叫作"手机"的通讯工具，这时基本还属于神话传说里的东西，尽管那时候大哥大已经淡出江湖，谁再提了个砖头机在耳边大声叫嚷"全部买进"，不是神经病就是装 ×，要么就是在拍戏。

2001 年的手机，嗯，大部分的造型是电视机遥控器顶上加了一小截天线，而诺基亚简直就是个空调遥控器，后来还出了一款文曲星造型的，都是大隐隐于市的设计思路。即便这种揣个电视遥控器满街跑的，也是做生意的居多，因为价格摆在那里，对更多人来说，有买手机这钱，还不如养一群鸽子，玩飞鸽传书。

就是在这样的时代大背景下，我们年级出现了一个可以载入校史的人物。

那时候还没有"白富美"这个称呼，但在我们看来，那姑娘若不能追授白富美荣誉称号，这个星球上也就没人是了。

白，她外号冰淇淋；美，借读生不解释；富，因为她每天上下学有车接送，也是她第一个把手机带进了我们学校。

全年级六百号人，人多嘴杂，这种敢于填补历史空白的行为很快就传开了，尤其是这么漂亮一姑娘，万众瞩目，善于打扮，更善于适时炫耀，再通过广大女生们携手上厕所时口口相传，过了一星期，"冰淇淋"带手机来上学就成了全校皆知的事情。

学校老师当然也知道了这件事，但据说她们班主任只是把冰淇淋叫去办公室，问是不是把手机带来了学校。冰淇淋说是啊。那老师眼珠子滴溜一转，说，这么贵重的物品还是不要带来学校比较好，万一丢了怎么办？冰淇淋面无惧色地回答，这个是我父母叫我带着的，好随时联系我，监督我学习，我平时在学校不太用，就算掉了，也不会怪学校的，您放心。那老师心想既然都说到这份上了，懒得多废话，就让她走了。毕竟当时也没有校规说学生不能把手机带到学校来，谁叫冰淇淋是前无古人呢？她的外号都该改改了，叫"普罗米修斯"，那位盗取天火到人间的哥们。

冰淇淋这么淡定，别人可淡定不了，我同桌就是其中之一。

他属于那种平时低调无比的人，交际圈甚窄，大概也就我和另外几个爱好军事杂志的男生知道他暗恋冰淇淋同学，而那时我们还没完全领悟到女人与枪炮同样致命的真理，只是时常拿级花排名的事情调侃他，因为我们年级前三的姑娘具体该如何排名冠亚季，一直是史学家争议不断的话题。

但有一天他突然神神叨叨地跟我说，我知道冰淇淋用什么牌子的手机了！西门子2118！

我"哦"了一声，讲，然后呢？

要一千五好像，真贵！

同桌这番感叹倒是没夸张，我们念的市重点，一年学费也就一千五。我表哥正上大学，他很多同学每月都是五六百块生活费。至于我自己的零花钱，除去买小说买杂志，一个月就五十元用来买点零食。

我听完后的第一反应就是，像我们这样的男生，这辈子想追到冰淇淋基本是不可能的，除非我们拿出高考语文考满分的劲头去研究彩票。

我跟他开玩笑，说那你去买个同款情侣手机呗。

他呵呵一笑：把我卖了也买不起啊。

然后整个下午，这人都没怎么说话。过了一个周末，回学校上课，同桌做眼保健操的时候碰了碰我胳膊肘，悄声道：跟你说件事，你别说出去啊……我买了个手机。

我差点没一下子把两根手指插到眼眶里去，好在眼保健操的音乐盖过了我的怪叫：你逗我？！

他一脸凝重，好像下一秒钟我就会出卖他一样，但最终还是让我抽出一只手的空，伸进他课桌里的书包深处，我摸到了一个类似空调遥控器的玩意儿，只是更小一点，更重一点，外沿的弧度也很奇妙。

平生第一次摸手机，居然是在他书包里。

我替他紧张得一身冷汗，说，你脑子是不是坏掉了？你……哪来的钱？

答案是，他上周末从家里偷出了父母帮他存压岁钱的那张银行卡，然后抱着试试看的心情拿到 ATM 机去猜密码。他父母从未想到自己儿子会这么乱来，密码就很没创意地用了他生日末六位。进去一看，存款两千（他家亲戚多，每年过年收获颇丰），脑子一热，统统取出。拿着厚厚一叠四大领袖，愣了好久，ATM 外面排队的人不耐烦来敲玻璃门了，他才明白这是回不了头了，索性一路走到黑。平时社会经验稀缺的他，倒知道去火车站那边的小店买手机，还用店主的身份证办了张 SIM 卡。

我忽然就成了全校第二个有手机的学生的同桌，那感觉就像你的席梦思下面放着核武器，你还得躺在上面睡觉。

现在想想，也只有我们那个年纪时才会想出那么愚蠢、浪漫、代价高昂的创举。

有了情侣机，接下来当然是要搞到普罗米修斯·冰淇淋的号码，这样我的同桌才可以出其不意地出现在她的生活当中，却又不会暴露。但整个计划里只有一个小问题：我们搞不到她的手机号。

冰淇淋在本校没有男朋友，这个还算可以理解，不然她买手机干吗呢？难道真的是让父母督促自己？她在本校也没有什么闺蜜好友，因为转进来不过半年，性格孤傲，加上其他女生也没傻到主动倒贴上去给她当"陪衬人"，所以全校知道她号码的人，我估计，就她自己。

而我可怜的同桌，偷卡买手机已经是他十七年来干过的最惊天动地的大事，耗去了他所有的胆略和鲁莽，你现在要他跑到冰淇淋跟前问嗨你电话号码多少……嗯，相比之下，我觉得叫他绕着操场裸奔 20 圈的成功概率更大一点。

要么……你帮我去问下？他试探性地求助道。

我说我连偷银行卡的胆子都没有，怎么可能帮你出头？

他本来还想坚持什么，但最后只是一声叹息。

那几天里，我俩每次在走廊上遇到冰淇淋，同桌就迈不开步子。冰淇淋一脸高贵不可侵犯的表情，好像上去搭个讪也是亵玩之举。她手里总会攥着那部 2118，或者插在牛仔裤后袋里，把美好的臀部曲线衬托得更加光芒耀眼，人机一起招摇过市。我同桌则痴情地盯着她，目光落定处，时而是纤纤玉手，时而是女孩的屁股，不知道内情的人会心想，我靠，你也太猥琐了。其实他大概恨不能冲上去，一把夺过手机，狂按一阵键盘，将自己的号码存在她深深的 SIM 卡里。

也只是恨，不能。

总之，他这个新手机出师未捷，整天被窝藏在书包里，过着暗无天日的生活。需要充电时，他就花两块钱，到学校外面的小卖部里借插座用。他就生怕晚上在家父母翻他书包，偶尔还要为此做个噩梦。

在学校时，他又心痒痒，时而把它从书包深处翻出来，偷瞄一眼，好像上天会显灵，让冰淇淋的手机打过来一样。

我们老师不是等闲之辈，当然知道一个男生上课时盯着裤裆看准没好事，就走过去敲敲他桌板，说，交出来。我同桌是大糊涂、小聪明，早有两手准备，老师走下来时他机警地把手机往书包暗袋里一推，待老师走到跟前时，他已经把书包里的某本军事杂志、小说书或者连环漫画攥在手里，再老实交出来。

这么奢靡的掩护行动，导致各种闲书杂志损失惨重，害得我们几个朋友都不敢借他书看。

但有一天，他犯了混，居然在英语老头的课上膜拜手机。如前所述，老头是斯巴达风格，一把抓出本《舰船知识》，并未罢休，讲，书包里还有几本，统统拿出来！同桌说，没了，就这么一本。老头呵呵一笑，一个黑虎掏心去抓书包。同桌本能去护，更暴露了心虚。

一番争夺之后，手机坠地。

周围的人，包括老头，看得目瞪口呆，好像掉出来的是个胎盘。

更戏剧性的是，手机坠地之后，居然震动起来，是有来电。同桌被电了一下似的，立马捡起来一看，小小的屏幕上显示着：10086。

也就它会打给他了。

那天下午，同桌被请到了教导处，一同作陪的还有冰淇淋，原因是，学校终于不想继续睁只眼闭只眼下去：以后带手机到学校，都是影响学习的行为，要叫家长。

354

我很难准确表述出来我同桌当时的感受，应该是惊惧、解脱、欣慰的三位一体。惊惧的是未来很长一段时间内，他都要被父母好好教训；解脱的是，他再也不必担心被发现；欣慰的是，他终于第一次和白富美独处一室，两人间距不超过一米。

冰淇淋还是那么端庄美好，哪怕教导主任走进来时也面不改色，问，老师，我不太明白，为什么把我找来？

教导主任哇啦哇啦说了一大堆，但我同桌一点没听进去，他只是沉浸在自己和白富美平起平坐的世界里。冰淇淋耐心地听老头说完，从屁股后袋摸出手机，摆在桌子上，讲，不好意思，骗了大家那么久。然后就走出门了。

教导主任活这么大可能也没见过这么自说自话的姑娘，但多年经验让他觉得哪里不对，并未第一时间去阻止，而是顺着冰淇淋那句神秘莫测的话，拿起那个带着暧昧余温的西门子 2118，掂一掂，轻得像块劣质木料。

是手机商店里摆柜台的样板机，就是一整块塑料而已。

教导主任看看冰淇淋的背影，再看看我同桌。我同桌看完冰淇淋的背影，再看看教导主任，和主任手上的伪手机。

原来他才是普罗米修斯。